AVE Y NADA

Ernesto Santana

1

ISBN: 978-0-557-05501-2

I. AUSTRO, EL VIENTO SUR

El mar de la noche

—Mañana es la feria —le dijo Manuel y Jo lo miró con un gesto de cansancio, pues ya lo sabía—. ¿Te acuerdas de cuando la hacían los domingos? Tú eres joven y ha pasado mucho tiempo —añadió en un balbuceo y apretó el paso, acomodándose los horribles espejuelos que le resbalaban sobre la nariz al menor movimiento.

Jo Quirós caminaba detenido por dentro para sostener el peso de la piedra helada que antes fue su corazón, pero ansioso por fuera para poder avanzar entre la cegadora luz y el aire plomizo de la tarde. Era un prófugo atraído precisamente por aquello de lo que huía. No entendía aún, y ya casi le repugnaba la persistencia de Manuel Meneses a su lado.

El ocaso había sido súbitamente asaltado por un viento sur que trajo veloces nubarrones y una lluvia fría que arrasó los últimos vestigios de la tarde. Sólo los más ancianos habrían podido recordar un viento sur así.

—Adiós feria —gruñe Manuel mientras oscurece entre golpes de aire negro—. ¿No tienes frío?

Pocas noches atrás la luna era para Zo, desde su ventana, un sereno zepelín perseguido por el globo del sol, que abrasaba entonces la ciudad lo mismo que en agosto.

Y ahora, en esta noche, a lo largo de la caravana de portales que ellos recorren exhaustos de tanto vagar, las columnas engendran un vértigo de sombras que los enmudece. Con las manos en los bolsillos, Manuel procura sólo no perder el paso, pues al lado de Jo le arde menos el aire. Puede rozarle el hombro y aun hundirse en su aliento por un segundo, aunque este melancólico Jo no es el mismo de antes y pasa las horas sin reírse ni una sola vez. Manuel recuerda lo que canturreaba una noche el enano Arnuru en la azotea de la ciudadela Urbach, borracho, aferrado al umbral de la torre de Juan como un Jesús grotesco:

Eran dos hermanos raros:
Zo, la loca de la casa,
y Jo, el loco del barrio.

Por fin se detienen en una parada de ómnibus, sin abandonar el portal pese a que el vendaval se ensaña allí casi tanto como en la acera.

4

También Zo le habló a su hermano, hace más o menos una semana, de la feria de este domingo, y eso le extrañó a Jo Quirós porque en aquel sitio precisamente se alzaba la carpa cuando Ja los llevó a la función de aquella aterradora noche de circo.

Para rascarse el párpado, Manuel Meneses mete un dedo a través del aro vacío de sus espejuelos, con un solo vidrio partido en forma de estrella que puede deshacerse en cualquier momento y acaso herirle el ojo. Creyéndola una reliquia de guerra, un pote diabólico donde aún retumban los disparos de los fusiles rusos, mira con desagrado cómo Jo se acomoda en la cabeza su gorra de soldado para que no se la arranque el aire.

La brusca llegada del viento sur hace que Jo no esté seguro de la hora, a pesar de su preciso sentido del tiempo. ¿Serán las nueve? En una noche ordinaria, habría decenas de personas aguardando en la parada, pero ahora los escasos transeúntes rezagados esperan con visible impaciencia entre las columnas y las sombras. Parece una pesadilla, se dice Jo. Y quisiera despertarse ya.

Papel de ángeles y demonios de papel

Manuel ha insinuado su hambre, pero Jo está hablando de su hermana y no lo escucha. Se sientan en un escalón que une dos niveles del vasto túnel de portales. Ninguna luz cerca de ellos. A veces una racha de viento le arranca la voz a Jo antes de que alcance al otro. Mirando esos ojos

5

amarillos, Manuel recuerda los de Daniel Urbach, su amigo en el servicio militar, hace tantos años; observa los demorados movimientos con que Jo enciende un fósforo y logra darle fuego a un cigarro medio deshecho que recogieron por la tarde. Así deben moverse los buzos en el agua profunda, supone mientras Jo le tiende el cabo, pero el viento se lo arranca y ahoga su brasa en la penumbra, allá lejos, a lo largo del túnel de portales. Manuel se encoge como si el otro fuera a pegarle, pero su compañero se limita a rezongar por lo bajo.

En noches como esta, un tiempo atrás, Jo dormía abrazado a ella, o ella a él, como amantes que tienen sólo una noche para consumar una ternura de siglos, aunque durante años casi siempre han dormido juntos en una soledad sin soledad que nadie en la casa les perturba mucho. El frío era el pretexto para que ella lo abrigara con su cuerpo pequeño y tibio, tan distinto del suyo. Esta diferencia parece negar rotundamente, pese a la semejanza de sus rostros, que son hermanos gemelos. Ahora él diera cualquier cosa por saber lo que sucederá desde hoy, que tan lejos están.

Sería bueno que Zo hubiera ido a la torre de Ju y lo hubiese invitado a la feria, a pesar de saber que él tendría que actuar de todos modos en la función de despedida de Tío Mersal. Pero no sería extraño que tampoco esta vez haya ido a ver a Ju, que es Juan.

Hace tres noches que Jo salió a caminar y dos días que Manuel Meneses se le unió y empezó a escuchar lo que el joven, más que contarle a él, se dice a sí mismo sobre Zo, con urgencia, como si por olvidar un solo detalle pudiera perderla por completo. A pesar de la gorra color verde olivo y de que Jo habla con tanto fervor como el desaliento con que calla, Manuel siente a su lado un alivio desconocido. Resulta milagroso oír hablar de Zo a quien ha vivido siempre con ella, fascinado también, bebiendo los dos agua y leche en la misma jarra de cristal, compartiendo sueños y juegos que nadie más puede comprender.

Les acompañan objetos que Jo ha traído, durante años, desde cualquier rincón de La Habana, o que ella inventa en su encierro sin fin, dibujando, tejiendo o valiéndose de menudencias, cosas que, como algunos gestos y ciertas palabras, pueden llevar a una nueva manera de reír, de asombrarse o de enmudecer. Escuchando todo esto, Manuel olvida la confusión de muertes verdaderas y ficticias, de rencores grotescos y recuerdos como latigazos y frases como balas y muecas como bayonetas aguardando entre el vaho de la selva y los desollados celajes africanos. Pero tan insólita como su memoria de aquel mundo desdichado es la naturalidad con que el otro habla ahora de ese más allá de inimaginable bienaventuranza.

Manuel Meneses casi toca con sus espejuelos los ojos del otro y su timidez se disuelve en la nostalgia de una vida distante, entre dolores y goces apacibles, sin amor pero sin furia, cuando todavía el futuro soldado jugaba a la guerra. Y se sorprende a sí mismo sospechando que todo pudo haber sido diferente, e incluso mejor. Él, que a esta altura ya no cree sufrir, percibe un amargor, un *por qué yo*. De pronto piensa que Jo pudiera llevarlo a ver los demonios y los ángeles que recortan las manos de Zo. Y hasta podrían, por qué no, ir los tres a la feria. La última vez que vio a Daniel fue cuando trabajaba precisamente allí, en el circo, lejos de la época inolvidable en que tocaban juntos en aquel grupo, tan simple y tan vivo, en el ejército.

Antes ella recortaba pocas de las figuras que dibujaba y hoy las recorta todas, a veces sin acabar de colorearlas. Lo importante es que sean puestas a vivir en algún sitio de la habitación, en las paredes, en el umbral, en la ventana, colgando del techo o recostadas contra un mueble. Y lo más pronto posible. *Ahora mismo.* No es por eso, sin embargo, que todas las imágenes se parecen, sino porque cada una es una variante de Jo. Al final puede resultar el ángel del dulce o el demonio de los motores, pero en el principio fue él. Y ahora esos seres de papel han de velar por objetos, pedazos de mundo y momentos que merecen, cuando menos, otro modo de olvido. E incluso hay guardianes de nada.

El viejo duende pide un fósforo

La sombra que se separa de una columna viene zigzagueando hacia ellos y sólo puede detenerse abriendo los brazos cuando ya casi cae sobre Manuel.

—Con permiso —balbucea y su aliento aguardentoso les roza la cara antes de que el viento lo disipe. Entre facciones abotagadas, a la luz fugaz de un auto, algo semejante a un ojo brilla encima de esa boca que se roba el resto de la cara—. Como caballero —mordisquea las palabras bajo las greñas blancas que le dan en la frente, se tambalea y, aun más, empequeñece de manera que pronto el vendaval podrá llevárselo como a una rana seca—, Amalio Antúnez tiene el honor de pedirle a usted un fósforo —añade dirigiéndose a los dos y a ninguno.

Como siempre que alguien lo interpela de cerca, Manuel extravía la mirada. Jo dibuja un rotundo no con la cabeza, y Amalio, que no lo advierte, repite sus palabras. Si Jo ya no lo mira más, Manuel, en cambio, no sabe qué hacer, y el viejo se queda parado ante ellos durante unos segundos como un gajo sacudido por el viento.

Cuando por fin se aleja de ellos parece que ya no se acuerda del fósforo. Sonriendo primero y luego riendo bajo y con cierto sarcasmo, se va caminando contra el aire lo mismo que un mal buzo en aguas profundas. Unos metros más allá se detiene junto a un mulato alto, de guayabera, que se le escapa entre las columnas sin escuchar lo que Amalio está hablando sobre ellos. No se burla de sus ropas ajadas y sucias ni de sus barbas descuidadas, ya que él no tiene mejor facha, sino de algo que, aunque impreciso, le provoca a Manuel una hincada de azoro en el vientre. Ah, carajo, tenía que ser. Sin embargo, muy pronto el viejo regresa cerca de ellos, se recuesta a la columna y balbucea dos o tres frases opacas, cabeceando. Bajo sus inquietas greñas blancas, el duende pierde perfil y estatura y su figura se desenfoca: no porque hoy haya bebido más que otros días.

Ni siquiera la lluvia tiene manos tan pequeñas

De vez en cuando Zo pasa horas sin moverse y entonces sus minúsculas manos laten, tiemblan levemente, prometen un movimiento dulce o brusco. Para abrigar a medias una sola de las manos de él, tiene ella que usar sus dos palmas, tan ágiles y suaves que sus dedos podrían salir volando uno tras otro. Si sus mejillas son infantiles todavía y resulta enternecedor el encuentro de los hombros con el cuello, sus manos, con iguales atributos, nunca parecen aguardar algo sobre lo cual derramarse. Jugando, pueden fingirse hojas, caracoles, peces, aire, casas, pájaros, y ser un sonido o un silencio, un aroma, un dibujo enrevesado, una cúpula sobre algo, una semilla de cualquier cosa. Si sus manos tocan las mías, me las descubro: ella me las da y no lo sabe.

—¿No tienes sueño? —le pregunta Manuel, aunque en realidad quiere decir hambre.

—No. Ya estoy dormido.

Unos segundos después rompe a hablar de nuevo con una voz que es susurro robado a medias por el vendaval. Manuel lo escucha mirando no a sus ojos sino a su gorra, loco de hambre y sin saber cómo hacérselo entender, temiendo que Jo se marche molesto. Hoy han caminado todo el día sin más pausa que esta. Ayer, cuando vagaban por San Dragón, como llamaba Daniel a San Miguel del Padrón, sólo devoró un pedazo de pan duro y una naranja. Por la noche durmieron unas pocas horas en el anfiteatro de Marianao y siguieron aquella interminable caminata hacia ningún lugar. Pero este helado viento sur los ha detenido. Manuel siente que le arranca el alma y casi le arrastra el cuerpo, tan debilitado en las últimas jornadas. Se recuesta levemente al hombro de Jo sintiendo que un sabor amargo lo ahoga, y escucha su propio gemido:

—Tengo hambre.

Jo demora en hallar esos hinchados ojos de pez tras los risibles espejuelos y deletrea en ellos las palabras que no escuchó.

—Yo también —exclama levantándose y camina hasta el borde del portal, adonde Manuel lo sigue, perruno. El joven mira la noche alrededor y ve que llueve menos en este momento. Desde el final de la calzada, muy empinado, resbala ante ellos un torrente de asfalto de turbia fosforescencia que se pierde calzada abajo hacia la derecha—. Nos vamos en lo que venga —le dice y Manuel asiente, aliviado, pero entre el viento y la noche no se escucha ni el más lejano rugido de un motor.

La extraña aventura de una rata

Manuel mira al otro lado de la avenida y ve que un bulto oscuro salta fuera de un tragante y echa a correr sobre el pavimento. Un gato callejero se hubiera espantado también al ver la enorme rata que viene hacia este lado de la avenida y que ante el sobresalto de Manuel se alarma aún más y retrocede en una pirueta relámpago. Pero esta no es su noche. En vez de regresar a su cloaca, el bicho emprende una absurda carrera diagonal a través de la calzada. Incluso Amalio contempla, con un solo ojo para no ver doble, la línea espectacular con que el animal parte la raya amarilla. Ya del otro lado, muy lejos de la alcantarilla, su huida se ha vuelto tan larga como inútil, pues no hay orificio alguno en aquella acera de un metro de ancho, casi fundida con el asfalto y limitada por un muro que de repente parece haber sido levantado hace un siglo sólo para que, justamente en esta noche, una estúpida rata no pueda escapar.

Lo poco que demora su exploración le alcanza para poner un breve sello de terror contra el muro. Abrumada por la gravedad de su error, la rata se vuelve de nuevo hacia acá y los que están en la parada, habiendo visto o no desde el principio la silenciosa tragedia, la observan acometer otra vez la raya amarilla. Pero ya no es sino una alimaña solitaria que salta demasiado y muestra antes de tiempo su última carta, cegada por el pánico, sin siquiera el coraje furioso de la bestia acosada.

Jo siente que el brillo salvaje de esas pupilas trata de fugarse por el agujero de los ojos de él. Presa de una inaudita excitación, Manuel mira cómo el animal atraviesa la ventisca sobre el negro espejo del pavimento y contrae el cuerpo para alcanzar en un último salto la alcantarilla que hay junto a la parada. Con increíble habilidad y tomando un ligero impulso, Manuel Meneses da un paso justo al borde del contén, abre las piernas y los brazos con ademán de portero de fútbol y entonces, en el momento exacto en que la rata se angosta para colarse en el tragante, descarga todo el peso de su cuerpo en el pie derecho, sobre un lomo del tamaño de su gastado zapato. Y con un segundo pisotón trata de rematarla, haciendo crujir levemente los huesos de la infortunada, que se defiende aún mordiendo el borde de la suela y chillando ahogadamente.

Cuando la cree muerta, levanta el pie y mira con orgullo el bulto gris vencido a una pulgada de la salvación; echa un vistazo alrededor, pero no halla nada semejante al elogio, ni siquiera un poco de asombro. Los ojillos del bicho, cuyo brillo aún insiste en alcanzar la cloaca, aumentan el peso del pie del silencio sobre Manuel, que no sabe si empujar el cadáver hacia la alcantarilla o hacer como si no hubiera ocurrido nada.

El borracho se acerca entonces y Manuel le sonríe, atolondrado, dudando entre la vergüenza y la soberbia. Amalio, tambaleándose, se limita a abrir el otro ojo y a lanzar hacia el cuerpo del roedor un salivazo que se disuelve en el turbión sin hacer blanco. Como Jo sólo se acomoda la gorra, despreocupado de él, Manuel Meneses le busca los ojos para que en los suyos, tras el escupitajo de Amalio, no se apague el fulgor de la hazaña. Otra vez, ya, no hay sino silencio, llovizna y viento frío. Claro, no saben lo que es la muerte.

El sueño invertido y el billete de dos pesos

Vuelve a sentarse Jo en el escalón y no le importa que pase un ómnibus llevándose una o dos sombras. Manuel no se atreve a decirle nada: ni siquiera alcanza a distinguir el número de la ruta. Se sienta junto a su amigo y echa su cabeza enorme sobre las rodillas, envenenado por una tristeza peor que la de un rato antes.

Jo Quirós está recordando aquel sueño que ella no pudo describir con nitidez. Lugares ordinarios, gente, aparatos de algo que más que un parque de diversiones es un extraño jardín mecánico, con puertas de donde brotan ruidos al mismo tiempo conocidos e insólitos. Muy al fondo hay, empero, un sonido que no se parece a nada y cuando Zo se detiene a escucharlo, todo se pone al revés: lo de abajo está arriba y lo de arriba está abajo igual que en una fotografía invertida caprichosamente; y las piedras, los autos, los balcones, los muebles, los cigarros, los zapatos, los perros, las ollas, el agua, los televisores, las macetas con cactus y hasta las cucarachas, parecen derramarse de una vasija volcada; y hay muchos gritos que son uno solo desgarrado en miles de voces que se abisman. Cuando se da cuenta de que no cae, Zo despierta y después se pasa días y noches entre los residuos de aquella ingravidez.

Las caminatas de su hermano Jo le resultan fabulosas y terribles. Y que luego él regrese, al cabo de los días, siempre parecido a los demás pero igual a sí mismo, es para ella el milagro mayor. Por eso es que juegan al viaje de Zo, en el cual ella supone que se va poco a poco más allá de la sala, de la acera, de la calle, del barrio, hundiéndose por último en ese mundo raro que ha olvidado, para luego retornar y contarle a él cuanto vio: callejuelas pestilentes, manadas de chivos azorados, personas envueltas en fuego, camiones volcados en las cunetas, niños jugando a arrancarse pedazos del cuerpo, casas con formas disparatadas, playones rojos ante bañistas azules bajo cielos de azufre.

Aunque magnífico, en este juego Zo únicamente repite a su manera las descripciones de él. Así, le habló una vez del puente sobre el cual la calle Once cruza el río Almendares (la Cruz de Hierro según Daniel), y sin embargo ella no tiene una idea precisa de lo que son el Almendares o la calle Once. Alguna vez seguramente Jo conversó de esos lugares con ella, pero no recuerda en absoluto haberle descrito las aguas turbias, los yates y los botes, ni el aire antiguo del puente, o ese sopor de la calle Once, tan peculiar.

A pesar de todo, que Zo hable de lo que desconoce no lo sorprende mucho. Sólo teme la irrupción en el cuarto de alguien capaz de destruir el juego. No Ja, que casi nunca entra aquí y si lo hace casi no habla; ni Ju, siempre bienvenido; ni Álex, que nunca llega con las manos vacías.

Quizá sí Ji, que nunca se calla, o algún otro hablador parecido; pero el peor es Adrián, capaz de asesinar en un minuto el júbilo de una semana. Y la susceptibilidad de Jo ha crecido en los últimos tiempos. Incluso comienza a dolerle que lo traten como un chiflado inofensivo y jovial.

Una tarde Zo imagina que ha ido a comprar cigarros para Jo con un billete de dos pesos. Primero él se ríe y luego se divierten los dos discutiendo si existe o no ese billete. Pero llega Adrián, afortunadamente sobrio y sin malhumor, y frena el litigio con su típica rudeza extendiendo sobre la cama todas las monedas desde el centavo hasta el billete de veinte pesos. Para no faltar a su costumbre, termina haciendo incomprensible la minuciosa lección y les deja a sus hermanos sólo un juego arruinado y un incómodo silencio. Ni siquiera miran la moneda de dos centavos, ese mínimo platillo volador que Adrián se limitó a dejar sobre la cama, como remate magistral y del que descienden oleadas de dudas de todo tamaño y color.

—Vamos de aquí para allá, como huyendo —dice Manuel, indeciso, observando a Jo de soslayo—, pero yo prefiero quedarme siempre por un mismo lugar.

—Pues quédate —le dice Jo con voz reseca.

—Fero es el ángel del viento —dice Zo en una noche como ésta, asomada a las persianas que dan hacia la calle.

—No aquí, sino por la Rampa o por La Pelota —Manuel se quita por un momento sus espantosos espejuelos.

—¿Este? —Jo toma del suelo la fea figura y se la muestra, no para turbarla, sino para que Zo regrese de la noche y no siga ahogándose en su amor por la oscuridad.

Después de mirarme fugazmente, Zo niega con la cabeza, y yo dejo caer al suelo la figura de papel e insisto en saber

15

cuál ángel o cuál demonio es éste, pero ella me contesta sólo varias horas después, por esa costumbre suya de callarse a veces durante un día entero, sin responder siquiera con la cabeza, lo mismo que si se le durmiera el alma. Cuando por fin vuelve a hablar parece como si para ella no hubiera pasado más de un segundo.

—Es Raco, el demonio de la oscuridad —dice su voz sombreada por el largo silencio—. ¿No te acuerdas?

—¿No nos íbamos en lo primero que pasara? —Manuel ya no disimula su impaciencia viendo que parte otro ómnibus y que ellos continúan allí.

—Sí, claro —dice Jo sin saber si le responde a Manuel o a Zo.

De cómo el soldado Manuel no mató a Sotuyo

Lázara, Regla y Caridad eran bastante salvajes e incluso crueles. Al menos con él. De ahí que a los diez años, como no podía vengarse de sus hermanas, Manuel apedreara los portales donde se reunían a jugar dominó los viejos del barrio, o pusiera piedras en medio de la oscura pendiente de la calle frente a su casa. También robaba el dinero que Bárbara, la madre histérica y empecinada, escondía siempre en el mismo zapato. Si gracias a ellas la casa le resultaba un purgatorio, su infierno era obra de los muchachos de la escuela. Y aun así no faltaba a clases por muchas burlas y maltratos que recibiera, ni por más que le rompieran los espejuelos, a veces en el suelo y a veces en la cara.

En el ejército tuvo mejor suerte. Allí nadie lo conocía y aprendió con increíble habilidad a ganarse el favor de los oficiales y de los más fuertes. Más increíble le resultó tocar la percusión en *La ráfaga*, la banda musical que formó Daniel Urbach y con la cual Manuel se convirtió prácticamente en otra persona, pues él mismo ignoraba que tuviera tan buen sentido del ritmo. Fue la mejor época de su vida, y aunque aquello terminó por su culpa, Manuel no dejó de ser el que más lo lamentara. Tocaron durante meses en incontables unidades militares, con éxito, mezclando la trova tradicional, el rock'n'roll y otros ritmos. En la joven Habana de los sesenta sonaban muchos grupos, algunos muy buenos, e incluso bandas insólitas como aquellos *Goodgods* de Franky el monstruo, donde Arnuru el enano cantaba con su enervante voz:

No quiero vivir en este Edén
donde hermano mata a hermano.
Cuando perro come perro
pregunta a dónde has llegado.

Pese a que lo apreciaba, fue Manuel Meneses el que delató a Daniel por bromear diciendo "Ese meó" en vez de "Ese, eme, o", las siglas del Servicio Militar Obligatorio. Realmente no había podido evitar denunciarlo. Aquello era demasiado importante para él. Y siguió apreciándolo a pesar de la paliza que Domingo Blanco y Jorge Baena, dos soldados de la misma compañía, le propinaron por chivato.

Y entonces la guerra le cayó del cielo. En el momento en que partía para Angola se sintió absolutamente libre del

17

pasado. Aquello debía ser el principio de una nueva vida. Y lo fue. Allá vivió la emoción de disparar sobre gente real y hacer blanco en enemigos más negros que él, que era mestizo. Incluso algunos lo creyeron un valiente de primera línea. Pero no era querido ni entre lo oficiales ni entre los soldados, porque unos lo veían demasiado raro, demasiado frío, y no entendían cómo soportaba dichoso las jornadas de encierro subterráneo en que aguardaban órdenes para operar, sufriendo hambre, diarreas, suciedad, fiebres, y, en cambio, lloriqueaba por accidentes tan triviales como la pérdida de un reloj roto o la broma de un compañero de pelotón.

Hubo momentos de emoción incomparable, como la vez de la negra en el río. Al principio sintió mucho miedo, pero luego le pareció divertidísimo. Y la negra tenía un culo enorme. Desgraciadamente no podía contárselo a ninguno de sus compañeros por nada del mundo, pues podían fusilarlo. Enmascarado con una careta antigás, violó a la negra que lavaba en el río y era tanto su ardor que hasta le dio algunos golpes en los senos desnudos, porque estaban caídos y eso no le gustaba. La mujer vino esa misma tarde a llorar al estado mayor, contando atropelladamente lo ocurrido; pero cuando el coronel la pasó ante la tropa formada en posición de firmes, la negra se echó a gritar y a sollozar a moco tendido porque, claro está, no podía reconocerlo.

Hasta aquel instante, a pesar de todo, Manuel Meneses se sentía pleno de vigor, inflamado por un ánimo que jamás había tenido. Justo entonces ocurrió la desgracia. Ya a punto de regresar a Cuba, en el asalto a una aldea que el enemigo había tomado, Manuel *no mató* a Sotuyo. Fue exactamente ahí donde comenzó su caída.

Subar y bajir

Hoy, vas a entrar en mi pasado,

canta la voz chillona de Amalio y se le traba la lengua mientras, entrecerrados los ojos, araña la columna con sus garras para tocar las cuerdas de un arpa que ni viene al caso.

en el pasado de mi vida,
Longina seductora
cual flor primaveral.

El frenazo de un vehículo flota en lo alto de la remendada canción durante unos instantes y el viento acaba devorándolo.

Tres cosas lleva el alma herida:
alma, corazón y vida, y nada más.
¡Y nada maaaás!

—¿Te imaginas poder subir en el aire? —dice Zo hojeando una de las viejas revistas que se amontonan debajo de la cama y que trae cinco páginas dedicadas a los zepelines más famosos—. Pero vinieron los aviones y no quedó ni uno solo. Claro, muchos explotaron allá arriba.

Siempre que pasa un avión por el cielo de la ventana, ella se empeña en simular que no existe. Y lo mismo hace con otros grandes artefactos, excepto con los zepelines, que sólo ha visto en esa revista *Carteles*. Tanto le desagradan los trenes que ni siquiera en fotos puede verlos. Pero nada de eso, por cierto, ocurría cuando eran niños y Ja o Ji los llevaban al Jalisco Park a montar aparatos y a ver el miserable circo que se levantaba al fondo. Ya entonces Zo era muy tímida.

Mientras a Jo le gustaban por igual casi todos los aparatos, Zo prefería la estrella, que lo hace a uno volar en círculos. No obstante, una vez hubo que detener la máquina para que ella bajara, pues sollozando a gritos, y entre malas palabras, decía que le daba mucho miedo tanto *subar* y *bajir*, queriendo decir subir y bajar. A partir de aquel día la estrella fue un aparato agradable sólo para contemplarlo desde afuera, y no sentía la menor envidia por la emoción de los niños que creían estar volando de veras entre el cielo y la tierra.

Medio en broma y medio en serio, no hace mucho tiempo, Juan la invitó a pasear y Zo, por toda respuesta, se quedó helada a pesar de que un segundo antes le hablaba de ir alguna vez a su torre, para enseñarle a preparar dulce de toronja según una receta que aprendió de su madre Jimena. Al despedirse Juan, ella le aseguró, animándose repentinamente, que un día iría a caminar con él: "Te lo prometo".

Jo se da cuenta una tarde de que su hermana se ha enamorado al ver que le habla a Juan por debajo del aliento y escucha sus cuentos de marionetas con una atención que hasta entonces sólo le había dedicado a él mismo. Desde aquel momento ella, siguiendo la obsesiva e irónica costumbre que tenía Jimena de acortar los nombres, decidió llamar Ju a Juan.

—Pronunciar el nombre completo de alguien puede hacerle daño —dice muy seria repitiendo el argumento de su madre—, y además se vuelve aburrido —y juguetea con aquellos monosílabos, Ja, Je, Ji, Jo, Ju, entre carcajadas compulsivas. Je es, por supuesto, Jesucristo.

Jo inclina la cabeza sobre las rodillas y siente la hondura del viento a dos pulgadas de su cabeza como un imán cuya desmesurada gravedad le impide recuperar muchos recuerdos. Ya otras veces ha conocido esa sensación de que encima de él se extiende un abismo que le devora el júbilo, las fantasías, la memoria y aun el olvido.

Epílogo de la rata

Hay momentos en que el viento hace una tregua y puede escucharse el rumor de la lluvia sobre el pavimento, pero enseguida vuelve a soplar, con renovado vigor, como si nunca fuera a cesar otra vez. Incluso llega a ocurrir que durante unos instantes, además del viento, haga también una pausa la lluvia, y entonces el silencio que se abre es más opresivo que el vendaval, hasta que se reanuda el doble azote del agua y del viento sur en la noche.

Al levantar la vista, Manuel Meneses se asombra al ver cómo la rata, reanimada por su absurdo afán, avanza despacio entre los arroyos que buscan la cuneta, atravesando diagonalmente la calzada hacia la otra acera, donde se convierte otra vez en la sombra grotesca que resbala sobre el grasiento vidrio del asfalto.

Y canta el viejo borracho:
Adiós, muchachos,
compañeros de mi vida

Él también ha visto la rata desde la columna que lo sostiene y ahora se adelanta en la acera y exclama, abriendo los brazos y con tono de profeta jocoso:

—¿No ven, hijos del diablo? ¡El barco se hunde! —grita en el preciso instante en que un camión aplasta la rata y entonces, escarmentado, regresa de prisa a su columna y se agarra de ella como un náufrago a su tabla, rajando una sonrisa y balbuceando entre vaivenes—: arrivederci, Roma. arrivederci, hermana rata. ¿Sabes cómo llegué a viejo? Simple: no voy por el medio de la calle, que todo el mundo anda deprisa. Good bye, arrivederci.

También Jo ha levantado la cabeza y ha visto la segunda muerte del bicho. Parece que llega un ómnibus, pero es un automóvil pasando como un bólido sobre esa mancha casi invisible en medio de la calle, inmóvil ya. Ha estado a punto de reírse. La rata le hace pensar en alguien que pudiera ser él y en una cosa que pudiera ser su propia vida. Y no sólo debido a que el animal ha muerto por su loco ir y venir, ni porque su extravío fuera tal que le valiera ser aplastado dos veces.

Lo que precisaba la rata era volar, pero aun así se hubiera ahogado en el agua espesa del viento, incapaz de hacer como Zo, que nada en la oscuridad y flota lejos en sus sueños, volando despierta sobre la larga y áspera cadena de los días y saltando al abismo de un cielo más profundo que el mar. A veces, empero, ella es tan frágil que uno preferiría imaginarla antes que contemplar cómo, al poco rato de tenerla delante, se va tornando imperceptible. Encontrarla entonces es peor que perderla, pues Zo no se fuga, sino que los demás se le escapan. Viene un vecino, un amigo o una persona cualquiera, que se sienta un rato o camina por la casa, hablando del pan, del gobierno, del calor o de un pariente, y sólo unos minutos le bastan a ella para disiparse.

No entiende cómo Jo se las arregla para responder a esas preguntas que hacen los demás y en las que ella busca, angustiada, en vano, un sentido que alivie el pánico enmascarado tras las palabras aparentemente inofensivas. Con Adrián, y también con sus padres, finge hablar, responder, comprender; sólo es capaz de hacerlo durante un momento, pues enseguida también ellos terminan evaporándose.

Su alarma crece poco a poco. Su hermano, como si jugara, va haciendo cada vez más cosas a la manera de los *otros*. Se pregunta qué está sucediendo y acaba consolándose al pensar que Jo sigue siendo en el fondo igual que ella. Sin embargo, cuando él se afeita la barba y se planta de golpe ante ella con esa cara desconocida, riendo de su sorpresa, forzando una voz grave que ella nunca le ha escuchado, Zo tiene la chocante impresión de que Jo está haciendo algo que no le nace, sino que alguien le exige hacer. Y ni siquiera sonríe, sintiéndose por primera vez ante un juego absolutamente ajeno a ellos, propio del mundo desconocido y peligroso que ella jamás ha amado. Y comprende que está ocurriendo algo que se le escapa, que sólo concibe dudosamente como un juego inaudito que alguien procura componer desde la sombra, y que le recuerda el pavor de aquella noche en que su cabeza estalló y su cuerpo todo fue un grito devastador en medio de la muchedumbre del circo.

Y acontece lo insólito. Por primera vez, Jo se disuelve ante ella.

Era una noche calurosa y Zo, al salir del baño, vio que contemplaba fascinado un partido de voleibol en la televisión. Regresó al cuarto secándose la cabeza y tratando de alejar un vago presentimiento, diciéndose que a menudo Jo pasaba muchas horas ante el televisor y que en definitiva ella misma, a veces, no se apartaba de la radio durante todo el día cautivada por historias que le resultaban fantásticas, conversaciones de radionovelas donde las voces daban cuerpo a una enigmática existencia, y las personas habitaban casas invisibles mientras perseguían o eran perseguidas por delirios casi infinitos, enredándose en acontecimientos que desembocaban siempre en otros acontecimientos.

Tomando papeles y creyones, Zo se lanza a dibujar algunos ángeles y unos pocos demonios con trazos al vuelo, en alas de una súbita fiebre que le hace temblar las manos. Sentada en el suelo, descalza, de frente a la puerta pero sin poner en ella la mirada, se da cuenta de que algo indetenible se acerca, y no precisamente por la puerta; algo que no es monstruoso aunque arroja ante sí un aliento de fuego y una voz tronante, de un metal fuerte, hermoso como el oro y liviano como el agua; algo que no es una noticia aunque todavía no ha llegado, y que no es un alarido a pesar de que viene atravesando su burbuja como un terrible cometa.

Y se aferra de cualquier figura, ángel o demonio, con nombre o sin él. Importa sólo el número, pues deben ser legiones. Y en su inquietud recorta figuras sin perfilar, y cada vez son menos los trazos, de modo que ya el creyón casi ni roza el papel. Tampoco son ya verdaderas siluetas, confundidas entre pedazos de papel que tiemblan como sus dedos. Y las tijeras escapan de su mano y caen al suelo. *Aquella noche* la salvó el ojo amarillo del tigre, por un lado, y la mano y la voz de Jo y sus ojos también amarillos, por el otro. Hoy, un peso descomunal sube desde su vientre, gravitando hacia arriba y rajando su pecho en el ascenso. Por fin mira hacia la puerta. Justo en ese momento llega Jo y dando un brinco se lanza a lo alto y pega con la palma de la mano en la lámpara que cuelga del centro del techo, igual que si rematara un balón.

Espantada, Zo lo mira saltar. Pero no lo ve caer.

La luz de la lámpara del techo consuma el delirio con su pendular de sombras. Ella se cubre los ojos con las manos crispadas. No grita. Tampoco llora hasta mucho después de haberse ido él. Esta vez, Jo se ausenta más tiempo que nunca antes y al regreso tiene una apariencia lastimosa. Jamás su ropa estuvo tan destrozada y sucia, ni su rostro tan estragado y amargo. Pero Zo se alegra tanto de verlo que ríe sin escuchar lo que él le quiere decir sobre esta ausencia. Deja que ella le toque las manos y la cara como si fuera una ciega, y lo contemple y le bese la cabeza y los ojos, una y otra vez, embriagada, hasta que llega Adrián para hacerle cien preguntas y mil advertencias.

El lobo blanco y el reloj regalado

Durante muchos días estuvieron de regreso en su pequeño mundo, interminable y manso como un bosque de algas grises donde el viento es agua y el cielo un polen fosforescente que permite leer incluso en los ojos que no quieren revelar nada. Se precipitaban en juegos tan vastos que el aire a respirar se enrarecía y ellos se extraviaban entre los filamentos del más tenue diálogo. Los ángeles de papel volvieron a guardar los rincones y las cosas de la habitación, y también aquellos demonios ingenuos que defendían los rincones y las cosas de la excesiva nitidez con nombres forjados a la medida de cada uno: Lacio, Perrote, Onión, Ajá, Rotario, Cran, Abecé, Carcali. Y las noches fueron para soñar cuerpo a cuerpo por el espacio del alma, para jurar que nunca y por ningún motivo se dejarían solos nuevamente.

Fue en medio de esa paz cuando Jo soñó ser un lobo blanco que, presto para vivir y poderoso para sobrevivir, cae en la trampa del cazador. El cepo metálico le muerde la pata y él lucha en vano por escapar del dolor que lo aprisiona.

Cada mañana nacían a una tibieza incomparable, aunque en aquellos días Jo tuviera que sentarse a torcer alambres para los colchones que fabricaba Adrián, y ella se pusiera a tejer o a bordar para contentar a Jimena, incluso si llovía y un poco de tristeza ensombrecía los lentos arabescos de sus

26

horas. Parecía que no necesitaban nada más y que la dicha no les cabía en las manos.

Pero faltaba el mar.

Zo le había prometido a Ju que pronto iría con él al mar, para conocerlo de cerca. Irían los dos, los tres, con otros, ¿quién sabe? Por primera vez Zo contemplará la limpidez del horizonte sobre el golfo y su corazón beberá del agua azul y sus manos de virgen tendrán la transparencia de la sal.

Entonces fue la consumación del desastre.

Como no hubo augurios, o no los supo ver, Zo no tuvo tiempo de prepararse ni de defender nada. Llegó el dragón y la sorprendió canturreando en la brisa vaporosa de la tarde. De vez en cuando volvía las páginas de la vieja revista mientras su hermano, echado de espaldas en el suelo, a pedido de Zo, abría la Biblia al azar y leía el primer versículo en que pusiera su mirada:

—*Pero el padre dijo a sus siervos: Saquen el mejor vestido, y vístanle; y pongan un anillo en su mano, y calzado en sus pies. Y traigan el becerro gordo y mátenlo, y comamos y hagamos fiesta, porque éste mi hijo muerto era y ha revivido; se había perdido y es hallado.*

Lo interrumpió la voz de Ji diciéndole algo desde la cocina. Jo se levantó rezongando. Se asomó al pasillo. La madre le repitió que si por fin iría al mercado. Entonces él, desde el umbral, lanzó su vozarrón hacia la cocina:

—¡Ya deben haber cerrado, porque son las doce y tres minutos!

Algo se heló de un solo golpe dentro de Zo al ver cómo Jo guardaba furtivamente un reloj pulsera en el bolsillo. Una lágrima diminuta que no parecía llanto rodó desde su ojo izquierdo. Jo se volvió hacia ella y no pudo soportar el vértigo de su mirada. La burbuja milagrosa se deshacía y ambos rodaban lejos. El fabuloso zepelín que los trajo hasta aquí, tocado por el pico de un pájaro mínimo, se precipitaba en el vacío.

Jo huyó. Corrió durante horas por las calles.

Ella se quedó sollozando, pero sin lágrimas, resecos los labios, los ojos, el aliento, y árida la voz. Temblaba como una de sus figuras de papel. Zo, el ángel del abismo. Vino su madre y ella no se enteró. Luego vino Adrián y como Zo tampoco lo escuchó le dio un manotazo en el hombro para que te calles ya, coño.

Desde el principio, Zo me dijo que no le gustaba el payaso, porque no comprendía sus chistes, ni siquiera sus palabras.

—Tiene voz de pollo —es lo último que le escuché decir antes del gran grito y el llanto reseco de *aquella noche*, cuando sentí el raro afán de que la carpa cayera y nos enredara a todos, y nos confundiéramos con los monos, el tigre, el caballo y el elefante, pues para mí, al revés que para Zo, fue como si hasta aquel instante hubiera existido sólo la oscuridad y de repente se encendieran todas las luces del mundo.

Creyó que su alegría rompería con el bestial impulso su cuerpo flaco, pero no ocurrió eso sino que el payaso se convirtió en otro Dios, mientras los colores estallaban en su cabeza y comenzaban a caer diluvios de estrellas retumbantes sobre la carpa del circo, resecando su boca lo mismo que si hubiera tragado arena.

—¿Nos vamos ya? —Pregunta Manuel Meneses parándose.

—Claro —y se lanzan ambos hacia el ómnibus que ha frenado bajo la tenue llovizna.

Teatro ambulante: la buena anciana, los locos mudos, el borracho y el pasajero torvo

Se quedan parados detrás del chofer, Manuel pegado a Jo como un niño tímido. Hay una sola luz en el ómnibus: sobre el timón. Los alcanza a ambos; luego de estar una hora en la oscura galería de portales ninguno de los dos quisiera irse al fondo del ómnibus.

—No crean que yo me olvido de ustedes —dice el viejo Amalio señalándolos con un dedo— ¡Y no hacen mala pareja, no, señor!

Cada vez que el vehículo frena en una parada, el borracho se golpea contra la alcancía o detiene por unos instantes a los pasajeros apurados por la lluvia, que protestan y lo apartan con escasa indulgencia. Pero él no oye a nadie. Sus ojos desbordados de venas son dos pedazos de carne púrpura clavados sobre todo en Manuel, pues Jo no le presta ninguna atención; prefiere mirar las calles que atraviesan a bordo de esta grande y roja bestia metálica. Viendo a Amalio, Zo pensaría en Cran, su demonio de los motores, uno de los más groseros aunque no el más feroz: un escándalo imprevisible. Te acostumbras a oírlo y cuando ya no lo escuchas es porque te está comiendo por dentro.

Si ella supiera cuántas calles conozco, su espanto sería peor que cuando el maldito reloj. Hay nombres de calles y de avenidas que no sé por qué me gustan especialmente,

29

como son Carlos III, Xifré, Cruz del Padre, Hammel, Perseverancia, Buenos Aires, Línea del Oeste, Jesús Peregrino. Menos aún supone ella que hay lugares y barrios con nombres que casi se pueden oler: La Copa, La Víbora, Kohly, El Fanguito, El Caballo Blanco, Agua Dulce, La Cueva del Humo, Sevillano, El Romerillo, Puentes Grandes, La Dionisia, La Virgen del Camino.

Después de aquello, por supuesto, boté el reloj. Y no sólo por calmar a Zo, sino porque nunca lo he necesitado para saber la hora. Ella ignora qué lejos he ido realmente. A pesar de Onión, su ángel de la velocidad, no tiene idea de la velocidad. Sus nervios no resistirían ir en esta cafetera fría por la lluvia.

En otra parada sube una señora con una enorme jaba que logra pasar junto a Amalio y luego sigue adelante con agilidad. Es una mulata alta, de expresión irónica, frente espaciada y blanquísimo pañuelo. Antes de sentarse mira con paciente desdén el piso del ómnibus, que está sucio de papeles, polvo y cabos de cigarros, y luego las ventanillas mugrientas y la oscuridad del fondo, y su extrañeza parece la de alguien que sale a la calle tras un largo encierro.

—Dios mío —dice con voz mesurada pero recia—, cómo se nota que ya estamos llegando al final.

Unos ríen, otros sonríen y hay quien se queda serio como una estatua: el mulato de la guayabera color crema se inclina desde su asiento hacia la vieja y le advierte, todo corrección:

—Cuidado con lo que dice, abuela, si quiere respeto.

—Cuidado tú, hijito —y lo fulmina con un vistazo, volviéndose a medias, mientras él hace un vago gesto de perdón y pasea el hierro frío de su mirada sobre los demás, uno a uno; finalmente se pone a mirar por la ventanilla, ensanchando notoriamente los hombros a lo Mifune.

Por discutir cómodamente con la gente para la cual resulta un obstáculo, Amalio deja de observar a Manuel durante un rato y vocifera un poco, se golpea el pecho con sus garfios, echa miradas de sangre inflamada, blasfemando:

—Respeto exijo yo, que hice por ustedes lo que ninguno hace por mí. El barco se hunde y los vagos huyen en cualquier cosa que flote. Y los que no, ¿qué harán cuando no esté el Jefe? —el de la guayabera casi se levanta, pero aguarda aún, sin mirarlo, mientras el otro se vuelve hacia la puerta y lanza un gran salivazo a través de un vidrio roto, tras lo cual se escucha desde afuera del ómnibus una voz rabiosa que chilla oprobios—. ¡Jódete, peor me han hecho a mí! —chilla a su vez Amalio con repugnancia triunfante, y añade encarándose de nuevo a los alumbrados—. Mírenlos —consigue sonreír con cinismo entre los zarandeos del vehículo—, qué saludables y llenos de juventud —risas del público—. Si me dejaran los haría entrar por el aro: a estos dos y a todos los domesticaría en un año. ¡Los vagos, los bitongos y los ma-ri-co-nes son los que están hundiendo el barco!

El ómnibus se detiene en un semáforo y el chofer aprovecha para encender un cigarro. Alguien golpea con descomunal violencia la puerta delantera, rugiendo. El chofer pulsa un botón y la abre: un joven ciclista empapado por la lluvia y con cara de jaguar le grita al viejo Amalio y lo amenaza con un puño por haberlo escupido.

—¿Ven lo que les digo? —exclama él enfrentándose otra vez al público y soltando las manos para gesticular cómodamente, mientras en el umbral de la guagua el joven

31

sigue subiendo el tono de sus insultos. El chofer cierra, echa a andar el aparato y obliga al viejo a sujetarse—. Pero de mí no se burla ningún zoquete. ¡Yo limpié de bandidos la Macagua!

Cuando aquel jubiloso juego de esplendores

Jo preferiría ir caminando antes que ir en el ómnibus escuchando cosas que en otro momento le divertirían y que ahora le aburren. Incluso habría echado un poco de leña al fuego.

Quizás los juegos han terminado para siempre.

A veces, en los días soleados, salíamos al patio y buscábamos un lugar limpio de hierbas, de piedras y desechos, abierto al viento y cerrado a las miradas ajenas. Ella se tendía sobre la tierra con los párpados apretados, entreabría los labios y tomaba bocados de luz tibia, sonriendo lejanamente, ida a lo hondo de esa claridad pero sin propósito alguno. Yo la contemplo un rato antes de tenderme junto a ella y entreabro la boca también para que el sol me caiga en la garganta, y me dejo ir sintiendo lo que ella siente. Hay un momento en el que soy sólo una claridad y me estoy cubriendo a mí mismo, caliente y sin cuerpo, y sin color, dándole colores y tibieza a cuanto me rodea hasta alcanzar a Zo y cubrirla. Y la claridad que soy se funde con la claridad que es ella y esta sensación no es comparable con nada. A mí me es difícil ser Zo, porque ella lo siente todo muy fuerte, pero alcanzo a ser al menos por un instante esa levedad.

Al despertar y ver que sigo estando en mí, me alegro y respiro como si hubiera resucitado, aunque sólo me levante para ayudar a Ji en algún quehacer. No estoy ahora ni aquí ni allá. Me vuelco sobre él, que ya no es Jo sino la claridad. Y empiezo a ser él y no recuerdo haber sentido antes algo así. Estar dentro de su cuerpo largo y recio, sobre sus piernas de caminador y con sus manos tan anchas y duras. Por eso es que él no teme irse lejos y conocer cosas nuevas y volver luego acá, sin terror al mar ni a la gente ni a la noche. Ya sé por qué aquella noche podía reírse. Sobre todo por qué pudo seguirme entre el público cuando en el pánico supremo corrí hasta detenerme a un paso de los grandes ojos dorados del tigre.

Ahora entiendo por qué me espantó tanto aquel sueño en que él estaba muriéndose. Yo lloraba rogándole que no se fuera, y él, aunque tenía mucho dolor, sonreía y me aseguraba que si se iba volvería alguna vez. Pero me llamaba Adriana, ese nombre que odio aunque sea el mío. Y yo sabía que no sería lo mismo en su caso morirse que marcharse a la calle durante unos días. Desperté y al verlo dormido a mi lado lo abracé y le besé los ojos, la frente y la nariz, toda la cara, hasta que protestó sorprendido por mi ataque de ternura.

—Ninguno de los dos   moriremos —me asegura, testarudo, cuando le cuento por la tarde la pesadilla, y me dice, como si fuera un gran secreto—: ahora estamos dormidos.

Aquí se esboza una lección de orden público

En la parada siguiente el ómnibus se detuvo, se abrió la puerta delantera y una mano se alargó hacia adentro, aferró a Amalio por el cuello de la camisa y lo arrastró afuera sin un gemido, justo cuando Jo se adelantaba para abandonar definitivamente a Manuel, harto ya de su compañía; la avalancha de pasajeros curiosos lo arrolló hasta la acera, donde el ciclista tiraba con una mano del cuello de Amalio y lo aporreaba con la otra. El viejo se protegía malamente con sus garfios de hueso, apretando los párpados y balbuciendo quién sabe qué, mientras el joven diablo lo golpeaba con ganas y vociferaba a través de sus dientes de mastín, animándose más con cada puñetazo.

Como había visto a Jo descender, Manuel se precipitó detrás, y fue tan apresurado su salto, o tanta su debilidad, que perdió el equilibrio y se golpeó encima de la oreja contra el contén. Se quedó atolondrado en el suelo hasta que alguien lo ayudó a incorporarse.

Al principio sólo ve un revuelo de figuras y escucha un remolino de voces, sin comprender, buscando con la mirada a alguien que no recuerda, hasta darse cuenta de que hay un forcejeo y gente golpeándose. En medio del enjambre de rostros bajo la llovizna aparecen una vieja gorra de soldado, unos ojos con expresión remota y una silueta que él no confundiría con ninguna otra. Camina hacia allá a tropezones, aunque se le vuelve a nublar la vista. Pero no me caigo ya. Parece odio lo que tiene en los ojos cuando me ve, como si todo esto fuera culpa mía, todo este tumulto a la luz de los faros de la guagua, y hasta me da la espalda. Apoyo las manos en un muro mojado, resbalo y caigo despacio encima de los charcos. Alguien viene y me coge los brazos por detrás y me ayuda a pararme, lo mismo que si me hubieran herido en la emboscada en la carretera que atravesaba los montes de Lugana.

Pero es él, mirándome con un cansancio tan grande como el mío. Yo también quisiera escaparme. Hace que me recueste a un tanque de basura que huele a frutas podridas o algo así y con una mano toca el lugar donde me golpeé. ¿Habrá sido soldado también? Vuelvo los ojos hacia el tumulto. La cabeza me late con fuerza y siento la oreja y el cuello fríos, húmedos, y no sé por qué me suena en los oídos aquella canción que Daniel podía cantar sólo en los ensayos, porque el capitán Satán decía que se burlaba de la guerra:

Vengan a jugar, muchachos,
con fusiles de verdad
y con bombas de matarnos.

Ni siquiera el mulato de la guayabera color crema ha podido separar al ciclista, aunque ya lo que éste aferra con una mano y aporrea con la otra parece un trapo y no un viejo. La resistencia de Amalio Antúnez es comparable sólo con la ira del ofendido, quien finalmente, por cansancio o por el vigor de los mediadores, afloja la mano con que había agarrado al borracho, que sigue boqueando maldiciones incomprensibles. Como un jaguar acorralado, el ciclista intenta zafarse de las manos que lo sujetan y lanza varios golpes a su alrededor de modo que el mulato echa mano a su pistola.

Y todos se apartan.

Alguien protesta, y otros lo secundan, por la abusiva aparición del arma. Manuel vuelve a derrumbarse frente al depósito de basura a pesar del olor a pudridero universal. Pero esta vez queda de rodillas. Y ahora ve la pistola. El jaguar bici-cletero, que había retrocedido un paso, se halla de pronto asido por el pulóver negro que muestra en el pecho una centelleante escena de motocross. En el momento en que el agente de civil lo hala, lo único que atrae es un puño recto hacia su nariz y el golpe le hace cerrar los ojos y taparse la cara con la mano desarmada.

Aprovechando el retroceso de la gente y que el hombre se halla momentáneamente fuera de combate, el jaguar lanza un salvaje ¡aaaaahh!, salta sobre su bicicleta como un cowboy y parte al galope calle abajo. Pero ya el sheriff se ha repuesto, sacude la cabeza, alza la pistola y le apunta al fugitivo justo cuando el viejo ebrio y magullado, que está erguido de milagro, se lanza sobre el arma. Cuando suena el disparo ya no queda nadie en pie: unos se han arrojado a la acera, otros junto al contén, Manuel bajo el depósito de basura y Jo se ha pegado al muro.

Cayendo sobre el estampido, Amalio se queda blanco de susto y el otro, ya bastante impresionado por su propio disparo, teme haber baleado al viejo idiota y lo sacude en el suelo, lo voltea y recibe en el rostro un eructo de aguardiente y dos o tres insultos. De pésimo humor, sangrante la nariz, el agente obliga a Amalio a pararse. El viejo lo hace tan mal que él tiene que mantenerlo sujeto, y hasta parece aguardar a que el héroe termine de chorrear todos los charcos que ha absorbido en sus caídas o que su nariz se desangre antes que la suya. O tal vez sólo se contiene para no acabar de deformar a trompadas ese rostro que ya casi no lo es por tantos cañonazos. La vieja irónica, erguida junto al estribo del ómnibus, hace oír su voz nítida en el silencio mientras todos se reponen de la emoción.

—¡Si estos son los avances, yo no quiero ver la película, Dios mío!

El agente, muy erguido, camina bordeando el vehículo y mira la avenida, donde, por supuesto, no queda ni rastro del Kid. Se vuelve entonces hacia Amalio Antúnez, saca del bolsillo trasero las esposas y se las pone con toda la rudeza que le queda.

—Soy inocente —dice el viejo con tamaños ojos, y son estas sus palabras más claras de la noche, quizás incluso de la temporada. Pero no despierta simpatía ni entre los demás ni en el agente de civil, quien ahora anuncia con voz oficial que llevará el detenido a la unidad de policía más próxima y hace un enérgico gesto circular indicando que el espectáculo ha terminado, que se hace justicia y que *the bus must go on.*

Cuando ya los viajeros han retornado al ómnibus, el mulato ordena al chofer que parta y que lo deje después del parque de la antigua Escuela Normal. Aunque casi tiene que arrastrarlo, Jo logra que Manuel Meneses suba por fin a la guagua y se plantan los dos de nuevo en el mismo sitio. Los viajeros comentan el incidente. Alguien considera que el joven ciclista era un ninja. La vieja sonríe mirando hacia fuera.

Vengan: vamos a matar,
que este domingo sin sol
será un sabath militar.

cantaba el enano Arnuru ante los niños, en el vasto portal de la ciudadela Urbach, o en el parque de la Siringa, Manuel no recuerda bien. De pronto toca a Jo en un hombro:

—Se me cayeron los espejuelos.

—Mejor.

—No podré ver nada mañana en la feria.

—Mejor.

Vals del murciélago

El motor ruge hasta la próxima parada y, cuando parte de nuevo, el chofer, que no ha perdido la paciencia ni un segundo, está a punto de perderla ahora. En el momento en que cierra la puerta delantera irrumpe en el vehículo una sombra que vuela pegada al techo. No es una mariposa bruja, aunque de pronto se pensaría que sí y todos siguen con la vista su loco revoloteo.

—Si no estamos en el infierno, ¿entonces dónde, Virgencita de la Caridad? —pregunta la anciana de la jaba, a media voz, mirando el murciélago, que no atina a escapar por ninguna de las ventanillas ni por los respiraderos del techo.

—En *Somorra*, señora —le responde Amalio Antúnez, y el agente lo sacude por un hombro como si hubiera dicho algo subversivo, pero todavía añade—: en el mismísimo ojo del culo del Agamenón.

—Será el Harmagedón —lo corrige la buena mujer con su eterno cinismo y siempre mirando afuera—. El manicomio nacional.

38

Manuel se tapa con una mano la herida temiendo que el murciélago la golpee, aunque sigue embelesado con el vuelo frenético del animal, que Jo también está mirando, con menos asombro sin embargo, pues su mente ha quedado colgada del disparo, imaginando todo lo que hubiera podido ocurrir. A punto de rozarle la cabeza, el murciélago pasa volando por encima de él, que cree percibir un olor singular. ¿Y a dónde llevar a Manuel? El hospital más cercano es el de Emergencia, pero el Calixto García es un poco más familiar.

Por fin el agente de la guayabera color crema baja a tierra tirando de Amalio Antúnez por las esposas. El chofer no parte enseguida y durante unos instantes los pasajeros pueden ver al hombre alto remolcando al duende borrachín. Sangran los dos por la nariz. El viejo parece minúsculo ahora y zigzaguea tanto que el otro tendrá que llegar a la unidad arrastrándolo. No se calla empero su voz estropajosa aunque ya ni Dios entienda si va protestando, insultando, disculpándose o sencillamente delirando. El ómnibus parte y por un rato nadie rompe el silencio en el que sólo se escuchan los apagados golpes del murciélago contra los vidrios o contra el techo, seguido por los mismos ojos que miraron irse al viejo.

Como está aturdido por completo, es evidente que el animal no hallará la salida sin ayuda, pero nadie presta auxilio a una criatura que, estupefacta por el viento sur, es presa en su desatino de un artefacto que lo obliga a volar a su misma velocidad y le impide escapar y aun posarse. No obstante, luego de unos minutos, exhausto, el murciélago se cuelga del borde de una rotura en el techo, hacia la parte trasera del pasillo, y allí se queda, balanceándose como un fruto seco.

—Pobre bicho —dice un jodedor—, qué vuele el suyo.

Nadie se ríe. La anciana grande, aferrada a sus paquetes y mirando hacia la noche, ni siquiera sonríe ya.

Pequeño bestiario (I)

A Jo se le ocurre atrapar al murciélago con la gorra y echarlo afuera por una ventanilla, pero lo detiene algo que no es timidez ni temor, sino un asco que nace en un punto indefinible de su cuerpo, ajeno a la fealdad de la bestezuela y semejante al que sintió cuando la rata volvía sobre el asfalto tras su fracasada búsqueda de refugio al otro lado de la calzada. Un asco curioso por esa angustia acorralada, por esa desesperación y esa poquedad de las que nadie puede salvar a las criaturas que lamentan demasiado tarde haber ido demasiado lejos de sus madrigueras.

Una vez, muchos años atrás, Jo intentó defender al muchacho regordete y chillón que era hostigado constantemente por los demás en la escuela. Pocos habían resistido la tentación de torturarlo y muy pocos se atrevieron a no quitarle la merienda en alguna ocasión o a no golpearlo ni siquiera con un periódico enrollado. Maltratar al *Sapo* era tan natural como lanzar piedras en el gigantesco patio de la escuela o irse saltando el muro del fondo al acabar las clases. Sólo a Jo se le ocurrió detener el abuso. Golpeé a los que lo castigaban y ellos también me golpearon, pero logré llevarlo un día intacto hasta su casa. En la puerta, para despedirme, le puse una mano en el hombro. El *Sapo* me miró con los ojos cegados por un brillo que no podía ser sino de odio y me mordió la mano que había apoyado en su hombro. Cuando lo golpeé con el otro puño en la boca se echó hacia atrás, instantáneamente apaciguado, y mostró una sonrisa enigmática en los labios, que sangraban dichosos.

De regreso a la casa, para que Zo no me viera llorar, me encerré en el baño. Pero yo tenía los ojos tan resecos que cerrar los párpados me provocaba escalofríos. La rata seguramente huía del agua que invadió su madriguera y el murciélago se ocultaba en el ómnibus para evadir el viento sur que venía a engullirlo. El muchacho gordo no era como aquellos seres, pues ninguno se odiaba tanto como él, y tampoco ninguno disfrutaba de una dicha que, por oscura, no era menos intensa que la del ciego cazador. Creo que yo no me perdería como el murciélago ni alcanzaría a sentir el terror de la rata, y quizás nunca me arrastraría ni volaría escondido del sol, pero me siento tan ciego y lejos de mí mismo como ese que chilla, como la rata que no es y vuela como un pájaro que no canta, en un crepúsculo interminable, cuando ya no es el día y jamás será la noche.

Sin embargo, Zo es un pez volador en el cielo y un ave nadadora en su mar, y por eso es hermosa. Detrás de cada uno de sus miedos se abren abismos insospechados.

II. VOLANDO EL PEZ, VOLANDO

De vuelta a las tinieblas o bienvenidos al hospital

—Vamos a bajar.

Tiene que sacudir dos veces a Manuel para arrancarlo de su sopor. Baja un escalón, mira la noche a través de la ventanilla rota por donde nació el drama entre Amalio y el Kid. Si algo desea Jo es lanzarse a la acera y correr sin mirar atrás. ¿Por qué Manuel no va hasta el murciélago colgado y lo revienta como a la rata? Bueno, el dolor, el hambre, el cansancio. Es posible que sueñe encontrarse con uno idéntico a él, pero distinto, que lo aplaste con el zapato.

El ómnibus se detiene y después de Jo, tropezando, cae Manuel. Cuando ya se está cerrando la puerta, sale, rauda, una solitaria mano negra que vuela escarbando la noche. Manuel endereza el paso y sigue a Jo, que se acuerda del lobo blanco con la pata apresada en el cepo.

Todos los ojos van hacia ellos al entrar en el Cuerpo de Guardia. Alguna enfermera susurra algo. Cuando la mujer de la mesa anota el nombre, se esquinan esperando a que llamen. Los minutos son horas para Manuel. La mujer le había preguntado, tras el nombre, su domicilio, y él había demorado varios segundos en recordar la dirección de la ciudadela Urbach, como si hiciera veinte años y no unos meses desde la última vez que estuvo, donde según los papeles al menos, se halla su domicilio.

Llega un auto a toda velocidad y bajan a un anciano, inconsciente, que sangra de la cabeza, y se lo llevan de inmediato en una camilla. Lo acompaña una muchacha que aun desfigurada por el llanto es hermosa. Un minuto después traen al jaguar ciclista, que chocó contra un camión y se ha roto la cabeza y una pierna y sangra de ambos brazos. La escena de motocross en su pulóver ha terminado en sangre. Tanto Manuel como Jo lo reconocen de inmediato y uno le da un leve codazo al otro. El desquite de Amalio, piensa Manuel. Pero alguien está relatando que al anciano lo asaltaron en una escalera y le rompieron el cráneo para robarle el reloj, los zapatos y un impermeable.

Desde el banco en que se hallan sentados, Jo Quirós y Manuel Meneses miran afuera por el enorme portón que en ocasiones deja entrar violentas ráfagas de aire húmedo, pedazos de una noche saturada de figuras y sucesos que Jo ignora a dónde van y de dónde vienen. Es como si alguien le hablara desde un closet cerrado, intentando decirle algo muy importante con palabras demasiado borrosas. Escucha atentamente. Cree que está comenzando a entender, pero de pronto se pierde otra vez y tiene que comenzar desde el principio. Eso es tan fatigoso como si tuviera que llenar sus pulmones, descender hasta el fondo del mar y hacer rodar una roca enorme hasta la cima de una montaña que enseguida cayera al fondo, obligándolo a subir a tomar aire para comenzar de nuevo.

Debajo de esa lluvia negra, hay rachas de un viento despiadado. Siguen llegando heridos. Uno pensaría que hay una guerra secreta en alguna parte de la ciudad y que de ella proviene esa música oscura que se escucha pasar entre las cuerdas del viento. Por eso es que, envenenados y sin juicio, unos se lanzan contra otros, contra las cosas o contra su propio corazón. Qué cándidos los ángeles y los demonios con que intenta Zo detener su pánico, qué incapaces de esa pirueta perfecta que siempre está intentando Juan con sus títeres. Soto, el ángel que cura, y Ayón, el demonio del dolor, de hallarse ahora aquí, se desvanecerían enseguida, si es que ese aguacero negro y ese viento de muerte no los arrastran antes a una alcantarilla o si los fantasmas escondidos entre el viento y la lluvia no se apoderan de ellos. Puede que eso ya esté ocurriendo.

Letanía del guerrero

Manuel no conoce a ninguna de las criaturas de Zo. Las enfermeras y los médicos no lo conocen a él. Él no conoce a Jo, que tampoco lo conoce.

Si la herida le hizo olvidar su hambre, este lugar con su sangre y sus gritos le hace olvidar su herida. Manuel no ve siquiera la lluvia, no escucha el viento. Está hundido entre recuerdos que quisiera detener pero no puede. Vienen en olas sucesivas y los reconoce. De repente se da cuenta de que ése que ve en su mente es él mismo. Y todo aquello lo vivió alguna vez. Él fue todo eso. ¿El odio empezó en algún momento o nació con él? ¿En algún punto determinado dejó de ser una persona y comenzó a ser otra?

Estuvo muchos meses en la unidad subterránea lo mismo que un cangrejo en su hoyo y nunca se adaptó, aunque en

44

ningún sitio lo trataron con mayor respeto que en aquel agujero húmedo y caliente como una vagina. Solamente se adaptaban hombres como el capitán Satán, ya muertos por dentro, que se dejaban enterrar dondequiera. El servicio militar en Cuba no era ni remotamente como esta guerra, y el capitán, más que oficial suyo por segunda vez, era algo así como su némesis verde olivo. Nadie de su familia, ni siquiera Sonia, le escribió en todo el tiempo que pasó encuevado o en la selva. Pero eran otra vida y otro mundo. Otro Manuel. Pensándolo bien, todavía hoy no sabe qué es la guerra. Y la entiende menos ahora que aquel día cuando salieron a desalojar al enemigo de una aldea en medio de la selva. Y entonces tampoco conocía el África. El denso olor de la vegetación, el aire tostado y antiguo, la constante sensación de mil estruendos lejanos, la opresión de hallarse en un espacio mucho más vasto que lo que un hombre puede imaginar, de todo aquello sólo empezaba a darse cuenta el día del ataque, pero en aquel momento le había preocupado, ante todo, el repentino temblor con que sostenía el fusil apuntando al frente y los latidos del corazón en el dedo índice, sobre el gatillo helado.

Manuel no recuerda con claridad a partir del momento en que apareció, como dormida aún al amanecer en el claro de la selva, aquella aldea de nombre que se confunde con el de otras aldeas y otros parajes. A veces cree que comenzó a disparar sólo cuando escuchó los disparos de sus compañeros. A veces está seguro de que oyó la orden de abrir fuego primero y luego disparó. También duda si vació el cargador en una sola ráfaga o en varias. Pero nunca olvida la choza hacia la que emprendió aquella carrera en cámara lenta con el fusil disparando hacia delante, contra la puerta, que cayó al primer empellón de ariete de su pie izquierdo.

Todavía hoy le parece escuchar los alaridos que la balacera no conseguía cubrir, y ve aún aquellas brasas que humeaban a la derecha de la puerta, con una vasija negra volcada a un lado. Los que estaban dentro cayeron en montón porque intentaban escapar todos a un tiempo por la otra puerta. ¿O será que esos detalles me los imagino? Alguno gemía en el suelo. Ya se me había vaciado el cargador cuando algo salió corriendo de la choza y me apartó de un empujón. Se arrastraba sobre sus dos pies pero no era una persona, y tampoco un animal, porque gritaba "¡No, no, no, no!", o algo así. No sé si de veras era una cosa horrible, jorobada y llena de pelos, o si así veo después a Sotuyo en las pesadillas donde soy yo el que huye de él. Tampoco sé por qué le llamo Sotuyo. Creo que fue un nombre o algo parecido que escuché en aquellos días. Claro, aquella mañana, cuando *aquello* alcanzaba corriendo los primeros árboles, yo levanté el fusil y disparé, porque se me olvidó que ya había vaciado el cargador. Al regreso, yo tenía los brazos ensangrentados de cargar heridos y me parecía ver a Sotuyo detrás de todas las matas. No podía hablar, lo mismo que los otros, mientras iba arrojando a un lado del camino el cuerpo de los niños que se iban muriendo.

No nos mirábamos a la cara.

Ninguno de los que me odian sabe nada de eso. Y todos me odian. Y ninguno sabe lo que yo sé. Los mataría a todos ellos con tal de no haber ido jamás a aquella aldea en el claro de la selva. Eso deben vérmelo en la cara. A *estos* los conozco y sé por qué los mataría, pero yo había recorrido miles de kilómetros para llegar hasta *aquellos* y matarlos sin

46

saber por qué. Luego todo se derrumbó. Luego ya no sé qué cosa sueño y qué me pasa de verdad. A Jo le sucede igual, pero no tiene idea de lo diferente que somos, y así y todo hay momentos en que creo que él pudiera estar en mi pellejo y yo en el suyo. Pero su rencor, si es rencor, no es como el mío, sino como el de todo el mundo, parecido al cariño en el fondo, capaz de hacer alguna herida inocente. Y ya. Mañana ni se acuerdan. Hasta se ríen de lo que sintieron.

Si tuvieran una bomba atómica la guardarían en el closet o se la mostrarían al vecindario. Yo la exhibiría en medio de la calle al mundo entero diciendo que se trata de un tesoro maravilloso. Cuando todos vinieran a mirar, ¡*baaannng!* Y yo parado viendo mi explosión. Supongo que nadie volvería a reírse. Los sobrevivientes, si los hubiera, me odiarían para siempre. Después se olvidarían de mí. Yo me olvidaría de ustedes y de mí mismo también hasta el día en que naciera Dios o algo vivo en medio de esa muerte. Ojalá que para esa época pueda volver a orinar las puertas blancas y las ocres, las de vidrio, las de caoba y las de mugre, las enrejadas; mi portañuela abierta de par en par ante la puerta cerrada por donde acaba de entrar la sombra suave de una de esas niñas en las que yo no puedo entrar. Dios mío, hasta cuándo daré vueltas por este cementerio como un perro con una lata amarrada a la cola.

Dicen que el viejo al que asaltaron acaba de morir. Demoró mucho, la verdad. Yo lo hubiera rematado enseguida. Lo difícil es el primer disparo, o el primer golpe. Los demás, *como en todo*, siguen siempre al primero.

Jo me odia también. ¿Se da cuenta de todo lo que no le he dicho? Le veo en los ojos que está a punto de irse. No hay mayor desgracia que la suya. Su destino, aunque yo no sé cuál es, lo tiene cogido por el cuello. Y bien cogido. Pero nadie lo matará nunca. Y tampoco a Zo. No hace falta que nadie los mate. Mientras los demás tratan solamente de agarrarse a la vida, ellos buscan otra cosa, qué sé yo. Todos mueren a la fuerza, rebeldes, como perros con rabia. O aguantándose del aire como gatos. O chillando como puercos. O se pudren despacio como no sé qué. Pero ni Jo ni Zo pueden hacer algo así. Y yo no sé cómo morir. Me agarro del aire como los gatos y chillo como un verraco para que siga la agonía, para que me odien y se rían y me miren, riéndose de mi odio y de mis zapatos destrozados. Y de mis espejuelos que se perdieron. Y de mi cabeza partida. Y de mis manos sucias. Y de que no sé qué hacer. No sé reírme ni mirarlos a la cara. No sé matarlos ni sé qué hacer conmigo ni con mi odio ni con nada.

Cuando llaman a Manuel Meneses para curarlo, Jo pudiera aprovechar y largarse, pero se queda sentado escuchando cómo el otro grita negándose a que le cosan la herida. Llora de un modo muy raro, no como quien sufre, sino como quien tiene a la espalda un peligro que no puede ver más que en la reacción de la cara que tiene delante. Asegura que hay hormigas en su cabeza y suplica que no las dejen entrar por la herida. Reclama anestesia general a toda voz. Las enfermeras lo sujetan hablándole con dulzura, a veces con dureza. "Mañana hay feria, enfermera". Un médico viejo y grave logra enfriar su pavor. Aún así, continúa lloriqueando y mascullando palabras incomprensibles como las del borracho cuando se alejaba en manos de la justicia.

Y Jo Quirós no reconoce la voz. Un inquietante matiz la diferencia por completo de las otras voces. La arroja, solitaria, adonde el sonido ya no es animal ni todavía

48

humano, con un tono húmedo y oscuro del que sólo una mínima parte alcanza el oído. Voz de lluvia espesa y viento remoto que no suena en un punto, sino que llega desde todas las noches posibles para inundar esta noche.

Y esa voz fascina a Jo con su terrible distancia, con su desnuda ajenidad, y le impide que se aparte, al menos por ahora, de Manuel Meneses.

Araña dorada, llanto eterno y juego de las vidas imaginarias

Son aburridas las manchas grises y blancas de estas baldosas, aunque peores son esas cuyos garabatos se convierten pronto en monstruos que paren monstruos que paren monstruos. Las baldosas del cuarto tienen dibujos fáciles de mirar. Sin embargo, una vez fueron una red de pescador y después una telaraña. Parada en medio del cuarto, Zo no acertaba a detener aquello. Se echó en el piso, que se hizo interminable. Me miré el cuerpo y vi una hormiga amarilla, de esas que son vidriecitos de miel. No me movía, no quería hacerlo, ni podía. Y estaba tan impaciente como dudosa, aunque con la esperanza de que no aconteciera lo peor. Era tan pequeña y estaba tan sola que ni siquiera podía sentirme amenazada por algo. No era la víctima caída en la trampa. No me sorprendí al mirarme el cuerpo y ver a la araña: era más fuerte que la hormiga y de una miel verdadera, una araña con mandíbulas de diamante y patas de seda, esperando la inminente caída de una presa en mi inmensa tela.

Pero algo me decía que esperaba en vano.

Bajé de nuevo la cara para mirar mi cuerpo y no vi nada porque apretaba con fuerza los párpados, sin siquiera imaginar lo que había ante mis ojos cerrados. Algo tibio me rozó los párpados. Abrí los ojos con susto para encontrar que un rayo de sol me tocaba la cara y que Jo dormía a mi lado en paz, y yo era tan dichosa que lloraba, pero en silencio, para no despertarlo como otras veces. Cuando eso Jo trabajaba podando árboles. "¿Y si un día, allá arriba, de pronto me convierto en mono?", me decía con cara de niño maldito.

Nadie puede consolar a la muchacha que llora junto al cadáver. Ella lo ama, pero el anciano ya no está. Y si ya no está, ¿a quién abraza ella sobre esa camilla? Y si ese es él, ¿entonces por qué llora? Y Manuel llorando porque no quiere que le zurzan el pellejo. Y Zo llorando porque ha amanecido. Y yo ni me acuerdo por qué. Todos siempre llorando de este lado porque nadie sabe lo que hay al otro lado de la puerta. Y lo peor, o lo mejor, es que quizás no haya *nada*; pero eso sería ya *algo,* porque siempre tiene que haber *algo* al otro lado si hay una puerta. Y siempre lloramos por *algo* en un lugar ajeno.

Si pudiera me gustaría llorar hasta que se me gasten los ojos y la sangre, corriendo hasta que se acaben mis piernas y mis pulmones y mi sombra se disuelva en la medianoche, y luego, aun muerto, seguir volando cada vez más lejos, cada vez más veloz, hasta pasar todas las cosas y todos los lugares y detenerme cuando vuelvo a cruzar por este lugar de ahora, y entonces, sólo entonces, volver a vivir.

Y despertar.

Jo sabe que debieran dejar de soñar uno en el otro, de soñarse a ellos mismos, de soñar que viven, que juegan, que hablan y no se abandonan, de soñar que sueñan; despertarse ya y tampoco soñar de nuevo que se despiertan, sea lo que sea realmente despertar.

El lobo blanco quería escapar del cepo y de la inmovilidad, del dolor que sentía: huir lejos de todo lo que significaba la trampa. Por fin, cuando cualquier otra cosa es preferible a permanecer en la dolorosa prisión, el lobo, con la mayor frialdad, desgarra la pata atrapada con sus propios colmillos y huye, moribundo de dolor y desangrándose, pero libre.

Ella, en cambio, como un pez volador, nada de su pena a su alegría en un instante, y luego regresa al agua espesa de los días. Es un ave y nada. Puede incluso sonreír. Para Zo, mover el dial de su radio es como ir de calle en calle, no de novela en novela ni de melodía en melodía. Si las historias que escucha la llevan a mundos remotos, la música la lleva a donde nada tiene nombre. Cuando no quiere saber de nadie y de ninguna cosa, cambia a la onda corta, sintoniza alguna emisora en otro idioma y se sienta a escucharla atentamente, a *no comprender nada*. Yo regreso, tras ocho horas de podar álamos y laureles por todo El Vedado y la encuentro hundida en algún mar de la radio, quizás durante horas, incluso a veces escuchando únicamente la estática.

—Tu amigo es muy cobarde —me dice la enfermera fea con un lunar bonito, y veo a Manuel, que está sentado junto a la camilla de curaciones, desvanecido y pálido como si acabaran de amputarle la cabeza a sangre fría y no de vendársela, con la oreja enyodada y las manos entre los muslos igual que un feto—. Déjalo descansar un momento. Y que se cuide. Casi se parte el cráneo.

Vuelve a asentir, sonriendo como un idiota, con esa sonrisa que le hace ganar suaves palmadas en el hombro. El buen cachorro que hace bien lo que le dicen, comprar cigarros o viandas, buscar el periódico en el estanquillo de Ji, cosas fáciles que la gente agradece con un pan o unas monedas, podar matas o hacer colchones con su hermano, cortando alambres, quitando o poniendo guata y hasta cosiendo el forro. Pero, como suponen que es tranquilo y obediente, Jo puede hacer con cierta facilidad lo que le gusta. En el fondo no es un buen cachorro sino un perro callejero que va mucho más lejos de lo que ellos se imaginan. Y que sabe más de lo que creen.

Pero Zo es un pez volador y él siente que ella se lanza a un vuelo en el que ya no puede seguirla. Qué fácil era todo cuando jugaban a describir cómo cada uno querría que fuese el otro.

Zo tenía varios hijos y no dejaba de trabajar todo el día en la casa, pobre y mínima. Era de esas mujeres delgadas y ojerosas que inspiran lástima. Pero eso era sólo a primera vista, porque realmente era muy feliz. Aunque no reposaba, nunca la demoraba el agotamiento; al ser tan rápida, parecía hacerlo todo con la mayor calma, a veces riéndose o canturreando igual que un pájaro o una cantante de moda, como si no se sintiera obligada, con un buen humor natural, sin el menor aburrimiento, alegre aunque sólo hubiera motivos para el desánimo.

Gorgonia era el nombre del bote pintado de azul que se confundía con el mar cuando Jo regresaba de sus pesquerías por la mañana. Venía siempre erguido en la popa, empuñando el timón y rozando con su sombrero el sol bajo. No era sólo un pescador de alta mar: capturaba los peces más hondos, esos que pueden verse sólo en los libros porque ocultan su horrorosa figura en el abismo. Durante toda la noche batallaba con tales monstruos, que primero se resistían a subir desde la tiniebla de la profundidad a la tiniebla de la noche, y se rendían únicamente al primer destello del alba. Aquellos peces abisales, reventado el abdomen y botados los ojos, eran demonios pescados al infierno; él no regresaba envanecido, pues hacía sencillamente lo que nadie haría en su lugar. Ya en la orilla, echado el bote celeste sobre la arena de oro, los curiosos venían corriendo a contemplar aquellas pesadillas frías, viscosas, que devoraban con sus escamas negras todo el sol de una mañana. Y al anochecer, se iba Jo de nuevo a la mar, sin temor, como si fuera la primera vez, o la última.

También venía mucha gente a ver los incomparables cuadros que pintaba Zo. Nadie podía decir qué representaban o a qué se parecían, pero debían ser obras fabulosas, pues cada visitante llevaba, al salir de su casa, la expresión de quien ha asistido a un milagro que no precisa explicación. Nadie sabía por qué le fascinaban aquellos cuadros. Quizás ni siquiera podían recordar uno solo de ellos a los cinco minutos. Acaso ocurría que, de alguna manera, al mirar los cuadros, se hacía visible sobre el lienzo el incontenible gozo con el que ella daba cada pincelada. Los matices eran risas, y las curvas, muy sutiles a veces, eran sonrisas que limpiaban todo rastro de hiel. Cada cuadro era una imagen al mismo tiempo familiar e insólita. Lo curioso era que, aunque Zo regalaba los cuadros a quien los quisiera, sólo de vez en cuando alguien se llevaba alguno. Por eso a veces pintaba sobre una tela ya usada. Si se acumulaban demasiados trabajos los botaba, pues sólo amaba el cuadro que pintaba ese día. Si con algo debían compararse sus obras era con la danza. Y no sólo por las líneas y los movimientos, ni por la rítmica vitalidad, sino por la sensación de realidad que inspiraban, por la manera de poner dentro del que los contemplaba una especie de rito del sol o de la luna.

A pesar de que se siente feliz, Zo se entristece cuando pasa medio año sin ver a Jo, aunque comprende que es un hombre muy ocupado, que trabaja para resolver importantes asuntos de los demás hombres. A veces lo ve aparecer en la televisión; ella lo preferiría aquí, en el pequeño lugar donde crecieron. Cuando se ven de nuevo, ella, claro está, no le reprocha nada. Sabe bien que Jorge Quirós Quirós es más dichoso junto a ella que allá, rodeado por los grandes hombres y los periodistas del planeta, asediado por millones de gente que confían en su inteligencia y en su honestidad.

El público que colma los teatros para ver a la gran Zoe no es como el de aquella noche en el circo, naturalmente. Ella es una cantante insuperable a quien las multitudes quieren escuchar, pendiendo de sus labios y de sus gestos reposados, volando en una voz milagrosa que nunca antes se había escuchado en el mundo. Sus melodías se repiten en las calles y en las casas. No hay silencio que ellas no rompan. Zoe Quirós Quirós es la novia de todos los continentes. Usa el cabello muy corto y viste sobriamente, pero sus canciones son exuberantes, celestiales. Cuando aparece en escena trae una luz más fuerte que la de los focos que la siguen. Cuando canta la primera nota de la primera canción, el mundo es otro. Nadie nunca ha puesto una voz así a una música tan bella. Mirándola y escuchándola cantar, Jo se emociona mucho, pues él siempre supo que ella era así, aunque nunca esperó que los demás llegaran a saberlo también. Por esa razón, cuando se va al cosmos, lleva en sus oídos las canciones de ella. Todo el tiempo que demora el viaje, Zoe le canta al oído, porque él ha escuchado tantas veces las melodías, y con tanto amor, que ya no necesita oírlas para escucharlas. Es un astronauta que descubre estrellas y conquista planetas y alcanza mundos que ningún humano pisó nunca, y a los que otorga nombres que le son caros: Bermejo, Holanda, Alción, Amaranto, Casandra, Noria. A las estrellas las bautiza con el nombre de Zo al que añade algún atributo de ella o un bello adjetivo. Cuando regresa del espacio, Jo le cuenta lo que ha visto y Zo compone canciones sobre mundos fabulosos para que los que aman sepan que hay paisajes de varios soles, estrellas habitables, planetas ingrávidos y noches donde se cantan melodías de luminoso silencio.

Otro que retorna al polvo, pero no los trapecistas

Ya Manuel no estaba tan pálido como unos minutos atrás, pero seguía quejándose; se palpaba el vendaje de la cabeza con una mano y ponía expresión de animal maltratado. Jo quería irse ya, pero él no. "Esas enfermeras no respetan la sangre". Con una mirada fría y directa al fondo de los ojos, Jo dejó escapar un murmullo cortante por lo bajo y el otro se calló.

Entraron en un cubículo cercano el cadáver del viejo y se escuchó con mayor claridad el llanto de la muchacha hermosa. A los tres minutos, según supuso Jo, sacaron de

55

nuevo la camilla y se la llevaron por el pasillo, suavemente, como para no despertar al muerto, con la muchacha todo el tiempo a su lado, sollozando.

Si Zo muriera quedaría casi intacta, porque es muy poco lo que de ella desaparecería. Cuando te ve sangrar de una herida parece estar viendo que el mismo corazón se te va por ella y sufre por todo lo que ve irse aunque no sea indeteniblemente. De pronto, no obstante, puede *caer* a mil millas del sufrimiento. Cuando murió Mayté, la vecina que se dio candela, Zo no mostró ninguna reacción.

—Es terrible. Ya no la veremos más —le dije y ella me miró como si yo hubiera dicho algo sin sentido. "¿Sí? ¿Cómo lo sabes?", me preguntaban sus ojos.

Quizás si ella fuera la muchacha hermosa no lloraría por el viejo ni por su muerte, sino por sus heridas. Y aun así, se le pudiera ocurrir otra cosa. Nunca entendí por qué la aterrorizaron los trapecistas. Son tan increíbles las acrobacias. ¿Cómo podían resultar monstruosos aquellos magníficos saltos? Los trapecistas se balancean, vuelan, dan giros mortales en el aire, se toman de las manos o de los pies, realizan enloquecedoras combinaciones de saltos seguidos por los reflectores, en medio del mayor silencio o acompañados por el redoble del tambor. Con una red debajo. Pero vuelan. Y su vuelo es doloroso por breve, porque lo ven cientos de ojos que no saben hasta qué punto todo depende de brazos y piernas vigorosos. Además, es infame ver la carpa amarilla del circo ahogando el vuelo de esos hombres-pájaro.

Y a pesar de eso, él diera cualquier cosa por ser trapecista al menos una vez y dar un solo salto mortal ante ella. Quién sabe si entonces Zo vería únicamente un vuelo libre y limpio y largo, sin pavor, sin misterio.

Recuerdos de un aliento salvaje

Manuel Meneses no se acordó hasta hoy de la vez que sintió un terror comparable al de las pesadillas con Sotuyo. Llevaba varios meses en una sala de psiquiatría y ya se había cansado del asedio de un enfermo que lo perseguía para mirarlo muy de cerca y fijamente a los ojos, de modo que le incrustó el puño tres veces con fuerza en plena cara y el perseguidor cayó al piso soltando sangre por la boca. Súbitamente bestializado, Manuel comenzó a patearlo. Dos auxiliares lograron inmo-vilizarlo y atarlo con correas a la cama. Luego lo inyectaron. Cuando despertó, en medio de la noche, el silencio de la sala era absoluto y el rostro contusionado del loco estaba a un milímetro del suyo. Lo miraba con una insistencia peor que el aliento salvaje que le echaba en la cara, pero no peor que su ataque. Un tigre furioso no lo habría mordido tratando de desgarrarlo tan minuciosamente y un gorila que tratara de arrancarle los testículos no se hubiera aferrado a ellos con tamaño entusiasmo. Sus gritos llegaron tan lejos que vinieron auxiliares, enfermeras y médicos, incluso de otras salas. Cuando se lo quitaron de encima, el otro cesó de resistirse y lloró riendo como un niño.

—Zo y yo también estuvimos ingresados varias veces.

—Quién sabe si los vi alguna vez.

—Éramos niños.

—Yo no quiero volver nunca allá.

—Dicen que estábamos hinchados, con cuarenta y dos de fiebre, gritando por las cosas extrañas que veíamos, sobre todo ella.

—¿Por eso es que no quieres ir a la feria? —Jo se encoge de hombros—. Pero ella sí quiere, ¿no? —El mismo gesto—. Tengo hambre.

—Vamos. Por Coppelia encontraremos algo.

—No estoy llorando por el hambre, sino por la herida.

Manuel Meneses echa a caminar deprisa, pero un vahído lo hace perder la estabilidad y Jo le pasa su largo brazo sobre los hombros mientras abandonan el cuerpo de guardia.

Aquí se habla de seres solitarios, del humo y el dulce

Sólo una noche como esta puede lograr el milagro de que en las aceras de Coppelia no haya siquiera una docena de gente. Unos esperan un ómnibus y aquellos aguardan alguna otra cosa. Nada hay que evoque la acostumbrada muchedumbre noctámbula de los sábados dada a cazar las presas más variadas, yendo y viniendo maniáticamente, todos vigilándose con cierto celo y con una pizca de recelo. Jo no recuerda una medianoche de sábado tan apagada. En sus largas caminatas por la ciudad ha venido frecuentemente por aquí y siempre le resulta grato pasar entre gente divertida, sentirlos cerca durante un rato y luego seguir caminando. Hoy no puede hacer ni eso siquiera.

Si antes lo ignoraba, ahora ya sabe qué es la soledad, o al menos empieza a comprender a qué se parece. Hay un

58

espacio vacío donde se demora la sombra de alguien que estuvo. Es posible que ya signifique lo mismo si ella se fue o todavía sigue encerrada en el cuarto, y sea igual si él regresa en este momento a la casa o no lo hace nunca.

Bajo un alero, botado en el suelo, Jo encuentra un tabaco no sólo fumado a medias, sino tan reciente que todavía está seco. Le pide a un joven los fósforos, enciende y se pone a fumar recostado a la pequeña cerca de hierro, mirando cómo el viento le arranca el humo de los labios.

—Yo también vi el tabaco.

—Te dejaré fumar de todas maneras.

—No. Tengo mucha hambre. Se me nubla la vista.

—¿Y cómo pudiste ver el tabaco?

—Tendría que estar ciego para no verlo.

—Ya me imaginaba que usas espejuelos para bonito.

—Es para ver de lejos.

—Claro, águila.

—Te molesta que tenga hambre.

—Si me vuelves a hablar del hambre, me largo.

—Las enfermeras también se burlaban de ti en el hospital.

—No me hables tampoco de las enfermeras.

—¿Vamos por fin a la feria?

—No me importa la feria.

—Sigue hablándome entonces de Zo.

—A ti no te importa mi hermana ni te importa nadie.

Manuel sintió deseos de coger a Jo Quirós por el cuello y apretárselo hasta que se pusiera frío y tieso y así y todo no soltarlo hasta el otro día. ¿Cómo se le puede ocurrir que no le importe su hermana? Es verdad que no me importa nadie, pero con Zo es distinto. En primer lugar, a ella solamente la he visto tres o cuatro veces. En segundo lugar, él no sabe lo que yo siento dentro de mí. Si yo mismo no lo sé, ¿cómo coño puede saberlo él?

—Tú debes tener tanta hambre como yo.

Jo se quedó mirándolo con extrañeza. Luego sonrió.

—El día que yo sienta el hambre que tú sientes ahora, me como la luna y el sol y después me bebo el mar.

—No entiendo el chiste.

—No es un chiste.

—No creas que a mí no me importa tu hermana. Has dicho cualquier cantidad de palabras bonitas, pero ahora terminas jodiéndolo todo. Yo sé que tú te crees el más sufrido del mundo. Pero voy a decirte una cosa: tipos más duros que tú yo los vi ponerse blanditos en la guerra —Jo se separó de la cerca metálica para irse sin decir nada más, como si estos dos días no existieran, pero Manuel lo atajó cogiéndole un brazo—: yo le tengo miedo a la guerra. No te vayas. Hemos atravesado juntos un campo minado, emboscadas, una selva llena de leones —Manuel se echó a reír, desdentado, con carcajadas que no parecían serlo.

—De acuerdo, poeta —le dijo Jo poniéndole una mano en el hombro—. Ha sido un viaje inolvidable, pero ahora cada uno coge por su rumbo. Cada cual a su guerra. ¿No nos encontramos por ahí a cada rato?

—Yo pensé que iríamos juntos a la feria.

—Esa es tu guerra. No la mía.

—Entonces llévame a ver a tu hermana —susurró Manuel con el fondo de su aliento, con la suma de todo su coraje, entrecerrando los ojos y estrechando una mano de Jo entre las suyas, heladas y húmedas.

—Me voy, Manuel —Manuel se echó a llorar pasándose obsesivamente una mano sobre el vendaje. La gente que estaba cerca se quedó mirándolo. Jo se aproximó y le dijo al oído—. Vamos a comer algo, que así no se puede vivir.

—Sí —saltó hacia delante, caminó enseguida junto al otro y, mientras se soplaba la nariz en la manga de su camisa, balbuceó a tropicones—. No sabía que fumas tabaco. Lo hubiera recogido y te lo hubiera regalado —terminó de soplarse la nariz, se secó los ojos y no volvió a tocarse el vendaje.

Jo sonreía echando largas bocanadas de humo al viento sin ver cómo desaparecían al instante y sin mirar a Manuel, caminando a pasos larguísimos y casi arrogantes hacia la pizzería, detrás de Coppelia. Cuando estaban llegando, rompió a llover nuevamente. Manuel se cubrió el vendaje con las manos. Toda el agua caída hasta ese momento fue poca en comparación con la que cayó a partir de entonces. Los que estaban en la cola corrieron a buscar refugio, pero todos los rostros se volvieron hacia ellos en cuanto llegaron, como si entrara el circo ambulante en un pueblo aburrido. Hubo gente que paró de comer para mirarlos. Y por la pizzería *Vita Nuova* pasa el mismo bestiario humano que pasa por Coppelia. Pero Jo y Manuel se diferencian mucho de los otros vagabundos. Llega un mono allí y todos se sorprenden. Llega una hiena y lo mismo. Pero que lleguen juntos y con la mayor naturalidad, como si fueran de la misma especie el mono y la hiena, es un espectáculo inolvidable. Hubo comentarios jocosos, miradas de repugnancia, alguna risa indulgente, cierto choteo. Pero ya Manuel era ciego y sordo a todo lo viviente a su alrededor: he ahí su carroña: pastas heladas como trozos de caucho, restos de pizzas o lasañas. Se lanzó hacia las mesas y volvió en menos de un minuto con las manos llenas, extendiendo sus labios en una sonrisa que le agrietaba la rigidez del rostro.

Hay una discusión junto a la caja contadora y las miradas se van prestas hacia el nuevo drama: dos adolescentes le reclaman dinero a la cajera, quien insiste en que ellos han pagado con un billete de diez pesos y no de veinte como aseguran los muchachos. Unas voces protestan desde la cola y la cajera mira hacia allá con una expresión peor que la peor expresión del peor ogro. Luego, indulgente, le devuelve el dinero a los muchachos y se rompe el nudo de la cola.

En un par de bocados, Manuel engulle casi todo lo que ha traído. Ensimismado en sus pensamientos, Jo ni siquiera mira alrededor. De nuevo se siente vaciado y como si estuviera exactamente en el sitio donde no debiera estar. Le da una chupada al tabaco, pero se ha apagado. Como la lluvia no hacía una tregua, se recostó al marco de la puerta de salida, de frente a la calle. Manuel vino a su lado, en silencio, atracándose con los últimos restos de pizza de su rapiña, y se recostó a la puerta igual que el otro, mirándolo con el rabo del ojo. No hablaron.

Jo le echó un vistazo y desvió la mirada como si le hubieran pinchado el ojo con una aguja caliente. La mueca de Manuel tenía la misma mugrienta felicidad que la de aquel lugar llamado *Vita Nuova*. No se había pasado siquiera la mano por la boca y tenía restos de pasta entre sus restos de dientes, lo cual daba el toque de perfección a la atrocidad de su sonrisa. El demonio del hambre, Grug, se había metido en su vientre y lo mordisqueaba por dentro. Aunque la apariencia de Grug no se diferenciaba mucho de las demás, en ocasiones llegaba a hacerse insoportable como ninguna.

Pero el ángel de lo dulce es bien diferente. Se llama Anjá y tiene una bocona pulposa y es quizás el ángel predilecto de ella, en cierto sentido; mientras Zo come en un plato pequeño sus golosinas, yo hojeo una revista y fumo. A pesar de no haber fumado nunca, a ella no la irrita siquiera el humo de los cabos de tabaco más apestosos, porque apestan dulce: si quisiera ser hombre, sería por mordisquear y chupar y chupar y mordisquear enormes tabacos.

—¿Por qué lloras ahora?

—No sé qué voy a hacer —dice Manuel, limpiándose la nariz en una manga de su empapada camisa.

—¿No tienes ninguna puta abuelita que te lleve a la feria del domingo?

—Ya se me pasó el hambre. Te lo juro por Dios.

—¿Tú conoces a Dios?

—Yo no sé. ¿Pero Zoe?

—¿De verdad no te das cuenta de que está muerta?

El otro enmudeció.

Hay juegos que se inventan en un segundo. No hace ni un mes que jugamos a lamer las cosas: un pedazo de pan, un dibujo, un pañuelo, un demonio de papel, un anillo de cobre. Y no sólo lamerlas, sino también besar las cosas, comerlas: un dulce imaginario, un falso tabaco. Había muchas maneras de hacerlo, y las cosas por lamer eran infinitas incluso después de nosotros mismos, que ya éramos infinitos.

No creo, sin embargo, que ese haya sido uno de esos juegos que se inventan en un segundo, sino que fuimos construyéndolo poco a poco, como si tuviéramos diversas lenguas, muchos labios e incontables paladares. Nos acercábamos sigilosamente a las cosas y así las conocíamos mucho mejor que si cayéramos de golpe sobre ellas, pues no les dábamos tiempo a que escondieran su sabor secreto. Yo estaba seguro de que lograr eso era algo parecido a despertar. Pero con frecuencia pensaba todo lo contrario. Fue magnífico, por ejemplo, cuando descubrimos el pan. Durante años hubo incontables pedazos de pan; comemos pan durante tanto tiempo hasta que al fin, cierto día, llegamos al verdadero pan y desde entonces lo saboreamos y lo comemos de modo distinto al de antes. Con el agua ocurrió algo parecido. Con las verduras también. Pero con la música yo no pude, pues sólo Zo puede mantenerse inmóvil durante horas dejando que un sonido la atraviese libremente y sin que el silencio lo desvíe hacia otro ser. Yo no puedo ser transparente como ella, que no tiene fondo. Pero, ¿y si en vez de seguir en su abismo se despierta de pronto y se va en busca del mar? ¿Y si despertamos los dos en lugares distintos?

—Ella no puede morir antes de la feria —dice Manuel sólo para escuchar sus propias palabras.

Donde aparece el loco Veneno

Hacía ya un rato que Veneno se burlaba de él, parado a unos metros de distancia, exactamente donde caía un chorro de agua de los aleros, pero Jo no se percató hasta ahora, cuando Veneno suelta su risa gruesa y metálica; lo mira y reconoce esos enormes dientes que se le escapan lo mismo

64

que si le hubiera estallado una granada en la boca, y esos ojos siempre desorbitados en púrpura, que son el espanto de Manuel. Y reconoce esa voz odiada por Arnuru el enano más que ninguna otra, pues la suya junto a la del gran Veneno eran como salidas de dos nalgas apretadas y ya.

Nunca está serio Veneno, excepto cuando avanza por la calle a bordo de su auto imaginario, muy de acuerdo con su imaginario código de tránsito, a través del tráfico nada imaginario de la Avenida 23. Ahora, empapado por el aguacero, es un horror ambulante. No obstante, acostumbra a andar limpio como ningún otro loco de La Habana: más que la China, esa hada de la obscenidad, y tanto como Einstein, el físico que sufrió una fisión psíquica, infinitamente más aseado que el Ranger, que Aquino o los Mamertos de 23 y 12, que Kid Gavilán y que el mismo Manuel. Y lo cierto es que cuando uno lo encuentra en medio de la gente, por La Pelota o por Coppelia, no se da cuenta de que es un chiflado hasta que arranca a cantar, a todo corazón y con su poderosa voz, alguna canción de moda o del repertorio de sus ídolos.

Esta noche él, como todos los demás, ha perdido tres cuartas partes de la lucidez que le quedaba en el momento en que llegó el viento sur. Su historia verdadera no la sabe nadie.

—¿De dónde sacaste este ratón de alcantarilla? —le pregunta a Jo con su vozarrón que arrancaba risas en torno suyo— ¡Y es más feo que yo, compadre!

—Te lo regalo.

—Yo lo conozco. Siempre anda por la calle G enseñándoles el pipi a las niñas de la Universidad —Manuel sonríe, helado, sin atreverse a mirar de frente a Veneno—. ¿Quieres un trago, Mamerto?

—Yo no me llamo Mamerto.

—No. Tú eres un mamerto. Y espérenme aquí, que voy a buscar la comida de mi perro —volviendo la cara hacia Manuel, lanza un ladrido tan enérgico y real que el otro salta hacia atrás y tropieza con una mesa vacía, para regocijo del público en el improvisado teatro. Veneno sale disparado hacia la cocina aullando como un lobo y arrastrando las miradas. Antes de entrar por la puerta doble, regala un agudo ladrido en redondo. La cajera va a gritarle, pero ya es tarde y el ogro se le derrite en la masilla de la cara. Al regresar, segundos después, trae un grasiento cartucho en una mano y aprieta la otra contra el pecho, cantando un feroz aullido de lobo siberiano. En cuanto aterriza junto a ellos, palmea a Manuel, para espanto del infeliz, en la cabeza, aunque por el lado contrario del vendaje. Luego saca un resto de pizza del cartucho y lo engulle, comentando—: ríanse todo lo que quieran. Mi perro es de raza y necesita alimentarse bien, pero se porta como un cochino y entonces lo castigo y lo pongo a comer estas inmundicias que nada más se comen los perros sarnosos y muertos de hambre, como este que estoy viendo aquí.

Le tiende por fin el envoltorio a Manuel, que no para de tragar hasta vaciarlo. Entonces Veneno muestra el cartucho lo mismo que el mago muestra su sombrero; luego lo infla con la boca, lo explota contra la otra mano y, por último, hace con él una grasienta pelota de papel que arroja a la acera con ademán de pitcher.

De la Prensa y la Danza (casi una alegoría)

Mirando y escuchando a Veneno, Jo se entusiasma, contagiado, de vuelta a una época imprecisable y limpia como la infancia. Quisiera saltar atrás, arriba, al frente y abajo, pasar en un relámpago de la vida a la muerte y de la muerte a la vida lo mismo que un león saltando en uno y otro sentido a través del aro de fuego.

Un señor maduro, con la sobriedad y la mirada de un capo mafioso, y una mujer treinta años más joven que él y aparatosamente elegante, se detienen en la puerta midiendo la fuerza del aguacero. Él opina que pueden correr hasta el auto, pero ella está segura de que se *salpicará* demasiado el vestido. Tiene un paraguas en la mano, pero cerrado. Don Corleone la convence en voz baja y cuando ella abre el paraguas el viento se lo arranca instantáneamente. El capo mira con desprecio cómo el viento se traga el paraguas y la tranquiliza, diciéndole algo en voz baja, antes de sacar del bolsillo trasero su carta de triunfo: un periódico que extiende con ambas manos en alto.

Es entonces cuando ocurre: con un movimiento de halcón, Jo Quirós le arrebata el periódico al señor maduro y lo pone ante su cuerpo como si quisiera cubrir una imaginaria desnudez. La cara del hombre no se alarma demasiado cuando tiende su mano para recuperar lo que le han quitado, pero se hiela cuando ve esa sonrisa animal. Se vuelve hacia la muchacha, que ha retrocedido casi hasta donde se halla Manuel y le aconseja con un gesto que olvide el periódico y partan ya bajo la lluvia.

Pero el capo duda y mira de nuevo al bufón. Y ese error lo hunde. Jo tiene la postura de un torero que ofrece provocativamente el trapo ante la furia del toro que escucha, desconcertado, las risas lejanas. Ruborizándose por la vergüenza y la ira, quince años más joven y un segundo después veinte años más viejo, el hombre se adelanta decidido hacia el torero que, aprovechando la singular ocasión que le ofrece la bestia, pasa sobre su frente la capa y da un paso y un giro para enfrentar otro ataque y repetir, si es posible, la gallarda verónica.

Rojo de cólera e incapaz de creer lo que sucede, el capo demora el otro intento. Ha olvidado la lluvia y a la beldad que lo acompaña. Se le emborrona la imagen del idiota con gorra de soldado que se ha ganado sin saber cómo ni por qué. Da un paso, alarga más la mano, a punto de estallar, y Jo Quirós ofrece a su extasiado público otro quite impecable, otro pase de manta sobre el cornudo. "¡Ooolé!", grita la alborozada voz de Veneno. La joven por fin atrapa al toro por una mano y tira de él hacia ella, y ambos forcejean un poco arrancando nuevas carcajadas a las gradas, que se enardecen cuando Veneno pide con su gran boca de megáfono otro pase.

Jo brinca y abanica al hombre con el periódico desplegado que azota ilegible al viento que echa atrás la enorme hoja que cubre la cabeza de Jo que intenta quitársela de encima antes de que llegue el toro que va hacia el matador que retrocede sin elegancia mientras logra descubrirse la cara. El periódico aletea en sus manos como un pelícano. Intenta cerrarlo. El viento lo dobla horizontalmente. Se complica demasiado el acto. El capo se zafa de la muchacha y va hacia el usurpador, quien no tiene tiempo para preparar su verónica y sólo atina, urgido por el inminente encuentro, a echarse en el suelo sobre el periódico, estrujándolo y mojándolo aún más. Corleone manotea exasperado.

—¡Néstor, Néstor! —lo llama ella— ¡Por favor, Néstor!

Inclinándose un poco desde el cénit de su cólera, el hombre agarra a Jo por el cuello de la camisa y tira de él. El joven se resiste. Néstor Corleone hala con mayor empecinamiento hasta que Jo se para de un salto y pone el periódico ante su cara como una portezuela; lo aparta con una mano y exclama, sonriendo:

—Dice que no está, que lo llame por *telégrafo*.

Diez carcajadas.

—Néstor, te lo ruego por Dios —clama ella, a punto de llorar—, ¿no ves que es un loco?

—¡Yes, soy un loco! —grita Jo, con los ojos desorbitados y se cubre la cabeza con el periódico a modo de capucha— ¡El Loco Feroz! —Y hasta le tira una mordida, pero se vuelve dulce—. Yo *lo-co-lo-co* y usted *lo-qui-ta*.

Cien carcajadas.

Manuel tiembla como si tuviera tremenda fiebre.

El loco soy yo y estoy aquí,
mas tengan cuidado que pueden morirrrr!!

rompe a cantar Veneno a todo pecho y Corleone da un paso atrás.

Jo deja que la lengua le cuelgue babeante del labio inferior durante un segundo y enseguida continúa la canción que comenzó su amigo:

¡Dicen que peligroso soy
porque me gusta cantaaar!

Y Veneno avanza sobre el aturdido señor y la muchacha horrorizada, que al fin salen a la acera, aprisa y de medio lado, como si bajaran de un tiovivo. La lluvia los empapa de inmediato. Jo tiene que sujetar el periódico con ambas manos para conservarlo. La mueca en su rostro llega al colmo de lo posible. Uno juraría que dentro de un segundo se quebrará como si fuera de barro, y es eso lo que la hace terrorífica. En una fracción de segundo, sin embargo, no queda nada de ella en su rostro.

Echa a caminar por la acera como si sencillamente hubiera terminado un par de pizzas y se largara ya, pero a los pocos pasos, ya bajo la lluvia, empieza a parecer de nuevo un sonámbulo. Se cruza con un policía minúsculo que viene a conocer la causa del escándalo y que le pregunta algo a Jo con voz de soprano, pero Veneno lo interrumpe, acercándose a ellos y ordenando en tono firme y autoritario:

—¡Niño, te he dicho que no te pongas el uniforme de tu papá!

El policía se queda petrificado, como diciendo *"¡eh, eh, cuiaíto, cumpay!"*, pero Jo Quirós y Veneno salen volando por la acera mojada igual que dos yaguazas sobre las aguas del arrozal. Va a volverse el agente hacia la *Vita Nuova* cuando, casi de entre sus pies, sale volando otra yaguaza, que se había ocultado y ahora despega, *tas, tas, tas* sobre la acera, gritando:

—¡Atajaaa, ataaaajaaa!

El pequeño uniformado trata de retenerlo sonando su pito primero y luego su voz de pito:

—¡Negativo, eh, usted, negativo, no corra, ciudadano, negativo! —Y se toca la porra, la pistola, el spray

70

lacrimógeno, la porra otra vez, las esposas, la chapa, de nuevo la porra, y el walkie-talkie, sin decidirse por ninguna de sus herramientas.

—No se preocupe —le dice la muchacha, aliviada—, son unos locos infelices.

—Ah, bueno —dice él, relajándose—. Entonces negativo también —y añade, para sí, mirando la noche—: ñó, qué agüita.

—¡Infelices! —grita Néstor hacia la acera desierta, todavía inquieto.

Danza ritual de los hombres-pájaro

Los tres se reúnen a una cuadra de la pizzería, chorreando agua y jadeando, y se meten en un portal. Como el periódico ya no sirve para nada, Jo lo estruja con las manos, hace una bola de papel ensopado y la arroja hacia el otro lado de la calle. El viento la atrapa enseguida, la deshace y la arrastra un momento contra el contén antes de que desaparezca en el mar de la noche. Se sientan en el rincón del portal menos castigado por el vendaval y adonde no llegan los charcos. De un bolsillo de su pantalón, Veneno extrae un frasco de cristal que destapa y del cual bebe un trago. Haciendo una mueca de repulsión, le pasa el pomo a Jo, que no quiere, y a Manuel, que toma un largo sorbo y acaba tosiendo y riendo.

—El tipo casi se muere del susto —dice Manuel, fingiéndose resucitado.

—Bien duro que tiene el carapacho —replica Jo.

—Los cangrejos también son de carapacho duro, y yo como cangrejos —sentencia Veneno, y se traga otro poco de alcohol boricado con agua, y canturrea muy bajo mientras termina de convulsionar—. Te divertiste cantidad.

—Cualquier cantidad —berrea Manuel, y va a añadir algo, pero Veneno lo mira desollándolo con los ojos.

—Mámer, eres una bomba.

"Dios te oiga", piensa Manuel.

Jo quisiera ver de frente esa tristeza que constantemente rehúye su mirada: no puede atraparla, no puede siquiera verle el perfil, no sabe de dónde viene ni a dónde quiere llevarlo, si es que pretende algo de él. En un sueño de Zo, caminan los dos por una calle hacia la casa de alguien, pero no lo encuentran. Bordean la edificación para llegar a un patio trasero que está en el centro de la manzana, desde donde se ve la parte interior de todos los edificios. Es un mediodía de luz acuosa. En mitad del patio hay un árbol mediano cubierto de frutos pequeños y resecos. Al acercarse ven que no son frutos sino hombres diminutos que cuelgan de las ramas como murciélagos y que, como ellos, tienen alas en lugar de brazos. Pero esa es toda la semejanza. Aparte de la estatura de grillos, son de un azul vidrioso y suave, tornasol en las alas membranosas y leves, pero amplias. Con ellas se envuelven el cuerpo cuando penden de las ramas. Puede ser que lleven ahí mucho tiempo, pero es increíble que los niños o los animales no los descubran. Puede ser que acaban de llegar y descansan tras siglos de migración. Zo se empeña en que Jo le explique qué seres son estos.

—Son los hombres-pájaro.

—Y están soñando —añade ella.

—Bueno, nos vamos, que ya los vimos.

—No, espera.

Y se quedan mucho rato frente al árbol contemplando a los hombres-pájaro, aguardando a que terminen de soñar. Al poco rato se mueven. Unos abren las alas, bostezando, y otros cambian de posición en las ramas, agitándose e incluso llegando a cruzar unos sobre otros.

Finalmente, empiezan a caer.

Lo hacen del único modo concebible para ellos. Igual que hojas secas, balanceándose en el aire, dejándose ir en una larguísima caída y disfrutando ese espacio de nadie en el que no volarán otra vez: ya no cuelgan de las ramas ni todavía yacen en el suelo. Curiosamente, durante el descenso no hacen silencio sino ríen. Se burlan sin saña de este último simulacro de vuelo. Es imposible que no sufran, que el dolor no los torne graves y densos. Pero lo cierto es que ríen.

Y sus risas son infinitas y mínimas.

Cuando terminan de caer sobre la tierra, inician algo así como una danza muy lenta y delicada, desplegando sus alas de niebla, sin risa ya y sin levedad, cada uno solo entre los otros, revelando así, de golpe, la profundidad de su tristeza y la elevación de su tragedia. Es un acto tan luctuosamente soberbio como si, acabando de nacer, ya no soportaran ser lo que son y sólo ansiaran morir pronto y calladamente, sin imponer su melancolía. Cada paso y cada instante arrancan un poco de la vida de Zo, pero él no puede hacer nada por detener este baile circular y lacerante que devora a los hombres-pájaro. Cuando ella mira a uno, desaparece el anteriormente visto. Fija sus ojos en otro y le ocurre lo mismo al que le antecedió. Y los que aún sobreviven danzan

73

por ellos mismos y por los demás, cargando su propia pesadumbre y la de los que se van. Ocurre así hasta que queda uno solo, ejecutando algo que ya no es una danza y que todavía no es desvanecerse, en una soledad donde la ausencia tiene una presencia devastadora. Sus alas extendidas ya son casi invisibles, el cuerpo es permeable al viento que comienza a soplar como la boca de un horno sobre el patio silencioso.

Una vez que desaparece el último hombre-pájaro y ellos dos se quedan solos ante el árbol desnudo, escuchan un violento ruido de pasos. Llegan los soldados y los rodean a los dos y al árbol. Es evidente, por el malhumor de sus ademanes, que lamentan haber llegado tarde. Revisan el árbol deshabitado, buscan entre las otras plantas del patio, ahora estremecidas por la creciente ventolera. El cielo se nubla repentinamente. En cualquier momento se desatará el aguacero. Dos soldados con gorras nuevas y limpias toman a Jo por los brazos y lo introducen en un carro-jaula, en tanto que los otros montan también o desaparecen de algún modo, así como aparecieron, con un estruendo de pasos. Cuando el carro-jaula echa a rodar, Zo aferra con las dos manos la reja y corre sin desasirse de los barrotes. El vehículo acelera y ella tiene que correr y pronto se va quedando sin aliento. Ni siquiera puede gritar, a pesar de que jamás ha sentido un terror semejante. Quiere ver a su hermano, pero ya está anocheciendo y no alcanza a distinguir la figura de Jo entre los militares. Y el carro-jaula aumenta la velocidad. Y Zo tiene que soltar una mano, pues ni sus manos ni sus piernas soportan algo tan agobiante.

Y siente que la sangre se quiebra dentro de ella, que su entraña se disuelve en un oscuro vidrio de fuego, que un

74

espectro de sal la llama a grandes voces desde un suelo algodonoso. Y la otra mano se afloja mientras Zo busca a Jo con la vista, desesperada, y por fin esa mano suelta la reja y su sangre vuelve a reunirse en un grito que la despierta, sentada ya y sudando, en la cama, buscando a su hermano con la vista.

Me confunde con frecuencia que en sus sueños aparezca algo que Zo no conoce. Yo he soñado con cosas que no sé para qué sirven, pero que alguna vez en algún sitio he visto. Ella, sin embargo, descubrió hace sólo unos días que la llave que hay frente al baño es la que permite llenar el tanque que hay dentro de la casa, a pesar de que se partió una vez la cabeza con esa misma llave cuando niña.

—Como mañana cumplo veintidós años mi tío Lorenzo me va a regalar dos cervezas —dice con perpetua gratitud Veneno, muy serio—. Yo a veces le cargo las cajas para que despache rápido. Pero tendré que ir a enfriarlas a casa de Margot, aunque llora mucho porque el hijo se le perdió en el mar. Yo, ¡pam, pam!, me tomo mis cervecitas y me siento a ver la televisión. A lo mejor tengo suerte y veo la novela en colores en casa de tu parienta Talía. A lo mejor David me regala una camisa.

—No lo creo.

—Yo ayudo al que me ayuda.

—Lo suyo es la muerte.

—Pero es mi cumpleaños.

— Felicidades, Veneno.

Manuel ha recostado la cabeza a la pared y dormita, entreabiertos los ojos y la boca, herido por el disparo de alcohol sobre la carne viva del cansancio. Al verlo tan derrotado, Jo se siente culpable. Veneno continúa hablando sin importarle si él lo escucha o no, pero Jo está convencido de que en cualquier momento puede caer fulminado como Manuel. Y no piensa en el alcohol, sino en un peso peor e indefinible, sin nombre, el peso de lo que los reúne, precisamente en este sitio y en este momento.

Está a punto de huir y ellos no se dan cuenta. Y puede suceder que nunca vuelvan a verse por una u otra razón. Acaso se hallen los tres en idéntica circunstancia, igualmente derrumbados, aunque Jo crea entender mejor que ellos. Tal vez incluso ellos dos comprenden mejor que él, tal vez no se sienten tan desorientados.

Marionetas de sal y de sombra en el mar de la noche

Intenta encender el cabo de tabaco mojado y tiene que conformarse con mordisquearlo un rato, paladeando su gusto acre, y después escupir en ese charco que la lluvia hace crecer hacia acá.

—¿No te asombra la música? —decía Zo, casi ingrávida— ¡Llega hasta donde uno está!

Le quita la gorra, que se ha empapado, mientras Veneno sigue hablando de su cumpleaños junto a un Manuel desvanecido: le sacude una rodilla, de pronto, le palmea la cara y luego un hombro, primero suavemente y luego con una fuerza que inquieta a Veneno. "Lo matas, viejo". En su aturdimiento casi le está dando una paliza a Manuel y este llora con ojos de bestia agonizante. Jo se guarda las manos en los bolsillos. Los latidos de su corazón pulsan en todo su cuerpo, principalmente en la punta de sus veinte dedos que son púas de erizo creciendo desde un ombligo sombrío, afiladas con esmero por un demonio, que pulsan también el ápice de sus ojos, como en las contadas ocasiones en que bebe con Adrián para que no se emborrache solo.

Mientras Veneno sigue hablando, ahora sobre las ocurrencias de Tío Mersal, Jo se inclina sobre Manuel y le pasa un brazo bajo las piernas y otro por debajo de la espalda. Veneno se atraganta con las palabras viendo a Jo cargar a Manuel como si levantara a un niño y salir andando por la acera.

—¿Y eso para qué? —le pregunta caminando junto a él, pero de lado.

No sabe. Se detiene y se deja caer con él al suelo. Veneno se atraganta con su propia risa porque nunca ha visto nada tan cómico como a Jo que suelta a Manuel como si fuera un muñeco roto hace mil años y se suelta a sí mismo como un muñeco acabado de romperse. Pero la expresión de Jo Quirós le corta el deseo de reír y entonces lo golpea de plano la irrealidad de lo que ve y un miedo sorpresivo lo pone a punto de salir corriendo.

—¿Está muerto?

Aquella noche, en el circo, los forzudos saltaban unos sobre otros, volteaban en el aire, elevaban torres de cuatro y cinco cuerpos, flores humanas. ¿Cómo es que no flotaban de júbilo por todo el espacio bajo la carpa y la arrancaban de la tierra y volaban con ella como un gorrión que se lleva un cartucho con mil hormigas? Tampoco él siente júbilo suficiente. ¿Fue Beny Alonso el que dejó una vez un papel con aquellos versos?

Con cuerpos de sombra y almas de sal

77

las marionetas llegan al mar de la noche
y como en un sueño fosforescente beben,
locas de sed, en la gran copa de agua
que devora sus labios y sus gritos
En el nocturno espejo de la mar
aparecen ahora caras espantosas
y ellas, que no pueden balbucir su pánico,
tratan de romper la visión con sus dedos,
pero el agua se los disuelve entre su sal.

No recuerda bien. Al final la espuma salta hasta los ojos mientras sus cuerpos, todavía convulsos y cada vez más deformes, se disuelven en la negra sal del mar de la noche.

Jo yace de rodillas, casi encima de Manuel, que no se mueve sobre el césped encharcado y desigual. Veneno tiene una extraña mueca en la boca cuando se deja caer también junto a ellos. Enseguida parece que llevan mucho tiempo en la misma postura los tres. Jo cierra los ojos y balbucea:

—Manuel —su propia voz le suena otra.

—¿Te vas? —pregunta Manuel desde otro mundo.

—Sí —dice Jo, pero no oye ningún sonido.

—¡Y yo me largué ya! —exclama Veneno y sale caminando como si ya dejara de resistir y el viento lo arrastrara.

—Llévate esto —Manuel Meneses se quita del cuello una cadena de cobre con una medallita que tiene al Salvador por una cara y a la Virgen del Cobre por la otra.

Inseguro, Jo se quita su vieja gorra militar y se la coloca en la cabeza a Manuel, que primero se asusta un poco y enseguida se conforma.

—Nos vemos en la feria —dice Manuel, con una sonrisa que quiere ser simpática y es una mueca lamentable.

—No sé.

—¿Quién sabe?

Se paran los dos y salen del césped encharcado hasta la acera, donde ya no se ve la magra figura de Veneno. Manuel Meneses sonríe tambaleante y trémulo y Jo le da una palmada en el hombro.

—Me voy —le dice. Y ahora tampoco oye su propia voz.

III. EL SÓTANO Y EL ÁRBOL

De la cronometría solitaria

En el sótano de un edificio en la calle 25 hay un pequeño teatro y en él trabaja Beny Alonso como sereno. Para Jo sería bueno encontrar en este preciso momento a su viejo amigo, aunque ya debe ser la una. A esta hora Ja, su padre, de seguro se halla trasteando su aparato de radioaficionado, buscando comunicación, hasta el amanecer, con otros navegantes del éter. Acaso sea más tarde que la una. Su hermana, que se horrorizó con el reloj de pulsera, ignora que Jo lo conserva sólo por ser un regalo de Adrián, como tampoco sabe que desde hace mucho tiempo él se ha dado cuenta del reloj infalible que anda en su cabeza. Si entonces lo miró, fue únicamente para comprobar que era la hora que suponía. Pero no está seguro de que sea la una; ahora no está seguro de nada. Mirando desde este momento, la tarde anterior le parece la tarde de una vida anterior. Quizás el viejo al que asaltaron conservaba el reloj sólo porque era un regalo. O sea, sólo para que lo mataran.

No obstante, de alguna manera, en su interior late el mismo ritmo que afuera, en la noche borrosa. Aunque el reloj de su cabeza siempre sea exacto, él siempre está tarde. Incluso cuando corrió detrás de Zo en el circo era demasiado tarde. Y luego ha sido siempre tarde para todo.

Beny Alonso se ha parado ante él, en la acera. Pese a la noche rabiosa, ha salido a comprar café. Zo lo compara a

80

veces con Juan porque ambos son fantasiosos, por sus raras compañías, porque se llevan como hermanos desde hace años y, sobre todo, por el alcohol. Beny quiso ser escritor desde niño y leía de todo, a cualquier hora y en cualquier sitio. Se saludan con naturalidad, como quienes se encuentran a menudo, y Jo lo acompaña hasta el café. Son dos náufragos que evitan hablar de sus desastres. De modo que Beny Alonso admira la cadena de cobre, en verdad ordinaria y de eslabones deformes, y comenta que la medalla es una minúscula moneda cuyas dos caras dan al cielo. Jo Quirós, por su parte, elogia el frasco de vidrio con forma de genio de lámpara que Beny trae para llevarle café a la tropa que lo espera escondida en el teatro subterráneo. Lo convida a una taza. No hay ningún cliente, y un gordo igual al genio del frasco está a punto de irse, aprovechando una breve tregua de la lluvia. Se saludan. El genio tiene sonrisa de niño y la panza no le deja abrocharse el botón sobre el ombligo.

—Puñetera esta nochecita.

—Ya me parece que llueve desde hace un año.

—Qué bien —masculla Jo sintiendo el calor del líquido garganta abajo.

El genio apresurado vierte dos pesos de café en el genio de vidrio y Beny Alonso le paga con dos monedas amarillas y húmedas, pero el otro le acepta sólo una.

—Ahora se toman este mejurje y todos salen volando, echando humo prieto por el culo —dice Beny mientras caminan hacia la calle K, calentándose las manos con el pomo genio de vidrio que asoma su cara por sobre el índice de Beny, desorbitados los ojos como un condenado al vil garrote—. ¿No se parece al enano? ¿Sabes lo que le ha dicho a su madre por teléfono no hace ni tres minutos? —Ríe estrangulando al genio entre sus manos antes de añadir—:"Te envidio una sola cosa, Palmira: que *seas tú* quien me parió".

Beny siempre está contándole algo a alguien sobre alguno, si es que no se halla escuchándolo. Podría pasarse mil años así, pero debe ser siempre algo nuevo bajo el viejo sol. Él mismo se considera una especie de cazador maldito que persigue la presa inalcanzable del cuento puro. Si el trabajo de sereno le gusta es porque tiene tiempo para leer, escuchar música y, sobre todo, para escribir. Frecuentemente pierde alguno de sus escritos al quedarse dormido, borracho, en una guagua o en una parada, lo que casi siempre significa también el robo de los zapatos, además de dejar muchos otros escritos olvidados en casa de sus amigos, que no son pocos y que viven en cualquier parte de la ciudad.

Beny y Jo llegan por fin al edificio y descienden los escalones que conducen a la gran puerta de vidrio del teatro. Un foco ilumina la entrada y un cartel que anuncia el próximo estreno, *Masiwere*.

—Ah —le dice su amigo, sonriendo—, no te imaginas quién vino a ver el ensayo, por fin, después de mil invitaciones.

—Arabella.

—¿Cómo te diste cuenta?

—Tu cara.

Arabella es hija de Pascual Quirós, tío de Ji y primo de Ja. Tiene el cabello muy negro, canela la piel, rostro de feroz diosa pagana, ojos enormes y tan negros como su pelo, voz áspera y porte de amazona. Dos siglos atrás hubiera sido alguna gran pirata. Tiene lo que Beny considera cierto

82

esplendor andrógino. Su hermana Belladona, tan distinta, no provoca con el vestir, carece de su poder de seducción, no practica ejercicios físicos, desprecia tanto los bailes afro y el rock como las fiestas turbias y las orgías que la otra frecuenta, pero no odia a Omelia y a Verónica como las odia Arabella. En cuanto al tantra, no sabe ni cómo se escribe.

Beny respira hondo, le da vuelta a la llave y empuja a un lado la pesada puerta corrediza. De inmediato brota del interior una música de sorprendente densidad. El recibidor es angosto y oscuro. Después de limpiarse los zapatos en la alfombra de la entrada, se secan lo mejor posible la cabeza y los brazos con un trapo que hay encima de la mesa de la recepción. Jo toma gustosamente otro sorbo del negro y caliente jarabe. Entonces, lo mismo que si hubiera bebido un néctar que lo hiciera renacer desde su cadáver en un segundo, siente que se acaba su embotamiento. Hasta ahora ha permanecido durante días en la penumbra, pero de pronto alguien enciende una luz. En el mismo escenario que estuvo a oscuras comienza poco a poco a suceder algo. Ya no es el que escucha con ansiedad un mensaje telegráfico sin conocer la clave.

Beny Alonso vierte el café del pomo en un vaso, enciende un cigarro y Jo prefiere darle fuego al cabo de tabaco húmedo y medio roto, mientras el otro toma el vaso y empuja la puerta roja que conduce a la sala del teatro.

La dama rosada y el hombrecito bermejo

La puerta se cierra detrás de Beny y Jo Quirós se asoma al vidrio rectangular que hay en la puerta a la altura de su cara y siente un instante de vértigo cuando ve, a través del cristal rojo, que todo lo visible en el patio de butacas tiene un color que va desde el rosado hasta un púrpura casi negro. Mira a Beny bajar el declive alfombrado del pasillo que parte en dos el rebaño de asientos, y parece otro: su chaqueta, antes azul, es ahora violeta y su pantalón es morado; diríase también que tiene la piel muy rara y que, siendo en verdad casi de baja estatura, tiene ahora una talla enorme, como inflamado.

Jo no sabe por qué ahora le llama tanto la atención lo que ha visto varias veces sin asombro. Beny llega al borde del escenario y alarga una mano carmesí para alcanzarle el vaso a Omelia, que tiene el cabello escarlata y un rostro de rosa ardiente. Cuando ella toma un sorbo le pasa el vaso a la figura sentada en el borde de la tarima y retorna al cono de luz.

Con una sonrisa divertida, Jo Quirós empuja lentamente la puerta asistiendo a la instantánea muda de colores. Ha movido el caleidoscopio y no sabe si prefiere esta visión o la otra. En esta al menos ve los rostros que se vuelven hacia él respondiendo a su húmedo saludo.

—¡Aquí tenemos de vuelta a Matías Pérez! —exclama Arabella desde un asiento del fondo, con esa voz inconfundible, bastante rasposa, que provoca en Jo la sensación de andar desnudo entre gente vestida. Lo que le pide aquella sonrisa rotunda es que muestre sus entrañas.

Por suerte estaba advertido de su presencia y ahora el ánimo le alcanza para sentarse cerca de ella. Arabella tiene los ojos vidriosos y a través de ellos ve un acuario en tecnicolor. Su sonrisa, sin embargo, no significa nada. No le dicen mucho las palabras que recitan los actores en el escenario.

—Mi dolor es el fondo de un mar que se ha secado y deja ver cadáveres de náufragos e indescriptibles restos de monstruos que, hasta ahora, nadie imaginó bajo la piel de bondad y coraje del gran padre Océano —declama la pequeña figura bermeja que es, por supuesto, el enano Arnuru y no alguien sentado en el borde de la tarima.

El vaso de café ha seguido pasando de mano en mano y de boca en boca. Ninguno de los que ha tomado sale volando, pero algunos sí parecen a punto de echar humo por todos los agujeros del cuerpo. Después de mirar los rostros, que no llegan a la decena y entre los cuales pocos le son desconocidos, Jo pasea la vista por los biombos, muebles y adornos de la escenografía, suponiendo con razón que pertenecen a la obra que presenta el teatro en estos días, una pieza bufa sin relación con la que se ensaya ahora.

Aunque Omelia aparece esta noche con una opaca aureola que le nubla el cuerpo, no deja de ser convincente. Se siente muy lejos de las dos Juanas que siempre ha soñado en vano interpretar algún día, Juana de Arco y Sor Juana Inés de la Cruz. Acaso le ocurre lo que a todos en esta noche y se revuelve dentro del aura oscura que el viento sur ha traído a la medida de cada uno.

—Contémplate en el espejo de agua de este día, y entonces, sin dejar de mirarte, imagina que te contemplas a ti mismo contemplarte —dice Omelia, ciertamente desganada.

—Carajo —protesta Beny Alonso desde la primera fila, y la pelirroja esboza un ademán de súplica hacia él para señalar enseguida hacia el pequeño actor.

—Siempre yo —chista el enano retorciendo los ojos como un endemoniado. Su aureola es un líquido amniótico de pura sombra que salpica a los otros y les hace rehuir el escenario con la mirada.

—Cállate, bonsái —bosteza alguien desde las butacas.

El enano adora subir a un escenario, sea para lo que sea y díganle lo que le digan. Por eso se mete en un grupo de actores aficionados o se presta a ser ayudante de Kaliananda. Quizás lo hereda de su madre Palmira, que trabajó mucho tiempo con el mago Efrón en el circo Sotuyo. Pero ella fue y es todavía formidable, y no sólo por su tamaño. La verdadera obsesión del enano es la música. Tuvo la suerte de que su hermano Fortunio le enviara desde Estados Unidos, ya a principio de los años sesenta, las novedades musicales de entonces. Y él, que había tocado el güiro en un conjunto tradicional y luego el tambor en el mismo circo Sotuyo donde actuara su madre, organizó un grupo rockero al que llamó *Fénix*, que fracasó por falta de instrumentos y de orden; los *Goodgods,* por demasiados problemas con las autoridades.

Desde entonces comenzó su amistad con un joven de rostro horriblemente deformado y corazón de paloma, al que todos daban en llamar cariñosamente Franky por su parecido con el famoso homúnculo del doctor Frankestein. Cuando estaba formando *Los Faraones*, tras una redada en Coppelia, lo enviaron a una Unidad Militar de Ayuda a la Producción por hippie, aunque gracias a su escasa estatura sólo trabajó en el campo dos meses. De allí salió místico y,

86

para colmo, conoció poco después a Daniel Urbach, a quien odiaría y adoraría para siempre. Después se enroló en otro grupo, que por supuesto tampoco funcionó.

—Que a uno le guste el rock y quiera hacer una *banda* es convertirse en *bandido* —decía, pero ya le faltaba voluntad para continuar aquella lucha absurda—. Soy un enano, no un gigante —perogrullaba en su diario.

Se apartó del rock y, aunque a veces cantaba en alguna fiesta o entre sus amigos, nadie quiso convencerlo para que persistiera porque nadie extrañaba su voz anal. Después de muchas venturas y desventuras, trabajó con Juan en un espectáculo para títeres y actores en el Guiñol, pero tuvo demasiadas discrepancias con su amigo y se separaron. Aquello, no obstante, le sirvió para montar una obra en la que tocaba percusión, cantaba, hacía maromas, recitaba décimas místicas que se le revelaban en sus meditaciones, tocaba flauta vestido de Krishna e interpretaba variopintos papeles, entre ellos el de una enana hindú que supuestamente anduvo con los primeros discípulos de Siddharta Gautama y tuvo la rara idea de recorrer la India en zancos haciendo propaganda budista.

Se oye la voz de Arabella protestando desde allá.

—Me hiciste mil advertencias, como si esto fuera un polvorín, pero resulta que tú, después de fumar como una chimenea, vas a buscar ese vómito negro y vuelves con Matías Pérez, que trae su cochino tabacón y todo.

—Lo importante es que no caiga ninguna brasa en la alfombra —la tranquiliza Beny desde la primera fila, volviéndose a medias.

—Lo importante es que no te caiga la luna en la cabeza.

—Peligro de incendio, Arabella Candela —dice el del bostezo, con un falsete, cerca de Beny, y se oyen algunas risas, por lo que Arabella dispara el láser negro de sus ojos hacia allá.

Acaba de cumplir veinte años y aparenta veinticinco. Beny asegura que la nociva compañía de David la desgasta, pero lo cierto es que ya ella le dedica cada vez menos tiempo a las orgías en que fuma y se traga cuanto le pasa por delante, y que sus prácticas de tantra con David son, si no otra cosa, por lo menos una diversión menos corrosiva. De seguir tomando la cantidad de alcohol y anfetaminas que tomaba hace dos años, ya la hubieran expulsado del infierno unas cuantas veces.

—Yo no la busco a ella —le dijo David a Beny Alonso meses atrás, en la torre de Juan, fijando en él una mirada de hiena astuta que mira con lástima a un leopardo estúpido—. Es ella la que necesita de mí, aunque eso no te guste, Shakespeare. Arabella y yo somos más parecidos, sin ser nada, que Zoe y Jorge siendo hermanos gemelos.

Y es cierto. Ambos son de piel bronceada y cabello negrísimo, con algo felino en el porte y un poco de aspereza y de vértigo en la voz, nimbados por una sensualidad que comienza donde el sexo termina. Pero la gran diferencia está en los ojos, pues los de David son una verdosa lava pulida por el oleaje.

La obra que ensayan es una de las últimas ocurrencias de Beny. Otra pieza suya, con los mismos actores, estuvo a punto de ser estrenada a principios del año pasado, pero no pudieron con la carga. Cuando aquello Omelia no había traído a Cardenio para que puliera la bufonada y Beny, entonces entre el ambicioso sueño de escribir una crónica de la ciudadela Urbach y la agotadora composición de sus *Cuentos de muerte (sólo para asesinos)*, chapoteaba en una vida tan disparatada como la de Arabella, aunque no en la órbita de sus bacanales. Dudó entre quemar o no este singular caballo de Troya hasta un minuto antes de decidirse a montarlo con la ayuda de Cardenio.

—Demasiado amargo para mí —dice Arnuru, que hace de Sandro, y camina arrastrando la doble cola del frac como una golondrina demasiado crecida, y además hinchada.

—No podía hacer otra cosa sino irme —Leda Omelia, espectralmente animosa, desde un costado del escenario.

—¡Siempre se puede hacer otra cosa! —Desde el extremo opuesto, ruge Sandro Cardenio.

—¿Debo agradecerte que me hayas dejado sembrado y sin agua, hija de Eva? —Sandro Arnuru tras gemido hunde carota entre manitas—. Cuando yo sea polvo en el polvo te empañaré los ojos, y cuando sea aire en el viento soplaré en tu oído música de muerte hecha con instrumentos de hueso entrechocando en la oscuridad.

—No me guardes rencor. Recuerda que tú me dejaste de querer.

—Eso pensaba antes —balbucea Sandro Cardenio—. Sólo después de haberte ido tú, supe cuánto te quería.

—Pero lo que tú necesitas no es una mujer, sino una madre. Y lo más pronto posible —Leda Omelia, helada como oxígeno líquido. Sandro Cardenio toma unos papeles de la tarima, los hojea, vuelve a arrojarlos y se acuesta sobre las tablas. Sandro Arnuru viene, toma los papeles, se sienta sobre el pecho de su doble y comienza a leer en silencio mientras se escucha la voz de ella—. En dos años junto a ti no aprendí nada, pero olvidé todo lo que sabía. Así que ahora me siento como una virgen y no tengo nada que lamentar. Esta carta se la envía un ser que ya no existe a un ser que nunca existió.

Sandro Cardenio se pone en pie haciendo rodar al otro sobre el escenario como un bulto negro y se arrodilla ante su amada.

—¡Leda! Sólo en ti pienso, ¡luego existo!

El enano se arrodilla detrás de su doble, hecho casi un balón:

—Si un día no soy ni polvo ni viento, seré entonces una planta diabólica. No un árbol grande, porque entonces tú podrías esconderte en mi sombra, sino un arbusto venenoso, un escorpión vegetal que aguardaría ocho eternidades hasta la ocasión en que pases por mi lado. Entonces yo te muestro una flor más hermosa que tú, y te detienes, con envidia.

—Qué belleza —Leda parece contemplar una estrella caída en el suelo y aún ardiente. No sabe si tocarla, y no se va.

Despojándose del frac y pasando por detrás de su doble, Sandro Arnuru le cubre la cabeza con la prenda y se yergue hacia ella.

—Entonces te decidirás a oler la flor. Muy despacio acercarás tu nariz de niña, contemplando los pétalos de diferentes colores en cuyo nacimiento hallarás un único pistilo.

—La flor de oro. El loto de los mil pétalos —ella, en éxtasis.

—Creerás que estás llamando a las puertas del cielo y así, cuando más próxima te encuentres, el pistilo se clavará entre tus cejas y los mil pétalos abrazarán como un pulpo tu cara de puta bonita y la devorarán, y todas mis ramas aferrarán tu cuerpo como alacranes, hundiendo en tu carne sus mil dardos, y mi veneno soltará chispas al mezclarse con tu sangre.

Sandro Cardenio se quita el frac de la cabeza mostrando una gran foto de Leda Omelia con los ojos bizcos y barba de mau mau. Parece frenético.

—¡La amada incomparable! ¡La abominación del Paraíso! —rompe la foto y echa los pedazos sobre la cabeza del enano—. Mil veces me engañó, como descubrí al leer las postales que dejó. ¡Pero el que tenga techo de vidrio, que arroje la primera piedra!

Paisaje tras el ensayo: Onofre el nocturnal según Georges La Tour

—Alto ahí, *Alán* Cardenio —interrumpe Beny y camina hasta el escenario—. A ver, cómo lo digo. Sí. ¡Eso es una mi-er-da!

—Hijo —apunta Cardenio con una voz nueva que es su vieja voz, recta como un hilo y torcida como un nudo—, esta obra es tuya. Si quieres volvemos al principio, pero que la sangre llegue al río.

—¿Se ha muerto tu amigo Jojó? —pregunta Omelia a punto de reír señalando hacia Jo Quirós, que yace dormido en su butaca, a punto de resbalar al suelo.

Arabella llega hasta él, lo sacude gritándole "¡primo!" y se ríe cuando Jo da un salto en el asiento, pero se queda seria enseguida al ver que él la mira con dos agujeros sin fondo.

—Voy a cambiarme de vestimenta —dice Cardenio, disgustado con Beny, y se pierde entre bastidores marcando bien sus pasos sobre el tablado.

—Yo también estuve a punto de dormirme —le dice Beny a Jo, pero alguien lo interrumpe con el aviso de que Onofre está allá afuera rompiendo el cristal con los ojos.

Beny Alonso se para de un brinco, le hace una seña urgente a Jo para que lo siga pasillo arriba sobre la alfombra púrpura. Jo va tras él con las manos en los bolsillos y temblando de frío. Cuando Beny corre la gran puerta de vidrio, la figura del hombre que se halla parado bajo el foco de la entrada principal se torna nítida. Si desde lejos Onofre parece risible, de cerca es el mismísimo arcángel de la repugnancia. Su chaqueta amarilla, extrañamente seca, tiene tantas manchas distintas como si a su dueño lo hubieran arrastrado por los establos de Augías y por las alcantarillas de París y luego lo hubieran puesto a secar sobre un horno de carbón para traerlo ahora hasta aquí a patadas.

Sus manos son nudosas, rígidas. Una ancha frente, sin espacio para el menor brillo, aplasta bajo ella dos ojos angostos que atisban, prestos, sobre esa nariz de alimaña que no para de olfatear. Recogiendo agua de albañal, congelándola y esculpiendo después en ese hielo la cara más olvidable del mundo, uno obtiene la astuta faz de Onofre. Pero el manojo de llaves, tintineando de una mano a otra, le da un aire de muñeco que puede desmadejarse en cualquier momento. Sin embargo, es el insólito bulto de papeles desordenados que aprieta bajo el brazo lo que remata su apariencia de fantástica insania. Estrecha la mano de Beny y la de Jo, que no puede retener ese molusco en su palma ni siquiera un segundo.

—Mala noche esta, ¿eh, muchachos? —La voz suena por la boca como un chapoteo y por la nariz como un resoplido que huele a ropa vieja—. Pero todo está más tranquilo así.

Beny asiente con un aburrimiento instantáneo que de ordinario no experimenta ante nadie. Un vértigo pasa ante la mirada de Jo Quirós cuando escucha esas palabras que sólo hubieran podido sonar en una pesadilla: *Todo está más tranquilo así.* Manuel Meneses es un santo al lado de este hombre.

Como su madre cae en cama al menor cambio de tiempo, envuelta en mil trapos, tosiendo, estornudando, quejándose como si agonizara, no se le puede hacer demasiado caso, y pide caldo, aspirina, sábila, pomada china, salbutamol, limones, jarabes, más caldo, más pastillas, cañasanta, romerillo, aguardiente con ajo, flor de majagua, más aspirina y más caldo, y yo de aquí para allá, recorriendo La Habana de farmacia en farmacia a cualquier hora. Pero no puedo negarme porque ya tiene setenta y cinco años y en cualquier momento la pobre *me* fallece.

Abre ojos y boca de pronto y revisa su coctel de papeles manoseados. ¡Ha olvidado un documento muy importante! Les pide que aguarden un minuto y se va deprisa por la acera, caminando con la cabeza adelantada al cuerpo, tintineando con sus llaves como vaca con cencerro.

—Cuando regrese —le ruega Beny a Jo, apurado—, te lo llevas a buscar otro poco de veneno en el café de Coppelia. Onofre viene siempre en mi turno y se echa como un perro muerto, habla que te habla de mil estupideces, las orejas paradas y los ojos que se le saltan, porque es informante de la policía, del Comité, de la Seguridad, de la madre de los tomates. Un delator nato, doctor en *informática*. Cuando se muera, no habrá gusano que le coma la lengua. Si trabaja en el turno en que yo descanso, debiera descansar cuando yo trabajo, ¿no? Pues nada de eso. Siempre viene. ¿Me entiendes ahora, Jorge? Si ve a esta gente allá adentro, mañana mismo estoy botado. ¿Ves a dónde fue? Esa es la oficina del Comité o algo así.

Jo Quirós mira a su amigo, dudando realmente. Pero no puede negarle el favor, así que respira hondo. En pocos segundos, Beny entra al teatro y sale con el pomo del genio de vidrio y con un peso en la mano.

—Trata de dejarlo por ahí cuando vuelvas, y toca tres veces con un medio en el cristal. Ahí viene.

Beny Alonso entra de nuevo, cerrando la enorme puerta de vidrio a su espalda. Jo espera que Onofre llegue a su lado.

—Voy a buscar café —le dice, con un nudo en la garganta, sin reconocerse la voz.

Onofre no lo deja siquiera terminar, ofreciéndose enseguida para acompañarlo, y salen caminando despacio en dirección a Coppelia. Ya no llueve, pero la noche sigue siendo húmeda y el viento no amaina sobre los charcos: a uno de ellos arroja Onofre el fósforo con el que ha encendido un cigarro. Cuando se acercan a Coppelia, hay más gente que hace un rato. Unos borrachos, alguna pequeña horda gay, dos o tres putas, varios trasnochadores de indefinibles intenciones, algún que otro policía, jovencitos aburridos.

—Seguro que eres un actor amigo de Beny —Jo sacude la cabeza sorprendido—. ¿Y entonces por qué andas vestido así? Pues mira, tienes cara de actor, muchacho. Aunque él cree que no, yo sé que Beny aprovecha su turno para ensayar obras. ¡Como si fuera tan fácil! ¿Verdad? Un día va

94

a tener problemas. Todo tiene que estar bien controlado si uno quiere que funcione. Él es medio artista y todos los artistas son medio locos. Pero el caos no, qué va. ¿No ves los actores con los que ensaya? En vez de electroshocks debían recetarles la silla eléctrica.

Onofre no se calla ni para respirar. A Jo ya le resulta imposible escuchar su voz y al mismo tiempo entender las palabras. Como la lluvia ha dejado de frotar la negra lámpara de la noche, el genio ha desaparecido y en su lugar ahora vende café el Lagarto, un jovencito magro, rápido pero lento, frente al cual se ha formado una pequeña cola. Jo Quirós lo conoce. Tiene un pequeño auto en forma de cucarachón triangular con motor de motocicleta.

Y Jo hunde aún más sus manos en los bolsillos del pantalón, con el pomo bajo un brazo, pero el vértigo regresa de todos modos. Se recuesta al mostrador, cierra los ojos y en el oscuro telón de los párpados se abre de pronto una mancha, un ojo de oro: no hay cuarzo que alcance su pulida aspereza ni metal tan sólido y tan leve. Pero como nadie nunca lo ha escuchado tan mansamente Onofre no desperdicia ni un segundo. Hubiera querido ser actor o *balerín*; conoce a todos los habitantes de Guanabo, en especial a los jefes; sabe manejar cualquier tipo de vehículo, salvo motocicletas, casi tan terribles como los aviones; destila vino de papas, de mate y de arroz en su casa y en el tiempo libre, casi siempre por las tardes, vigila el barrio. El vino es para obsequiar a mis amigos. Ya el Lagarto llena el genio de vidrio y toma la moneda: un Martí dorado.

—Nunca he salido de La Habana (bueno, a Guanabo), pero me la conozco barrio por barrio. ¿Sabes dónde está Río Verde? ¿Y la torre del Cocinero? —Con un Martí color oro viejo paga dos cafés para tomar aquí—. ¿O el Miño? ¿Y los Jardines de la Tropical, Barlovento, Cuatro Caminos, o la Novia del Mediodía o la Ward? ¿Sabes que Agua Dulce es el mayor cruce de caminos en Cuba?

Jo conoce todos esos lugares. Para escapar de la voz de Onofre recuerda algunos de los nombres que Daniel Urbach usaba en sus mapas, hoy en manos de Beny, para llamar a cada sitio como si fueran tierras descubiertas por él: el Portal de los Abuelos, Ay Perro, la Puerta Ombligo, el Polo Oeste, la Morada de tu Madre, el Infierno Musical, Aquíhaydragones, Ápex Garden, Hay Mutantes, Vereda Psicotropical, Ay Mamáyn, la Lucy Feria, Narragonia, Río Último.

Caminan hasta llegar a J y 23. Diríase que el geniecillo de cristal arrastra a Jo por un brazo.

—Aunque la verdad es que también fui a un pueblo que se llama San Antonio de las Vegas, no de los Baños. Cerca de él mi padre dirigía una prisión. Tenía un Dodge viejo, que todavía debe rodar por ahí. Y era masón: *míramelo* en la foto. Fue un tipo importante al principio de este gobierno (la foto es de los años cincuenta), por eso nunca tuvo problemas aunque no peleó en la Sierra ni puso bombas ni mató a nadie. Y no pudo entrar en el Partido, pero *dirigió* hoteles, cárceles, religiones, institutos —Onofre le regala un cigarro mientras habla sobre esa gentuza estúpida que aún abunda a pesar de que el Jefe se sacrifica para convertirlos en seres humanos. Se detiene en una esquina, a media cuadra del teatro, y le señala a Jo una casa de oscura facha—. No podría vivir en ningún otro lugar. Soy hogareño como mi alacrán —sonrisa intrigante—. ¿Has visto un verdadero escorpión? —Jo no sabe qué responder, y ya Onofre mete

96

una mano en el bolsillo y saca un frasco de vidrio dentro del cual, a la luz del farol de mercurio, un enorme y negro escorpión se mueve cuando él golpea con una uña en la pared del frasco—: lo tengo desde hace un mes. ¡Increíble cómo puede vivir tanto tiempo sin comer y casi sin oxígeno! Por algo serán sobrevivientes de la bomba de neutrones. Es un buen amuleto. Ah, mi signo es Escorpión y mi ascendente es nada menos que ¡Escorpión! —Ríe solo, como si hubiera hecho un chiste—. Pero ya me aburre. Mi sobrina me lo regaló y ahora yo te lo regalo a ti. Le puse Dostoievsky, que usaba uno mientras escribía. Qué musa más rusa, ¿eh? A lo mejor te trae suerte en el amor —más abominable la sonrisa, más baja la voz, más tangible su hálito de gruta—. Me alegra haberte conocido y creo que podemos pasar buenos momentos, si es que tu amigo Beny no se *me* pone celoso.

Como no le queda otro remedio, Jo toma el pomo con el alacrán y lo sostiene junto al pomo con el café, abrumado por el súbito giro del monólogo de Onofre, que le elogia los rizos del pelo, aunque están despeinados, y los amarillos ojos de gato triste.

—Confía en mí, porque tengo la impresión de que nos conocemos hace años. No me mires así, que yo nunca te haré daño y soy muy complaciente con el que es bueno conmigo —una de las ranas de sus manos se aplasta suavemente sobre las temblorosas manos de Jo, que aun sosteniendo los frascos rechazan con sequedad esos dedos húmedos—. ¿Por qué quieres irte? Te he regalado algo que puede vivir más que tú mismo. Disfruta tu juventud. Diviértete. Ninguna mujer entiende de veras a un hombre —su voz suena de pronto increíblemente resuelta—. Ven, te daré del vino que tú mismo escojas. La vida es una sola y uno tiene que conocer el placer. Eso es lo único que nos llevamos al morir. Hice una ensalada sabrosa, yo solo —no puede mantener el mismo tono: enseguida lo desborda la inseguridad y la impaciencia—, y puedo freírte un pedazo de hígado. Y hasta queso tengo. ¿O prefieres caldo de pollo? —A punto de sollozar—. Tienes frío, se te nota. Ven conmigo, cará. No te vayas.

Detrás se queda la voz que suplica. Jo camina zigzagueante, abriendo y cerrando con fuerza los párpados para sacudir el tumulto de imágenes vertiginosas. Se detiene cuando ya no escucha la voz de Onofre, a pocos metros de la puerta del teatro, sin aire, y se sienta en un ángulo oscuro de la acera, a la entrada de una casa.

Interludio, danza y combate del gnomo y la amazona

Berto es un demonio de papel que Zo destruye tantas veces como rehace. Mugriento siempre, con los hombros y el cuello de la camisa sucios de caspa y grasa, rechoncho, mal afeitado, mal hablado, malamente sobrio, malvado: el demonio que te babea con los ojos, que hurga con sus manos bajo la ropa y se te quiere meter entre las piernas. Berto es aquel borracho que le fue encima una vez a Zo en el pasillo, o cerca del patio, y de quien ella pudo librarse milagrosamente corriendo pero sin poder gritar.

El enano hizo algo parecido en otra ocasión, cuando a Zo ya comenzaban a notársele los senos, pero aun así Arnuru tenía poco que ver con Berto, menos aún entonces, que

98

parecía un duende y tenía un buen humor que contagiaba a la gente a su alrededor. Más bien era como Carcali, el ángel de la risa, una de las figuras que Zo reproducía con frecuencia. Podía hallársele en un recoveco, junto a la lámpara, debajo del colchón, siempre rojo y amarillo y azul, y ¡ah bocaza! El Carcali de azúcar que ella hizo, aunque bastante deforme, era indudablemente risueño, y los pedacitos que quedaron al otro día parecían gritar a carcajadas que había tenido mucho éxito entre las cucarachas.

Desde la noche del circo, Berto era también el animador que entre número y número le chirriaba al público. Alto y flaco, con voz de bisagra, enredando las frases, fingiendo de una manera espantosa que se divertía. No obstante, sus ojos rojos eran lo único que hacían recordar a Berto. Cuando Zo va a parar al centro de la pista en su despavorida carrera, mira durante un segundo al animador y él le dice algo que ella no comprende entre el escándalo, la risa del público y su propio terror. Pero aquel hombre ridículo y horrible y toda la gente bajo la carpa endemoniada se desvanecen en el aire y sólo queda el tigre: su ojo de oro es la única salvación para ella: sólo así puede acabar su largo grito.

Jo no quisiera bajar de nuevo al teatro, pero tiene que llevarle a Beny el café. Y lo hace. El enano, aún en frac, se halla parado con cierta soberbia y algo de mal humor ante la puerta de vidrio, fumando a grandes y continuas bocanadas. Jo Quirós le tiende el pomo de café; el enano bebe y se lo devuelve.

—No sé qué se cree el muy caprichoso. Ellos pueden ahogarse con yerba, ¡pero Arnuru no puede fumarse un cigarro cristiano! Ni porque Arabella me apoya. Y si protesto los muy mariguanos me quieren linchar y Omelia me chilla que este cigarro da cáncer pero no arrebata. ¡Todo da cáncer! ¿No ves la televisión? Todo está contaminado. La vida, que es la única enfermedad absolutamente mortal, está contaminada también.

Sonriendo, remoto, Jo Quirós abre la puerta de vidrio con un codo, apretando contra su pecho el pomo del café y guardando el del escorpión en un bolsillo. Empuja del mismo modo la puerta roja y desciende por la alfombra púrpura hasta donde está Beny Alonso tomando notas en un cuaderno, junto a Cardenio. Después de beber un largo sorbo de café, se lo pasa a los demás. Jo le cuenta sobre la amenaza de Onofre hasta que lo interrumpe una música. Bob Marley llena la sala con sus ojos cerrados, casi visible en su canción. Alguien suelta un gemido de placer. Arabella aplaude de pie como si el gran rastafari estuviera cantando sobre el escenario.

Don't worry about the things
'cause every little thing
is gonna be all right.

La mujer más bella del mundo, como llama Álex a Omelia, tiene una voz agradable, ligeramente áspera, con un dejo irónico y una entonación absolutamente nítida que jamás suena afectada. A Beny siempre le parece inaudita su resistencia para beber enormes dosis de alcohol, durante horas y días y semanas, sin ponerse incoherente e idiota como su aliada Verónica.

Para huir de su odiosa madre, Omelia, niña aún, se había ido con su hermano Germán para la casa de su padre,

100

Marcial del Río, que se hacía llamar Kaliananda y que andaba sólo con detritus alcóholicos como él. Se encerró con Germán en un cuarto del que no salían sino a la escuela. Aburridos, se asomaban por la única ventana para ver la enorme y hermética pared de un edificio de estudios militares de filmación e imaginar, durante horas, las escenas que ocurrirían al otro lado de aquel muro, ante las cámaras.

Años después, gracias al enano Arnuru, conoció a Beny, a Álex, a Juan y a Verónica, que sedujo a Germán y logró lo que nadie, separarlos. Ya para entonces actuaba ocasionalmente en un grupo de teatro pulguero y aquellos primeros papeles, aunque míseros, la animaron tanto como si hubiera llegado a Broadway. No le importó mucho que Álex le prometiera hacer de ella la Gran Sacerdotisa de la Ciudad del Sol *cuando llegara el momento*. Prefería, más que hacer, escuchar su propia voz, hacer que los demás oyeran otras voces a través de la suya.

O, sencillamente, que *vieran*. En el escenario, bajo la luz cenital, Omelia baila sola, riendo bajo, o sonriendo como si le acabaran de decir algo a lo que ella responde con esta danza. Ah, Bob, monarca del reggae. Y sus ojos flotan cegados por una alegría que sólo la deja verse a sí misma, y su baile invita y no, hecho para todos y para ninguno. Alguien la anima a recitar cierto célebre monólogo y otro a danzar alguna famosa escena de ballet.

—Lo tuyo no es amor al arte sino al *desnud-arte* — exclama Arabella, implacable, pero Omelia no se inmuta.

Cuando su blusa cae al suelo, la música se desmaya por un instante para tensarse pronto como un gran músculo sobre el que ella galopa por un paisaje desierto. Nadie pestañea. Algunos se miran con asombro. Beny se echa hacia atrás en la butaca. Para que los ojos no se le salten fuera de las órbitas, el enano Arnuru va a sentarse al borde mismo del escenario. Arabella ríe primero muy bajo y luego a carcajadas, desnudando su odio. Al principio, Jo Quirós no cree lo que está viendo. Esos senos, esos hombros y ese vientre, habitan una piel imposible. Esas líneas que llevan al cuello y llegan al triunfo del rostro. Y las manos que sobrevuelan el cuerpo, rozándolo y acariciándolo como si lo perfilaran mejor aún, no cesan de desnudarlo. La saya, de un pálido azul, baja un poco con un *all right* de Marley, mas la abundancia de sus caderas la detiene a pesar de que Omelia las mueve como una gimnasta haciendo girar un aro. Asoma solamente la parte alta de las nalgas, donde van a dar crujiendo las miradas encendidas.

El enano levanta un puño apretado con el pulgar extendido hacia abajo y golpea el aire, pero la saya no cae. Enardecido, y ahora sí que bermejo, Arnuru está a punto de estallar. Aun así, la tela leve deja entrever cómo cada camino de su cuerpo desemboca en el reino de sus piernas, cómo su pubis irradia ondas de un cálido y húmedo secreto que se esparcen por la sala y más allá, alcanzando al mismo tiempo los mil pétalos del loto de oro y de la rosa de los vientos. Su viento, claro, es el sur. Sobre su ombligo sopla el austro.

Diríase que Bob Marley está a punto de salir a bailar con Omelia. Pero sigue cantando, bien apretados los ojos para no sucumbir en el vértigo de la diosa que baila en la luz líquida. Su sombra se hace muy densa, embriagada.

Sin poder contenerse, el enano salta a escena meneando la cola del frac, rojo el rostro, tembloroso, y Omelia se percata demasiado tarde, cuando ya el pingüino le ha clavado sus manecitas en la grupa. Hay risas, expectación. Ella

102

reacciona con la furia de su cuerpo poderoso. Lo golpea, lo empuja, lo sacude, pero él soltará esa nalga sólo con el último aliento. Arnoldo Arnuru ha vivido treinta y seis años para llegar a este momento. Arabella ya no ríe sino convulsiona, y casi se vuelve al revés mientras los dos cuerpos caen forcejeando sobre el tablado. Entre aplausos y gritos de toda especie, jadean la bella y la bestia; gruñen, bufan, se insultan. El enano, perdido sobre ese cuerpo ilimitado, atrapa una cadera con un beso mordisco y hunde otra de sus zarpas entre los muslos, al tiempo que pugna por treparse en el trasero de Omelia. Pero ella se revuelve, magnífica en su ira, exuberante en su vigor, y catapultea por fin al enano sobre las tablas. Salta como una amazona, entonces, y se le sube al pecho y lo abofetea hasta el borde del *knockout*. Arnuru, sin embargo, no sólo no se cubre la cara, sino que ni siquiera cierra los ojos bajo esa lluvia de golpes. No quiere perder un segundo del impresionante espectáculo de esos opulentos senos saltando sobre él.

—¡Mi éxtasis, Dios mío! —chilla loco de deseo— ¡Yo también tengo mi derecho al éxtasis!

La carcajada parece salida de cien bocas. Omelia no puede más, se desmorona junto al gnomo derrotado, que sigue vociferando, y suelta una risa cantarina, altísima, barriendo los restos de la gran carcajada, mientras el reggae de Bob Marley se disuelve al fondo. Incorporándose como si brotara de su propia tripa, Arnuru se despoja violentamente del frac, lo arroja sobre la muchacha semidesnuda y se larga a los camerinos maldiciendo en lo que parece secreta lengua dwarf. Omelia se levanta al fin también, poniéndose el frac abandonado, ajustándose de nuevo la saya y abriendo los brazos en cruz para recibir un aplauso en el que ya falta entusiasmo, quizás no tanto por la desnudez inacabada como porque ahora su cuerpo aparta el júbilo y en nada recuerda ya a la danza.

Bajo el signo de Scorpio

Al bajar los escalones laterales del escenario con calma luctuosa e irónica y ascender sobre la pendiente púrpura, Omelia centra sobre sí todas las miradas como una sacerdotisa que aún no ha consumido su liturgia. Mira un momento hacia Arabella, que le sostiene la vista como si observara una fotografía borrosa. Luego va a detenerse ante la butaca de Jo, que la contempla sin poder dominar su emoción. Ella le tiende una mano. Hay un brillo de fiera en su sonrisa y ni un solo botón cerrado en el frac. Jo Quirós siente algo desmesurado. Se remueve en la butaca, mirando alrededor.

—¡Baila con mi primo! —grita Arabella, desatinada, contenta a pesar de que Omelia la mira sin asomo de simpatía.

Para sorpresa de todos, ella toma a Jo por una mano, lo levanta suavemente y lo lleva hasta el centro del escenario, bajo la luz cenital. Inerte, Jo ni respira. Omelia fulgura, más grandiosa ahora, y nadie ríe ni habla. Increíble el contraste entre su belleza y la desaliñada figura de Jo, entre esta expresión que maravilla y ese anonadamiento. Pero de pronto desaparece su pánico e, inmóvil, Jo se abandona a esa mano que retiene la suya, al olor de ese cuerpo rotundo y a la visión de un rostro que para Álex es justamente el de la Diosa Blanca.

Ella lo sabe. No hay música ya. En el momento en que lo despoja de su camisa, el frasco que encierra al alacrán cae a las tablas y se abre. El animal, como si hubiera estado esperando su escena, echa a caminar por la tarima. Con el movimiento, su talla crece y se suelta una vitalidad hasta entonces agazapada. Hay algún que otro comentario de asombro, pero se hace silencio absoluto cuando el escorpión trepa por un zapato y por el pantalón de Jo, que se mantiene tan inalterable como Omelia, quizás dándole menos importancia que ella misma a lo que ocurre alrededor. El animal alcanza su vientre y sube hasta los hombros y rodea el cuello pasando sobre la cadena de cobre. Y Omelia le toma la otra mano. Ambos cierran los ojos durante unos segundos. Se estrechan los cuerpos con idéntica estatura, y el animal recorre los hombros, los cuellos, las cabezas: desaparece un momento entre el cabello de Omelia y emerge enseguida para atravesar la espalda de Jo y cruzar de un hombro a otro, pasar por la espalda de ella, entrar bajo el frac y vagar entre los senos inflamados mientras Omelia ostenta en sus labios una sonrisa que va mucho más allá del temor o del deleite: ya desciende por el vientre, por los muslos, y se abre camino entre ellos bajo el vestido y reaparece por su cadera derecha hasta buscar de nuevo a Jo.

Por detrás de ellos dos, entra ahora al escenario la apuesta figura de Cardenio, que ya no es Sandro, con las manos a la espalda y una sonrisa de navaja en los labios. Al alcanzar el islote de luz, realiza una manipulación relámpago. Omelia suelta a Jo y pega un grito a lo Munch mientras Jo abre tamaños ojos y mira sin ver alrededor. Encima de la cabeza de la mujer más hermosa del mundo hay una rana. Ella lucha por sacudirla sin parar el chillido, aprisionando más al animal entre sus cabellos, y el pequeño público ríe con la crueldad de los cortesanos cuando el rey hace de bufón.

Es Arnuru quien, saltando con presteza a la tarima, se lanza sobre Omelia y atrapa la rana, para inclinarse acto seguido ante ella: el escudero. Mientras tanto, el alacrán ha caído al suelo desde la cabeza de Jo y se debate sobre las tablas, patas arriba, un pequeño dragón abatido en el suelo de una leyenda, arañando la luz con sus tenazas negras, pero sin demasiada ansiedad, *beyond the bomb*, sin la grotesca desesperación de los seres que se creen mortales. Cardenio se adelanta hasta el borde del escenario, saluda con una reverencia, sonriente, y engola la voz.

—Si nuestro pequeño monstruo doméstico, este bienamado homúnculo, aún antes de liberar a la rana del contacto de nuestra primera actriz ya reclamaba su derecho al éxtasis — hace una pausa ominosa que no se atreve a romper ni Omelia, retirada al fondo, donde se ha sentado intentando de pronto cubrir sus muslos con la cola del frac; ni Jo Quirós, que continúa mirando sin ver en torno suyo; ni el enanito verde de odio, sosteniendo su presa con un par de diminutos dedos—, entonces yo me pregunto, señores, ¿por qué no puede tener también su derecho al éxtasis esa pobre rana? Más aún, ¿por qué este alacrán, a pesar de su asqueroso aspecto, no puede tenerlo, si Su Excelencia el Embajador Extrapotenciario del País de la Basura, lo obtiene sin siquiera reclamarlo?

—¡Eso es muy fácil, Mamá Bruja! —Arnuru cae de rodillas ante el escorpión y deposita entre sus patas y pinzas a la rana.

Casi todos los presentes se paran de un solo impulso y corren hasta el borde del escenario para ver el raudo combate. Un aguijonazo envenenado, un único y breve salto de la rana, unos espasmos de inmediata agonía. Victorioso, y aun así frío, el matador se yergue sobre su presa con una indiferencia que imanta todas las miradas.

—Perfecto —dice Beny Alonso con voz más o menos aburrida—, ahora ya todos tienen su ración de éxtasis. Mañana podrán divertirse mejor en la feria, pero supongo que sea suficiente por hoy, niños. La misa ha terminado.

—Muchas gracias, Bergman —dice Cardenio.

—No vuelvas a invitarme a esta cueva de mierda, por lo menos mientras haya tantos bichos aquí —se despide Arabella horrorizada pasillo arriba, llevándose algo así como un oscuro fulgor.

Ni ella es Colombina ni él es Pierrot

Omelia lo lleva a uno de los camerinos que hay detrás del escenario, a un metro del telón negro del fondo, angosto, repleto de muebles, ropa, utensilios, objetos de escenografía y trastos de todo tipo. Pero se abren camino y ella logra incluso cerrar la puerta. No pueden dar ni un paso. Ella se acomoda casi en puntillas junto a él. Se ríen los dos mirándose en el espejo que cubre una de las paredes del camerino. Desde el patio de butacas, se oye la voz del enano recitando, pastosa como si se hubiera emborrachado en un segundo:

Voy a salir a la calle
como quien sale a la vida,

que es salir hacia la muerte
y es la única salida.

Jo no puede apartar los ojos de Omelia. Sus caderas, su vientre, sus senos, sus muslos, su cara, su cuello, todo despierta una ola ardiente en su interior, aunque Omelia, por ser tan hermosa, que es ser inalcanzable, nunca le ha hecho sentir nada parecido, y ni en sueños él ha logrado que sus anchas manos, tan torpes, la acaricien como ahora. Ella se divierte. Toma un viejo gorro de colores que no se sabe si es de payaso, de duende, de dormir o de *breakdancer*, y se lo pone a Jo en la cabeza.

—Es tuyo, mi galán —se lo echa ligeramente sobre las cejas—. Te lo regala la Novia de la Medianoche. Especial para la feria.

—No —exclama él riéndose—. Ni muerto.

—Te queda precioso —asegura Omelia mientras lo besa entre los ojos—. Dejarías a todo el mundo maravillado.

Él trata de abrazarla y ella, juguetona, se suelta y toma unos potes de maquillaje que Emmanuel, el utilero sustituto de Artane, con un poder de caos casi tan fabuloso como el de éste, ha dejado fuera del búnker de Elsinora, la maquillista, meticulosa como ella sola. Con dedos hábiles, le pone tres o cuatro colores en el rostro. Él no sabe contener la risa viéndose en el espejo.

—Qué buena eres.

—Soy la puta pata del pirata de la pata de palo, que es la pata más puta del diablo —se quita el frac. Durante varios segundos Jo Quirós no puede ni moverse ni respirar. Con el torso desnudo Omelia es una visión aniquiladora—. ¿Te gusto?

No sabe qué responder. Nadie jamás le ha hecho esa pregunta, ni siquiera Zo. Pero ahora no quiere recordarla a *ella*. Todos los huesos empiezan a temblarle como si se muriera de frío. Y está a punto de que se le doblen los pies cuando Omelia se despoja también de la saya azul. Tanto demora él en extender su mano, que cuando lo hace toca sólo la tela del vestido que ella ha desenganchado de un clavo en la pared y se ha puesto. La exaltación se convierte rápidamente en pena. Ella quiere apaciguarlo y suenan tiernas las primeras palabras que le vienen a los labios:

—Ay, angelote —se ríe a medias—, ojalá que todos me miraran así, como si nunca me fueran a comer los gusanos —empieza a peinarse y el recuerdo de la rana en su pelo casi la hace vomitar todavía.

—Eres muy linda. Y alta. Y el pelo rojo.

—A veces también les quisiera arrancar los ojos a los hombres.

—Hablas como Verónica, pero nunca harías eso.

—¿Qué tú sabes, bichito de pan? —exclama ella besándole la nariz pintorreteada—. Si Judas besó a Jesús, ¿por qué yo no puedo besarte y después machacarte los ojos y todas las bolas que tengas en el cuerpo? Reviento corazones como si fueran globos —termina riéndose.

—Yo te lo perdonaría todo.

—¡A mí no me hace falta el perdón de nadie! —le grita Omelia en un increíble golpe de furia— ¡Y menos el tuyo! ¡Mejor perdónate a ti y a tu zorrita Zo, que los dos necesitan un siglo de rezar padrenuestros después de dormir tantos años juntos! —Jo Quirós derrumba los ojos con espanto. Omelia, después de una pausa y súbitamente relajada, añade—. Bésame, Jorge —pero le pone una mano sobre la

109

boca negando con la cabeza—. Mejor no me hagas caso —concluye en voz casi inaudible y abre la puerta del camerino.

Cuando Jo sale de allí todos se han marchado de la sala. Sigue brillando sólo la luz cenital. Han desaparecido el escorpión, el frasco, la rana, los papeles dispersos. No queda ninguna huella del ensayo clandestino. Recupera su camisa y se queda parado en el escenario aguardando a Omelia, sintiendo todavía el contacto de su carne, su olor, el beso de sus labios suaves entre los ojos, vislumbrando aún la explosión momentánea de su desnudez.

La imagen de Onofre le llega chorreando sombra y malicia pero sin empañar el esplendor de Omelia. Más que Berto o cualquier otro demonio, Onofre es quizás solamente el hombrecillo borroso que persiguió una vez a Zo en un sueño. Por mucho que corría no podía escapar de él en una casa laberíntica que jamás había visto. Y el hombrecillo reía. Por fin su hermana cerró una puerta tras ella y se lanzó a descender la escalera de caracol sumiéndose poco a poco en una oscuridad lunar. En cierto momento, sin embargo, tuvo la certeza de que no estaba sola. Algo así como la ventosa de una mirada intensa se apretaba sobre alguna parte de su cuerpo. No podía ser que el hombrecillo la persiguiera, pues se hubieran escuchado sus pasos en los peldaños metálicos. Ya recuperaba el aliento, cuando por puro instinto, volvió la cabeza y encontró justo a la altura de su rostro y a sólo unos centímetros de distancia, el del hombre, abominablemente rígido, envolviéndola en un hálito que luego ella sentiría regresar en plena vigilia, soltando una risa que volvería a escuchar en la memoria de su oído y que en nada se parecía a la de Carcali.

110

—La risa del Diablo, pero no corras si viene el Diablo. Cierra los ojos y ríete tú, para que no puedas oír su risa.

Jo mira a su alrededor. Recuerda la fugaz pelea de los dos animales, de lo duro contra lo blando, de lo seco contra lo húmedo, del veneno contra el salto, del silencio contra el sonido. Le parece que hace mucho tiempo que ese solo foco iluminó visiones tan diferentes como la del alacrán, la de Omelia semidesnuda, la del enano vociferando, la de Cardenio. Y en su mente mezclan visiones incoherentes de fieras, ratas, escorpiones, siluetas sin forma, alimañas nacidas de inofensivas manchas en la pared. A la luz cenital de su corazón reventado por la belleza de Omelia. Pero Zoe no es Adriana, sino un pez volador, y flota entre la mirada de Jesús y el hálito del Diablo, y sobrevuela su horrible risa y sueña y respira de nuevo pese a la insólita levedad de su vida y otra vez yace intacta y sin restos de sombra en las alas.

Circo submarino de manos

Después de *aquella noche,* Zo no ha vuelto a sentarse ante un escenario, ni siquiera ante la televisión; tiene su pequeño teatro a veces, cuando se echa boca arriba en el suelo y con las manos imita cosas, animales, figuras caprichosas, personas y, sobre todo, formas del olvido, del gozo, del temor, del consuelo, de lo indecible. A pesar de que sus manos eran mucho menos hábiles y más pesadas, Jo trataba en ocasiones de repetir los simulacros que fácilmente lograba su hermana. Pero en las manos de él cabían las de ella con todo lo que pudieran hacer o imitar.

Bajo la luz del escenario Jo imagina el ritmo de sus piernas incansables, el desasosiego de ciertas noches junto a Zo, una violenta escena radial, el panorama visible cada día desde la ventana, y también aquella marea espesa que fue la orquesta del circo. Si una corriente de instrumentos y sonidos vertiginosos lo alegraron, la llenaron de angustia a ella desde que se sumaron al espectáculo.

Una mañana de domingo, Zo inventó un teatro bajo el zepelín de un sol submarino. Enormes árboles de coral se abren para formar un claro donde los hombres-pez otorgan nombres a las plantas en las selvas del abismo, a los calamares, a las conchas, a las flores marinas, a los peces, a las medusas, a los ahogados. Pero en esa fiesta de colores y figuras, los nombres son otorgados sólo con gestos de las manos. He aquí a un ahogado al que los pulpos le han comido los ojos y no pueden ponerle nombre. Pasa flotando inmóvil, mirando ciego, hablando solo, sin palabras, en la burbuja de su muerte. ¿Será Daniel, al que nunca conoció?

En el momento en que Jo imagina sus manos figurar la burbuja del ahogado ciego, se apaga la luz cenital y todo queda a oscuras. Después de unos segundos de duda, camina a tientas, buscando con los pies el borde del escenario. Hay un rumor de pasos seguros sobre el tablado. Luego una voz, muy próxima, reconocible.

—¿Estás esperando a tu puta roja? —Se vuelve en la oscuridad, reteniendo el aliento, y una pegajosa nube de perfume lo rodea, y una repentina inquietud lo domina—. Ya se fue por la puerta de atrás, nene. Si uno de sus sueños es el papel de Madre Juana de los Ángeles, ¡contigo ya tiene a su padre Sorin! Sólo quiere endemoniarte. ¿O me esperas a mí? —No entiende lo que habla esa voz, pero cuando va a preguntar, una mano se posa blandamente sobre su hombro y Jo no se atreve a mover los labios. Esa voz se filtra en su mente por una entrada que no son los oídos y se impone a su comprensión de una manera irritante—. Yo no creo que tú seas lo que aparentas ser. Yo soy Cardenio y soy Sandro. El enano es él mismo y es Sandro y es muchos otros engendros. Beny es Beny y es Shakespeare y Poe y Malcolm Lowry y Anacreonte y Li Po. Y no por poeta, sino por borracho. Omelia es Juana de Arco, Juana la Loca, Juana Inés, Juana de los Ángeles y hasta Santa Marijuana, pero ¿y tú? Cuando te miro, me parece que no te veo, que no existes. No me explico cómo has llegado a esta edad sin que te hayan roto en pedazos —la mano pesa en el hombro de Jo como un fardo. Una mano distinta a las manos que conoce. Más tibia que el molusco de Onofre, mayor que la del enano y más perversa que las de Manuel Meneses—. Hay que cubrirse, mi amigo, que para eso hay muchos disfraces y todos se azoran cuando uno se parece a uno mismo. Hay que aprender el arte de ser libre sin que nadie se dé cuenta, de confundirse con los demás.

Con un impulso fulminante, Jo empuja el cuerpo invisible que tiene delante y Cardenio, quebrando su aura de perfume, cae sobre su propio gemido a lo largo de la tarima. Jo echa a correr guiado por un instinto felino en plena oscuridad, salta del escenario sin un tropiezo y se lanza hacia la luz rojiza que fulgura opacamente en la puerta, al final de la pendiente alfombrada del pasillo que atraviesa el lunetario.

Todos estamos locos, según Beny

Lo llaman varias veces, no sabe quién, pero no se detiene hasta llegar a la acera. Allí, sin embargo, no se decide pronto a tomar un rumbo. Por fin, camina hacia la calle Veinticinco. Se siente enfermo. No tiene nada que decirse a sí mismo. Ni siquiera siente tristeza. Se detiene antes de llegar a la esquina igual que si de pronto no supiera dar un paso más. No llueve, pero el aguacero puede recomenzar en cualquier momento.

No se trata de Zo, ni de una absoluta pesadumbre, ni de esta noche, ni de estos días de fuga, ni de otra persona. No es una añoranza. No es un afán. Y tampoco un sueño. Ni el viento. Sacude la cabeza, pero no hay nada en ella de lo cual librarse, a no ser el gorro. Recuerda vagamente que se lo dio Omelia, pero no que ella le pintorreteó la cara. No puede imaginarse a sí mismo más grotesco que un payaso, más imponente que un loco vagabundo, más absurdo que un actor farsante, más solitario que antes de venir aquí.

Por la acera vienen una figura alta y otra pequeña, y Jo no los reconoce hasta que se detienen a su lado.

—Ven con nosotros —le dice Beny—. Ya cerré el teatro. Si Onofre se da otra vuelta, creerá que estoy durmiendo en la oficina del director.

—¿No quieres comer tamales? —dice el enano, goloso, y Jo niega con la cabeza, aunque no entiende bien a qué se está negando—. Son buenos los tamales de David.

—Que son tamales es un decir —aclara Beny Alonso, poniéndole una mano en el hombro.

114

—Suéltame, compadre —Jo ahueca la voz con una súbita cólera—. Suéltame —repite en un tono irreconocible y aparta la mano de Beny con brusquedad, respirando como si le faltara el aire.

—Jorge, yo soy tu amigo —Beny Alonso intenta leer en sus ojos.

—Yo no tengo ningún amigo.

—Eso no es verdad —protesta Arnuru—. ¿Qué bicho te ha picado? Si me pusiera a contar todos tus amigos, necesitaría dos pares de manos. ¿Omelia te asustó? —Arnoldo Arnuru se ríe como pedorreando—. Seguro que nunca habías visto unas tetas así, vivitas y coleando, ¿eh? —y le palmea dos veces la espalda.

—¡Que me dejen, carajo! —dice Jo mordiendo las palabras y se hace a un lado jadeando de ira.

—¡Hazme caso, Jorge! —exclama Beny. Se para delante de él— ¿No puedes escuchar lo que se te dice? ¿Tú estás loco? Pues yo también estoy loco. ¡Todos estamos locos sin remedio!

—No hay mayor verdad que esa en la Vía Láctea —asiente el enano.

—Quiero estar solo —Jo se apacigua, respira poco a poco con mayor calma—. Nos vemos otro día.

—Para estar solo tienes tiempo de sobra —continúa Beny, fijos sus ojos en los de él, ahora un poco apenado—. No es bueno estar solo hoy, Jojo. Ven con nosotros, que hoy es una noche especial ¡y hasta parece que vienes de un baile de disfraces! No te invito a morir. Para eso también hay tiempo. No dejes para mañana lo que puedas hacer mejor pasado mañana, como dijo Mark Twain.

—Que no siga lloviendo —dice Arnuru mirando al cielo negro—. ¡Que ya no llueva más, coñooo! —chilla con toda su fuerza el deshacedor de lluvia—. Dios quiere aguar la feria.

En definitiva, Jo los acompaña, caminando por la parte interior de la acera. Supera un poco en estatura a Beny, más alto a su vez que el enano Arnuru, naturalmente, quien marcha entre ambos, ufano como un niño que se va a mataperrear con sus compinches. Desde lejos casi pudiera confundírsele con un chiquillo gordo y de andar desenfadado.

—Ya casi siento el olor de los tamales.

—Viejo, ¿y qué me cuentas de tu hermana?

—¿Por qué le dices viejo a Jorge? Cuando él tenga casi cuarenta como yo seguro que seguirá pareciendo un niño grande. Eso es una gran dicha. Y Zoe lo mismo.

Jo Quirós se vuelve como un rayo hacia Arnuru y lo agarra por el cuello de la camisa. Los bracitos del enano se sacuden en el aire.

—No me hables más de ella.

Los ojos de Arnuru se desorbitan, pero Jo lo suelta enseguida y se tambalea en medio de la acera como si no pudiera sostenerse en pie. Una pesada ráfaga de viento empareja los charcos de la calle y la acera y resbala rumbo al malecón. Con la destreza de sus manos pequeñas, Arnuru extrae de un bolsillo un cigarro y la fosforera, hace fuego, suelta un guiñapo de humo que el viento se lleva hacia el mar y nervioso, como si temiera que algo le saliese mal, lo pone en los labios de Jo.

—Vamos a atacar esos tamales, señores —dice como si nada—. Si la serpiente se ha arrepentido, la voy a colgar por la lengua de su propio árbol, aunque sea el mismísimo árbol de la vida.

Y bajan en dirección al mar por las calles pares y en dirección al río por las calles impares. Zigzagueando hacia el noroeste, por decirlo de algún modo.

—No me extrañaría que el muy gurú se haya acostado temprano para llegar fresco a la feria —Beny Alonso rompe el silencio cuando ya están llegando. Jo echa un vistazo momentáneo a la ciudadela Urbach, que yergue su mole oscura contra un cielo más negro aún.

—Si se acostó, sería ahí mismo —dice el enano—. Ahora está imitando a Elimas, el títere de Juan que vivía en un árbol, y se ha alzado en su mata sagrada por un disgusto con su padrastro, el capitán Satán.

—Satán los junta si Dios los cría —dice el hombre parado en la acera, cubierto por un impermeable gris. Se saludan, hablan de la noche y del mal tiempo. Tío Mersal, el viejo maestro de títeres regalará mañana en la feria su última función—. Pero no es seguro —señala el cielo con una mano—. Hasta ahora el Director de Escena no parece estar preparando una feria sino otro Diluvio Universal. En todo caso, no es *mañaaaana*, sino dentro de unas horas.

—No se preocupe, maestro, que Dios no nos va a dejar con las ganas —dice Arnuru, campechano, abriendo los bracitos—. No es justo que nos haga eso a nosotros, los artistas.

—¿A *nosotros*, dices? —se asombra Tío Mersal— Me niego a creerlo. No puedo entender que seas incapaz de sentirte persona en el público.

—Oigan lo que me dice un hombre que se ha pasado la vida trepado a un escenario.

—Pero detrás de un retablo.

—Cada cual en lo suyo. En fin, mañana yo estaré también en la feria —dice el enano con aire misterioso.

—¡Oh *my Dog!* ¿Y acá don Arlequín también? —El hombre mira la extraña facha de Jo y el sarcasmo brilla en sus ojillos.

—Lo estamos convenciendo para que sea ayudante del mago Kali. Lo haría bien —dice el enano con entusiasmo desmedido.

Tío Mersal se despide de golpe, como si se hubiera aburrido de ellos en un segundo. Se aleja por la acera, enorme, gris y corpulento, envuelto en su capa de agua. Ellos tres siguen de largo.

—Dudo mucho que sea la *última* función —dice el enano—. Ha dicho eso varias veces y siempre vuelve al lugar del crimen.

—Quién sabe. Ya tiene como sesenta años. Debe querer descansar.

Tío Mersal había querido ser un gran general, un gran presidente, un gran espía, un gran cualquiercosa y siguió el curso de la Segunda Guerra Mundial poniendo figuras y banderitas sobre un enorme mapa confeccionado por él mismo. Después de entrar en un guiñol de barrio, se fue a Europa con su abuelo Marcos Fláminor y lo abandonó para unirse a una tropa de titiriteros en Barcelona, donde asistió a los espectáculos del Fomento de Artes Decorativas, conoció al incansable Tozer y al que luego sería su dios, Talio Rodríguez, el gran titiritero de Salamanca. De regreso a La Habana, compró el guiñol donde debutara, le puso por nombre *Los Cuatro Gatos* en recuerdo de *Els Quatre Gats* de Barcelona, pero no le fue bien, y acabó recorriendo el país con un retablo ambulante.

Cuando un tiempo después su tropa titiritera se pasó a la tropa revolucionaria, regresó a su hogar, se casó, hizo revivir el viejo guiñol del barrio y comenzó lo que en verdad sería diez años más tarde su apoteosis, que desgraciadamente duró poco. Por entonces, se dice, creó lo que él llamaba un androide andrógino, Vladimir, su consejero y factótum, que incluso intercedía a su favor ante los espíritus. Pero nadie vio nunca a Vladimir. O sea, nadie lo vio animado, porque un muñeco no es un androide, y de muñecos estaban llenas la casa, la vida y la cabeza de Tío Mersal. Según su sobrino Juan, Vladimir había protagonizado una pieza llamada *¿Por qué George Orwell se quedó corto?*, que, por supuesto, resultó políticamente impresentable.

—Ya me llega el olor —dice el enano mientras se detienen bajo el árbol que hay entre la casa de David, a un lado de la calle silenciosa, y la de Tío Mersal, al otro. Hace un megáfono con sus manitas y lo dirige hacia la fronda del árbol—. ¡Maestro, maestro, abra la puerta de los tamales, que llegaron los Tres Tragones!

El árbol de los tamales de la sabiduría

Era un álamo que años atrás había atrapado con su exuberante follaje una bombilla del alumbrado público. Único árbol en este tramo de la calle, a sólo unas decenas de metros del mar, está hoy mudo como nunca, agazapado, pero aun así imponiendo su toque de verde sobre el plomizo gris de este barrio. Para David este es el refugio predilecto, siempre a su alcance cuando quiere escapar de los que nunca se subirán a un árbol o después de alguno de sus encontronazos con Jaime Bernardo, su padrastro, el heroico capitán Satán para quien un árbol es sólo una especie de accidente prescindible.

—¡Suban! —sonó la voz de David desde lo alto.

Treparon los tres por la verja, reclinada contra el tronco, que hacía de escalera y por la que hubiera podido subir incluso una vieja con dos jabas. El retorcido álamo parecía un dinosaurio que se volviera para enfrentar algún peligro, pero los nudos y las raíces aéreas de su tronco ayudaban mucho a las manos y los pies de quien trepara. Ya en lo alto, el follaje resplandecía por la luz de la farola capturada entre las ramas húmedas. Y, justo en el centro, David había despejado un espacio suficiente para extender el techo de lona, sólo el techo, de la casa de campaña que Juan le prestara. Debajo de aquel cobertizo y sobre el entronque de las ramas más gruesas, el emboscado había extendido una pequeña y acogedora plataforma de madera en la cual podían acomodarse sin molestia cinco personas. Cuando Arnuru puso al fin los pies en ella, respiró aliviado.

—Yo creo que son los elfos, no los hombres, los que descienden del mono —dijo, disimulando su jadeo y su fascinación por el lugar.

—Siempre he leído que los elfos *descienden* de los árboles —dijo David, sin que nadie riera del supuesto chiste, y estrechó la mano de los visitantes. A Jo le sonrió con una ironía que no necesitaba de palabras—. Qué gusto volver a verte, Josecristo. Pensaba que ya te habían crucificado.

—A eso venimos, Judas —dijo el enano.

120

—Bueno, acomódense como gusten. O como puedan —
David se encogió de hombros.

Tenía una argolla dorada en la oreja izquierda y llevaba, abierta del todo, una chaqueta de cuero de impreciso color, desgastada por el uso. Entre sus cabellos negros brillaban algunas gotas de agua. La harina, que no tamales, estaba en una olla colocada en medio de la plataforma. Mientras se quejaba de la ignorancia y la osadía culinarias de su hermana Selma, que había arruinado los tamales, iba repartiendo a cada uno de los visitantes un pozuelo plástico y una cuchara. A partir de ahora podían servirse a gusto con la espumadera. El último en hacerlo, enfurruñado, fue Arnuru. Tomó sólo un par de cucharadas de aquella pasta amarilla.

—Ni siquiera tiene suficiente sal.

—A mí me sabe a gloria —dijo Beny.

—Ha dicho el buitre —añadió el enano.

—No me digas que no tienes hambre.

—Y también escrúpulos. Esta cosa se come cuando ya no haya ni mierda.

—Tómalo o déjalo, niño —le habló David, indulgente—. Te brindo lo que tengo. Si tuviera néctar y ambrosía, néctar y ambrosía te metería hasta por el ano, enano.

—¡Miren al hospitalario! —protestó Arnuru dejando caer el pozuelo sobre la tarima—. Si tú tuvieras néctar y ambrosía, ya los habrías convertido en alguna basura, porque esa es tu única alquimia.

—Hablas como si yo te hubiera inventado, so poquito.

—Bah.

Las conversaciones entre ellos dos eran siempre el encuentro de dos actuaciones distintas que se acomodaban una a la otra perfectamente, gracias a la manía de escena que padecían ambos. Aunque David había estudiado teatro dos años en la escuela de instructores de arte, una sobredosis de Grotowsky le hizo saltar tan lejos que ahora trabajaba como eviscerador en el Instituto de Medicina Legal. El permanente trato con cadáveres a los que tenía que manipular, abrir cráneo y tronco, vaciar de vísceras y rellenar con cualquier cosa, no le resultaba muy desagradable.

Jo estaba animado cuando terminó de devorar el segundo pozuelo de harina. Ya satisfecho, Beny encendió un cigarro y sonrió ante la mirada de Arnoldo Arnuru, que los contemplaba con repugnancia.

—¿Vas a decirme ahora que tu mamacita Palmira cocina mejor que Selma? —susurró David como si preguntara un gran secreto.

Por un momento Jo sintió que se hallaba a bordo de un sueño ("los árboles viven en un sueño interminable", pensó) y le vino el recuerdo de Lacio. La luz del farol entre las hojas del álamo, el peculiar olor de aquella harina, las súbitas rachas de viento atravesando las ramas, el húmedo silencio de la noche, todo eso arrasaba cualquier pesadumbre. Mucho le hubiera gustado poder hacer lo mismo que él. Que Álex mirase a David como al mismo Lucifer y que Beny o Juan lo tolerasen sólo hasta un punto, poco le servía a Jo para comprenderlo. Aparte de eso, pensaba, el hecho de que David les regalara su harina, por mal cocinada que estuviera, resultaba un acto de humildad, porque David tenía los pies sobre una plataforma de madera puesta en un árbol enraizado en una enorme roca que gira en el vacío, y hay personas que se asustan al darse cuenta de que eso está ocurriendo a cada momento, *ahora mismo*, y no hay otra manera de vivir que no sea en ese vacío real.

Lacio era el ángel del sueño y Zo lo escondía bajo el colchón, lejos de la vista de la gente. Pero en lo alto de este árbol, Lacio pudiera sentirse en su paraíso. Desde aquí puede salir soñando a todo tren en cualquier dirección, sin el menor estorbo y con todo a su favor. La cercanía del mar, en el que nacen los sueños negros y los azules sueños de vidrio; la proximidad de la invisible Selma, con su aire de sirena aburrida; la vecindad de Tío Mersal, siempre queriendo que el mundo, si no divertido, tampoco fuera puro hastío.

Con frecuencia oculto junto a Lacio, se halla Perrote. El que no lo conoce ve sólo un pedazo de papel dibujado y recortado con poca habilidad, y jamás sabrá que Perrote es el demonio de las pesadillas y que Zo no lo mira nunca a los ojos. En ese pavoroso momento del sueño en que uno puede ser aniquilado o transformado en otro, alguien o algo tiene que encabezar la brutal ceremonia: he ahí la hora de Perrote. Zo, unos instantes después de haber terminado de dibujarlo y recortarlo, ya se había arrepentido de él, pero no pudo destruirlo.

Precisamente sobre el sueño hablaba David, y sobre el despertar, que según él, es morir.

—No quiero seguir viviendo como si todos estuviéramos despiertos. No puedo seguir mintiéndome.

El pescador de ángeles, la ciudad verde y el domador de fieras

Si David se mostraba casi siempre irónicamente hostil con Jo, jamás preguntaba ni hablaba sobre Zo. Y para ella, por cierto, él nunca había existido. Nadie recordaba haberlos visto conversar alguna vez, ni por casualidad, ni siquiera durante la infancia, como si habitaran dimensiones tan diferentes que no pudiesen coincidir jamás.

Exaltado como siempre que hablaba de política, Beny Alonso se refería a las últimas noticias del gobierno, lo que incomodaba a David, para quien no tenía ningún sentido opinar a favor o en contra de "los políticos" o de "la cosa política".

—Uno dedica la mayor parte del tiempo a la política y a la comida —dijo, aburrido—. Pura demencia.

—Casi siempre la política es qué comeré mañana —replicó Beny.

—¡No me preocupa en primer lugar lo que está en el último! —David cambió bruscamente de tema—. Mejor dime de qué estás escribiendo.

—Más que escribir, pesco gentes —le respondió Beny—. O más bien pesco *imágenes únicas*. Una pesquería fantástica —David lo miró mostrando poca disposición para tragarse aquella teoría—. Lástima que no pueda invitar a nadie a pescar conmigo.

—Lástima tu fe en el arte, ¡en todos esos libros, esas palabras! —lo cortó David arrugando la frente—, en todas esas drogas de idiotas. La vulgaridad, o sea, la televisión, por ejemplo, empezó en las paredes de una cueva de Altamira.

—Genial, muy genial —Arnuru estalló en una carcajada que debió escucharse bastante lejos y palmoteó con sus manitas—, pero ya sé qué vas a decir ahora. ¡Que lo mejor es suicidarnos! —Beny habló entonces de Tolstoi, Flaubert, Balzac, que para David eran sólo grandes charlatanes, ¡sobre todo ese Dostoievsky!, pues el único escritor honesto que ha encontrado es el marqués de Sade, digan lo que digan de él, y Arnuru lo señaló con un dedo, todavía jovial—. Si tú fueras tu propio padre, en mil leguas a la redonda no habría un solo árbol al que pudiera treparse alguien.

En estos días la ciudad no es para David lo que para los demás. Desde lo alto de su álamo ve solamente un bosque, una irregular continuidad de follaje donde crece un cáncer de edificaciones absurdamente construidas para esconderse del sol y de la luna. Los árboles, sin embargo, fueron creados justo para abrir la tierra al sol y a la luna.

—Y a la lluvia —añade irónico el enano.

Aunque aquello sonaba bien, Jo pensaba diferente. Las casas pueden ser a veces parecidas a los árboles, pueden incluso morir como los árboles, o parecer muertas y estar vivas por dentro. Hay casas jugosas, que dan una sombra dulzona y están rodeadas de luz, y caserones siniestros, repletos de recuerdos y voces antiguas que cuelgan como viejas raíces, y cuarterías como matorrales habitados por seres tumultuosos, repentinos. La ciudadela Urbach es un gran laberinto con mil puertas, mil moradores, mil escaleras, mil sueños diferentes, mil sonidos y mil silencios. Un solo árbol haciendo el bosque.

Pero no dijo nada, porque posiblemente su hermana y él vivían también en un árbol, un refugio en lo alto y fuera de los caminos al que subieron después de *aquella noche* en el circo. El domador, habituado a que las fieras le obedecieran, quedó paralizado viendo la delgada silueta de Zo volando desde las gradas, en alas de un sonido inaudito, de un frenético impulso hacia el centro, bajo las luces, hasta detenerse a un paso del ojo dorado del tigre, seguida de cerca por Jo, que únicamente por el horror de ella no lanzó la Gran Carcajada.

Todas las ciudades son inflamables, pero la ninfa pesca sátiros

El aullido de una sirena atravesó el silencio de la madrugada, pasó a una cuadra de distancia y se alejó por la avenida.

—Pensé que venían a capturar al Ejército de los Monos Disidentes —dijo Beny.

—Debe ser agotador hacerse siempre el ingenioso —le dijo David, sin expresión alguna, como cuando quería encajar una banderilla.

—Son los bomberos —dijo el enano.

—Son las sirenas de Odiseo —dijo David, y añadió, repentinamente iluminado—. No sería mala idea que le dieran candela a todo esto. Por desgracia ya no hay piratas que vengan a romper la rutina. ¿Se imaginan lo que sería un incienso del tamaño de la ciudad, ardiendo?

—Compadre —dijo Arnuru con aplomo—. Todas las ciudades son inflamables.

—Un enano asado no debe ser ni lindo ni apetitoso —se burló David.

—Nene, te volverías loco si tu casa cogiera candela de verdad y se quemaran tus discos y tus cassettes y tus aparatos de música. Te haces el silvestre durante unos días,

126

pero después vuelves a tu lugar de siempre. Puedes que estés loco, pero de bobo no tienes un pelo —David hizo un gesto despectivo mientras pasaba otra sirena por la avenida—. Debe ser un fuego muy serio —el enano intentaba ver entre las ramas.

Jo pensaba en Ju y lo comparaba con David. Los dos intentaban poner la mayor distancia posible entre sus pies y la tierra, pero no subían al mismo cielo. Juan entraba en una región superpoblada, pero llameante; David en un desierto polar donde todo era hielo y nada podía crecer; la voz se le congelaba en la boca y no se oía una sola risa. Y el hielo era un llanto helado. Y Jo, a su vez, era un lagarto entre el follaje del álamo, un lagarto nada preguntón que antes reía mucho y que ahora se conforma con un poco de sol en el pellejo. Unas veces se pone amarillo y otras, cuando el sol lo envuelve en sus anillos de luz, tiene un azul de muerto vivo. Vaga el lagarto por el laberinto de las ramas guiándose por un hilo de araña, o más bien por el recuerdo del hilo de una araña que lo dejó solo en una rama desde donde no sólo no puede alcanzar el cielo, sino que ni siquiera puede alcanzar los otros árboles.

—Caballo, mira quién viene por allá —exclama el enano, asomado entre las ramas—. ¡Ve-ró-ni-ca! Y trae una borrachera sa-tá-ni-ca.

La luz de una farola revela su cabellera lunática y su paso zigzagueante. De repente, sin embargo, desde la sombra, entre aquella farola y la siguiente, donde Verónica ha desaparecido momentáneamente, se alza un chillido de alarma. Ellos, aquí, se esfuerzan por ver lo que ocurre allá.

—¡Auxilio, David!

Nada hay tan nítido como ese grito.

Aunque el enano Arnuru es el primero en lanzarse ramas abajo, Beny se le adelanta. Agarrándose con las manos y saltando de las ramas a los nudos, se descuelga, aún a considerable altura, y cae en tierra haciendo una cuclilla por el impulso y disparándose enseguida hacia adelante con un bote de piernas. Cuando llega corriendo junto a Verónica, ella, ahogada, señala con una mano blanquísima hacia las dos siluetas que se pierden al doblar de la esquina a toda velocidad. Beny corre hacia allá sin escuchar la pregunta de Verónica.

—¿Y dónde coño está ese puñetero David?

Arnuru y David Bernardo llegan, no con demasiada prisa, y se detienen a su lado, pero Jo, viendo la persecución de Beny, corre también hacia allá. Al doblar la esquina, sin embargo, encuentra a Beny parado en medio de la calle, solo, respirando a todo pulmón.

—Son conejos.

Sofocados, aturdidos los dos, no tienen sino que dar media vuelta y regresar. David y Arnuru flanquean a Verónica como si todavía corriera peligro. Ella tiene la espalda apoyada contra el álamo y aun así se tambalea, mirando alrededor, estupefacta.

—¿Por qué tienen que pasarme estas cosas precisamente a mí? Primero trataron de violarme una noche en la costa. Después en el puente de hierro. No eran ni las doce y un tipo pasó corriendo y me arrebató el bolso. ¡Y ahora esos dos puercos tratando de violarme! ¡Otra vez! ¿Pero por qué yo, Dios mío?

—Suerte que tuviste —le dice Beny, serio.

—¿De qué suerte habla este tipo, madre mía?

—Te pones histérica —la ataja David, molesto—. Quieres bañarte desnuda a las tres de la mañana en la costa y andar a cualquier hora de la noche por cualquier rincón de La Habana, ¡pero que no te toquen! Eso es pedir demasiado.

—¿Tú también, Brutus? —Ríe y llora a la vez—. So cobardón: ellos corrieron y tú no. ¡Y tú tampoco, microbio! —Arnuru se encoge de hombros.

—Yo no puedo dedicarme a perseguir bandidos. Y te dije bien claro que no vinieras a verme otra vez, ni sola ni acompañada, ni de día ni de noche, ni borracha ni sobria.

—Quería que me prestaras música, Davy —su voz pastosa se disuelve en un largo sollozo.

—No te vuelvo a decir adiós —David cada vez más seco—. Sigue emborrachándote con Juan y sus frustrados. O mejor sal a la calle gritando: "¡*Droguetarios* de todos los países, uníos!" Pero te aseguro que tu lugar no es éste. Lo único que puedo hacer por ti es prestarte una barba postiza para que la gente te coja miedo.

Verónica llora alto, sin cubrirse el rostro, estrujándose las manos mientras los otros se alejan unos pasos. Cae de nuevo una llovizna fría.

—Hagan ustedes lo que quieran. Yo voy arriba —dice David y en tres segundos trepa a su árbol.

—Beny —ruega ella—, vámonos a ver a Juan.

—Ya has bebido bastante.

—¿Tú también me dices esa mierda? A ver, Jo, ¡regáñame tú! ¡Y tú, cortico, pégame! ¡Aprovecha y dame una patada en el culo, anda!

—OK, vamos, Verónica —le dice Beny después de llenarse de aire los pulmones.

129

Un pedazo de lona cae en el pavimento desde la fronda del árbol.

—¡Gracias, Jehová! —grita Verónica ahuecando la voz y con la cara vuelta hacia lo alto.

—¡*Bienidos!* —contesta David desde arriba, invisible entre las hojas— ¡Para que se mojen menos de aquí al manicomio!

Beny recoge la lona y la extiende para que los demás se metan debajo.

—Los acompaño, mamá gallina —dice el enano refugiándose bajo el ala de lona, y Verónica lo imita—. A lo mejor me embullo y me quedo en mi cueva. Debo llegar a la feria sano y salvo.

Dan unos pasos por el medio de la calle, pero Beny los hace detener y se vuelve hacia Jo, que se ha quedado inmóvil en la acera, medio caído su gorro chillón.

—No te quedes. Lo menos que se espera Juan es que vayamos a esta hora y con este tiempo. De paso vomitamos la harina por el camino.

Encogiéndose de hombros, sonriente, Jo se mete con ellos bajo el grueso y cuadrado trozo de tela. La harina no le ha parecido mal. Ahora se siente menos hueco por dentro —¿que si tenía hambre?— y hasta se adormece escuchando mientras camina, el rumor de la llovizna sobre la lona.

IV. LA TORRE DE LA CIUDADELA URBACH

Preludio sin marionetas

Hay momentos en que Jo quisiera quedarse atrás furtivamente y echarse a dormir en algún portal seco. Esta noche es demasiado larga. Han ocurrido demasiadas cosas, ha visto a demasiada gente y tiene la cabeza repleta de rostros y de voces. Además, a cada paso que los acerca a la ciudadela aumenta su desazón. Pero debe saber qué lo aguarda allá arriba. La huida no puede ser perpetua y tampoco puede detenerse, porque nada se detiene. Ni siquiera Zo.

¿Qué decirle a Juan? ¿Qué preguntarle? ¿Y qué le dirá Juan a su vez? Ya no puede pensar en él como Ju. Ahora es Juan Fláminor Roig, de pronto casi un extraño temible, o al menos impredecible. Para evitar esta conversación es que no ha ido a verlo desde hace días. Para no convertirse en una estatua de sal, como aquella mujer en la Biblia, debe mirar lo que hay delante, no lo que quedó a su espalda. De sal están hechos el mar, el sudor, las lágrimas, porque únicamente la sangre es dulce. ¿Acaso será dulce también morir?

La lluvia, ni dulce ni salada, arrecia de nuevo y los bordes de la lona chorrean. El viento sur silba otra vez entre los edificios y los árboles cuando ellos alcanzan por fin el portal de dos alas de la ciudadela Urbach, desierto a esta hora. Beny baja la lona, empuja el portón, enorme y macizo como el de una fortaleza, entran los cuatro y vuelven a cerrar. En el dédalo de pasillos y escaleras, el rumor del aguacero y del viento se multiplica en ecos que se extienden sobre planos superpuestos y ondulantes como en el sueño de un arquitecto de sonidos.

—David siempre me ha dicho que lo peor de este puñetero lugar no es que parezca una torre de Babel —dice Verónica caminando con los brazos cruzados sobre el pecho—, sino que aquí todo el mundo tiene el mismo apellido. Quirós, Urbach o Roig.

—Yo vivo aquí y mi apellido es Alonso —dice Beny subiendo de primero por la última escalera—. Jo no vive aquí y su apellido es Quirós. Son dos ejemplos nada más.

Aunque en otras ocasiones a las tres de la madrugada todavía dura el alboroto o sobrevive algún rastro de música en las honduras de la ciudadela, hoy la misma noche ha dispersado a los noctámbulos, ha apagado los ánimos, ha cerrado las puertas y sellado bocinas y voces. Llegan al último descanso de escalera y salen a la azotea, donde otra vez se cubren con la lona de la lluvia hostil y los zarandea el viento igual que si salieran de una caverna a una llanura arrasada por la tormenta.

Tres torres rematan la construcción. Una está en el ángulo principal, que coincide con la esquina de la manzana, donde se halla la entrada en diagonal del edificio, y las otras se levantan en los extremos. La más alejada de las tres se halla inhabitable desde hace tiempo, en la otra vive Pascual Quirós. La de Juan es la del medio, la que se alza sobre la entrada, ante la cual llegan después de pasar frente al bulto de *El Molino Roto*, el retablo de Juan, tantas veces caído y levantado. Por la puerta abierta de la torre se ve la luz encendida.

—Todavía debe estar donde lo dejé —dice Verónica—, tratando de sintonizar sus mierderas emisoras de onda corta, o liquidado por completo. Y Omelia habla que te habla. Y Álex mirándola como un bobo. Qué trío, y qué náusea, mi Dios.

A unos metros de la puerta sacudida por el viento y mal trabada con un ladrillo en el suelo, una sombra los hace detenerse. Bajo un alero del costado norte de la torre, protegido del vendaval, se halla Álex. "¡Loco!", lo llama Beny y él se acerca.

—¿Estabas hablando con la Virgen María? —Se burla Verónica fingiendo un aparte—. Porque ahora este bicho se encuentra a la Virgencita flotando hasta en los vasos de agua.

—Lo mejor es entrar —dice Beny—. O nos tuberculizaremos aquí.

—Vaya, gallego, hablando palabritas —suelta ella mientras entran en la torre—. *Tu-ber-cu-li-za-re-mos*, qué horror.

Adentro, Omelia está sentada leyendo en voz alta una vieja revista que habla acerca de lo que hacía Lewis Carroll para luchar contra su insomnio. Junto a ella, casi acostado en una butaca desvencijada, Juan entrecierra los ojos ardientes de sopor. Detrás de ambos, una radio mal sintonizada transmite un noticiero en inglés. Cuando ellos entran, Omelia deja de leer y los mira sin asombro alguno. Juan regresa a la superficie, les echa un vistazo, se levanta de la butaca y les ofrece un poco de té humeante aún. Omelia se incorpora también y apaga la radio. Los recién llegados se acomodan en el angosto recinto, donde pueden, y Juan vuelve a encender la radio para poner una emisora menos chirriante.

—Bendito seas, Jim Morrison que estás en el cielo —reza el enano.

—¡Esa música de momias! —protesta Verónica desde el suelo, donde se ha despatarrado—. ¿Todavía no te has enterado de que el mundo es redondo y da vueltas?

—Beny, te dije que era culpa del viejo Galilei —Juan mira a su amigo y se sienta de nuevo—. En este momento creo que da como veinte vueltas por segundo —escucha cómo Verónica relata el sensacional intento de violación y, al final, la compadece—. Cualquier noche de éstas aparece un príncipe negro que no se deje interrumpir y, si tienes bastante suerte, a lo mejor hasta te pica una nalga, te come una teta o te amarra en la línea del tren de Casablanca. Recuerda que lo último que se pierde es la esperanza.

—¡Eres peor que David! Hombres egoístas, todos. ¡Ojalá que este fuera el diluvio universal!

—Sí, pero de alcohol, por Alá que es grande y misericordioso —dice Juan y se levanta para preparar otra botella. La emisora transmite éxitos musicales de los años sesenta y setenta. Arnuru, que alardea de saberse todas las canciones de esa época, secunda la voz de Mick Jagger, proteste quien proteste.

Donde se cuenta la vida de un titiritero

Toma el galón de cristal donde guarda el alcohol puro, llena la mitad de una botella, la completa con agua fría y la sacude. Cuando la mira a contraluz ve cómo poco a poco el líquido se torna transparente, perdiendo la turbulencia inicial, pero conservando todavía el calor de la reacción química.

—Seguimos en contacto —dice, sin esperar más, pasándole la botella a Beny, su fiel compañero de libaciones.

—Todavía está muy caliente —el otro deja la botella sobre una mesita y se levanta para repartir los vasos y servir los tragos pacientemente. Pero Juan sólo bebe un pequeño sorbo, desencajado el rostro, porque desde que anocheció, le ha dolido la úlcera dos o tres veces y ahora siente una punzada continua.

Cuando estudiaba en la academia San Alejandro, comenzó a sufrir dolores espasmódicos que, según su madre, eran debidos a aquella furiosa obsesión por la pintura y que luego, en el Instituto Superior de Arte, devinieron gastritis crónica. Aun así, ya desde el primer año, participó en exposiciones que le dieron renombre a pesar de que su carácter hosco, incluso cínico, y su creciente indisciplina, no le ganaron afecto entre los profesores ni entre los otros estudiantes. Muy pocos, sin embargo, dejaron de lamentar sinceramente su inexplicable decisión de abandonar los estudios.

Dejó también la casa de su madre Milena y se mudó, solo, para la torre de la ciudadela Urbach donde en un tiempo viviera su padre Blas; echó a un lado definitivamente la pintura, incluyendo el dibujo, y comenzó a trabajar el barro. Hacía ceniceros con formas curiosas, y hasta grotescas, o máscaras en las que volcaba su peculiar imaginación para representar rostros humanos. No pretendía convertirse en un simple artesano, pero gastaba mucho tiempo y obtenía poco dinero, que luego se le iba casi todo en alcohol y en pastillas —a pesar de la gastritis y de la úlcera que finalmente se le declaró.

Frecuentando con Álex la casa de Jacinto Quirós, conoció de cerca a Jo y a su hermana, e hizo con ellos una amistad que no por rara era menos sincera, incluso cuando ellos dos recaían en la fase más oscura de su psicosis y era imposible entenderlos. No obstante, si Zo estaba de buen ánimo, le contaba sus sueños y días después Juan regresaba trayendo figuras de barro, que alguna familiaridad tenían con aquellos sueños. Fue entonces cuando ella empezó a dibujar y a recortar sus ángeles y sus demonios.

Como seguía bebiendo, un día Álex tuvo que correr al hospital con él, que iba medio desmayado. Se le había perforado la úlcera y sólo una rápida intervención quirúrgica le salvó la vida. Cuando se repuso, alentado por Heldar, antaño muy amigo de Daniel Urbach, cayó en la fiebre de las marionetas. Hasta el mismo Tío Mersal, hermano de su padre, se asombraba de su furia inventiva. Desde niño había estado siempre muy cerca de él y de su oficio, y había hecho alguna que otra vez un títere o había ayudado a su tío a construir la cabeza de un muñeco; ahora no inventaba marionetas, sino generaciones enteras de fantoches, cada una con una mitología particular que mañana era sencillamente abolida para dar paso a una nueva generación de distinta apariencia, con otras leyendas y otro mundo. Y otros materiales también. Para echar a andar todo aquello, construyó en la azotea de la ciudadela *El Molino Roto*, un retablo que cada domingo congregaba a decenas de espectadores, principalmente niños.

Y así pasó dos años de total abstinencia. Trabajó como titiritero en el Guiñol, donde los que conocían a Tío Mersal pensaron que su sobrino iba en camino de superarlo. Pero al cabo recayó en la embriaguez con una furia tan desmedida que pronto comenzó a padecer otra vez de su viejo mal. Ni siquiera su relación con Belladona le sirvió para echar un cable a tierra. Y ella, aunque lo quería, no quería aquella vida suya sin pies ni cabeza.

—¿Por qué quieres que cambie si me conociste así?

—Porque te sientes mal.

—Podría sentirme peor.

Aquí se habla de brujas y de magos

—No terminamos aquel baile. Todavía tienes el gorro, ¡pero te quitaste la pintura de la cara! —exclama Omelia parándose frente a Jo, sonriente y extendiendo una mano hacia él.

—Todos los hombres son infieles y egoístas —delira Verónica y se toma un largo trago de alcohol sin hacer la menor mueca—, pero una no puede ni mirar a otro.

—Estoy muerto de cansancio —dice Jo. Omelia pone cara de lástima y, resignada, se va hasta el umbral a mirar la lluvia como si la descubriera ahora.

Y entonces es Verónica quien luego de otro gran trago se planta delante de Jo. Él la contempla procurando que no se le note el temor, pues sabe cómo es ella cuando se le mete algo en la cabecita.

—¿Cómo es que nunca antes se me ha ocurrido bailar contigo, mi corazón? —exclama abriendo los brazos hacia Jo.

—Porque nunca se me ocurrió a mí primero, *mi sombra* — dice Omelia desde la puerta con un tono que hace tambalearse a la otra—. Qué casualidad que por donde pases mañana ya yo había pasado ayer, ¿verdad, Very?

A Verónica le brillan un tanto obscenamente los ojos, pero enciende un cigarro sin decir nada. En vez de tomarse el licor se lo clava como un puñal; en lugar de fumar absorbe el humo como si con él pudiera chuparse a Dios o a quienquiera que estuviese en la otra punta del cigarro.

—Esta noche revuelve a las brujas —dice Juan mientras vuelve a chisporretear la señal de radio lo mismo que si granizara sobre un megáfono, y va a añadir algo, pero lo deja.

—David volvió a botarme de su mata de mierda, Ome — dice Verónica, quejumbrosa, pero se anima con sus propias palabras—. Todos los hombres son dictadores, pero algunos son más dictadores que otros. ¡Ome, David se cree que está en el techo del mundo! ¡Es para morirse de lástima! ¿Y tú sabes que ahora se las da de tantra yogi con esa morita?

—Sí, y desde antes que ocurriera —Omelia se echa a reír mirando a Beny, que es experto en no darse por enterado.

138

—Qué aburrido es vivir entre monjes que se olvidan de que tienen pito —suelta Verónica, ojos de perra rabiosa—. Todos los hombres son unos monjes frustrados y egoístas —mira en torno suyo, pero nadie la está mirando y ella no sabe si reír o llorar: se da otro golpe de alcohol encogiéndose de hombros—, ¡y mi madre es una puta y mi padre un cristiano maricón!

Álex la aplaude.

—Y tú eres el soldadito de plomo —le dispara el enano desde otro ángulo—, como en la canción, ¿*non*? —Juan se cae al suelo ahogado de risa, soltando el vaso, que rueda sobre las losetas y por casualidad no se rompe.

Después de ese triunfo, el enano Arnuru toma una baraja, la separa hábilmente en el aire y se pone a hacer trucos, uno tras otro, con tal virtuosismo que durante unos minutos las ánimas cuelgan del anzuelo de sus manos regordetas y elásticas. Trucos que no pueden ser mejores ni siquiera en las manos dedilargas de Kaliananda —su amo, al decir de los maldicientes, su benefactor según su madre Palmira, Maestro y mejor Mago viviente según él mismo; para Arnuru no es sino la criatura ridícula por excelencia: el Desprestigitador. Pero el enano muere por la boca: parloteando sobre las diferencias entre magia tecnológica y magia tradicional corta el hilo del que tenía suspendidos a todos, y sólo Jo queda enganchado.

—¡Todavía está aquí la mariposa bruja! —dice Beny asombrado, mirando hacia el ángulo del techo donde está posado el gigantesco insecto negro desde hace varios días.

—Omelia la llama *tatagua* —dice Álex con telarañas en la voz.

139

—Sirena —replica Juan, como si eso le importara mucho, asomado desde el fondo de una canción de *Procol Harum*—. Viene de la mar salada y quiere tener un alma; las sirenas son aladas y por eso no nadan.

—Poeta —Arnuru prueba a ser agudo otra vez—, aquí no abundan las almas, sino tetas y nalgas.

Durante unos segundos, Verónica y Omelia vierten sobre el enano sus ofensas mejor envenenadas, que a él le saben a gloria, hasta que lo arañan con demasiado entusiasmo y en un bracito le queda una línea de sangre.

—¿Lo subrayamos otra vez, Ome? —dice Verónica, cada vez más excitada.

Jo siente como si estuviera alucinando. Juan abre un ojo y lo pasa como un reflector sobre las caras que tiene ante sí. Parecería que se ha confundido y ha abierto el ojo que lo ve todo dando vueltas. Lo cierra. Pero abre el ojo que lo ve todo doble. Abre los dos entonces. Peor. Vuelve a cerrarlos. Lo único que no lo deja caer completamente derrumbado después de varios días de embriaguez, es el arpón al rojo vivo que sube desde el ombligo, empieza a enfriarse en el esófago y llega hasta las amígdalas. Por suerte siempre tiene alusil y manzanilla. Abre los ojos de golpe, se echa hacia delante y sonríe, mirando a Jo como si sólo ahora reparase en su presencia y llevara mucho tiempo esperándolo.

—Me alegro siempre de verte, hermanito —se le enreda un poco la lengua, pero la suelta—. Tú eres de los que se sentarán a la derecha del dueño de la casa cuando se acabe la fiesta —el gato Elimas, pelambre y ojos de oro, indiferente al alboroto de ellos y a la cacofonía de la radio pero no al asalto del viento alrededor de la torre, sale de su madriguera bajo los trastos amontonados en una esquina y, atravesando el recinto como si fuera el único ser viviente, se detiene ante la puerta calzada con el ladrillo para cerciorarse de que la noche sigue siendo inatacable—. Pero Zoe no estará contigo a la derecha —prosigue Juan, y Jo Quirós se siente peor ante él que ante Verónica, al intuir adónde va su amigo—, ni tampoco a la izquierda, sino en la mismísima mano de Dios, donde siempre ha estado.

Jo se levanta y deja a Juan sollozando al borde de la butaca. Va hasta una ventana que mira al este y se asoma por una persiana rota como si desde allí, incluso a esta hora y con este tiempo, pudiera ver la salida del sol. En silencio, Verónica vuelve un poco la cabeza en dirección a Juan y saca dos pulgadas de lengua. A Omelia, que la está mirando, le guiña un ojo: en el otro brilla una chispa de ternura.

Elimas era un mago que Daniel Urbach imaginó y que luego Juan convirtió en marioneta. Al principio, vivía en un árbol donde él y otros artesanos *casi invisibles*, los elimas, elaboraban colores de paisajes, dibujos de nubes, voces de la noche, rumores de hojas secas y sombras milagrosas. Pero se convirtió en un hacedor tan incomparable que el nombre de su raza comenzó a ser tomado como un atributo únicamente suyo. El primero de los elimas se convirtió de ese modo en *el* Elimas. Y llegó un día en que ya no pudo vivir entre los suyos ni obrar como antes con los sonidos. Huyó a Ictiópolis, la ciudad submarina, en donde se dedica pacientemente a reconstruir el silencio. Sólo cuando logre eso podrá retornar al árbol perdido, con su gloria invisible y el recuperado anonimato.

—He aquí a su majestad el tigre enano —dice Omelia sonriendo hacia Elimas, mirando luego a Arnuru y después a Verónica nuevamente—. ¿Por qué lo trajiste, Vero?

—David tampoco lo quiere. Y Beny tampoco, aunque se haga el santo soportándolo, ¡ni *tu novio* Jo tampoco!, con todo y que él lo considere su mejor confesor, pobrecito. Nadie quiere tragárselo porque no es un hombre enano, sino un moco gigante.

—Voy a leerles un cuento que escribí la otra noche —dice Beny cazando la reacción de los demás, que no se animan mucho—. Está dedicado a —se detiene dos segundos y añade, burlón—: ¡Very!

—¿Es cómico? —pregunta Verónica con repentino júbilo.

—Criatura —se venga Arnuru—, aquí el único cuento cómico eres tú.

El ángel exterminador

—¿Por qué esto? —se preguntó de pronto el hombre y soltó el cuello tibio de la muchacha.

Por primera vez sentía que estaba haciendo algo extraño. Y él, después de la primera vez, jamás se había arrepentido ni había dudado. Escuchaba el apagado sollozo de la muchacha, que se cubría los ojos con una mano pequeña y temblorosa, y miraba cómo alrededor de su cara se doblaban los tallos de hierba que su cabeza había aplastado al caer. Estuvo a punto de quitarle algunas briznas prendidas al cabello negro. Y no sólo zafó con su mano ruda un mechón de pelo que se enredaba en la hierba, sino que concibió la idea de preguntarle el nombre a aquella muchacha vencida y horrorizada. Jamás le había sucedido algo así.

Cuando ella cayó, él trató de penetrarla, pero ya no le quedaba ni rastro de lo que poco antes fue un deseo salvaje. Le había roto la ropa y había mordido sus senos, su vientre, sus muslos blancos, salobres por el sudor que la bañaba. La muchacha comenzaba a recuperarse del golpe con que la había atacado. El hombre la aferró por el cuello para acabar ya y entonces sintió aquella extrañeza y la soltó. Volvió a contemplar el cuerpo a medias desnudo entre los matorrales. Si la muchacha se cubría los ojos con una mano increíblemente temblorosa, con la otra, en un gesto obsesivo y absurdo, se empeñaba en taparse un seno.

Iba ya a escapar y a dejarla así, cuando ella balbuceó una queja incomprensible. Entonces él miró aquellos labios pegajosos por la saliva reseca y las lágrimas. Era una boca tan pequeña. Muy breves eran también su cabeza, sus manos, sus pechos, su vientre. Subió de nuevo sobre ella y de nuevo atenazó con sus manos enormes aquel cuello de ave. La muchacha tosió y manoteó, debatiéndose con desesperación.

Por fin él se incorporó despacio y atravesó los matorrales que lo separaban de la carretera. Caminaba con las manos en los bolsillos, silbando un bolero, sin mirar atrás.

De los nombres vivientes

Antes de que Beny termine su lectura, ya Omelia y Verónica se han puesto a bailar una canción de Bob Dylan como si fuera un mambo, con cierta gracia a pesar de la exaltación. Beny sonríe mirándolas, socarrón, mientras tuerce un poco de hierba, rápido, bien y con ganas, según su costumbre.

Cuando ellos empiezan a fumar, Álex y Jo acercan sus asientos y conversan, porque puede pasar un año sin verse, o encontrarse en medio de un grupo numeroso y ni atinar a saludarse, pero un día cualquiera se abre un claro momentáneo para ellos y entonces, sin prisa y sin sorpresa, conversan como los que fueron interrumpidos en alguna ocasión anterior y continúan el diálogo sin necesidad de preguntar en qué punto se habían quedado. Si notable es el parecido físico entre ellos, resulta curioso también que, mientras casi todos fuman y beben alrededor nadie les brinde, y tampoco nadie los tome por abstemios inoportunos. Álex ha bebido y fumado alguna vez, pero no ha sentido la atracción que otros sienten. Y Jo, naturalmente, ni ha probado ni hay amigo que lo convide a probar nada.

Álex Urbach usa, como Manuel Meneses, feos espejuelos de gruesos cristales, pero a veces se los quita. Bastante miope ya antes de empezar la carrera de filología en la Universidad, era un lector incansable e incluso un estudiante sin tacha, hasta que por fin conoció a su primo Daniel Urbach. A partir de ahí comenzó a cambiar tanto que perdió lo que consideraba una virtud, su adaptabilidad, y lo que consideraba su vocación, y no sintió disgusto alguno cuando fue expulsado de la carrera por inasistencia. De todos modos, se pasaba los días, hasta la noche, hurgando en todo tipo de libros en la Biblioteca Nacional, sin comer nada. No por gusto algunos lo llamaban amistosamente Álex el Loco. Consiguió trabajar en una librería de uso en donde parecía irle bien hasta que, de repente, desapareció. Eran los días del éxodo por El Mariel y se pensó que había abandonado el país, pero casi a los dos años reapareció diciendo que había vivido en un lejano pueblecito de pescadores. Era una historia bastante extraña, pero él no quiso dar muchos detalles.

Más extraño resultó que volviera con una pasión tan absurda como la Ciudad del Sol. Cualquiera pensaba que ahora sí se había chiflado definitivamente al escucharlo insistir en que debían marcharse, *cuando llegara el momento*, a un lugar remoto en las montañas, establecerse allí y hacer una vida social de acuerdo con sus ideas. Pero ciertamente era una persona fuera de lo normal, incluso entre sus amigos. A veces, en el tiempo en que copiaba a máquina su libro preferido, *El Evangelio de Ramakrishna*, que le habían prestado por unos días, se levantaba por las noches en total estado de sonambulismo e iba a despertar en remotos lugares de la ciudad.

En definitiva, últimamente volvía a frecuentar a sus amigos, sobre todo a Juan y a Beny, y ya no insistía en su obsesión por la Ciudad del Sol. A veces le habla a Jo de la Virgen. Él no sabe si los muertos aparecen ni si alguien puede ver lo que nadie más ve, pero en ocasiones se le ha aparecido la figura de su madre, fallecida años atrás. Al principio sintió miedo, aunque luego se dio cuenta de que no era ella, sino la Virgen María, y más tarde comprendió que eran las dos en una sola. Esa visión le ha ayudado a vivir, pero, claro está, no se debe hablar con cualquiera de estas cosas, que bien pueden ser sólo alucinaciones.

Jo Quirós le muestra la pequeña medalla de cobre que Manuel le regaló y que ahora lleva en el cuello.

—Le di a Manuel mi gorra verde olivo. A ella le gustará.

—Si la pules un poco, quedará como si fuera de oro.

—No, así le gustará más.

—Sí, seguro.

—Aunque de todos modos no vendría mal.

—Hace poco tuve un sueño —dice Álex mientras alrededor de ellos se entrecruzan las frases, las risas, las sonrisas, las ocurrencias, las ironías, los asombros, las alusiones, las preguntas en ráfagas, los vasos, las bromas, las bocanadas de humo y más risas y más sonrisas—. Estaba con la gente de siempre y era uno de esos días en que todo es perfecto. Y de pronto los demás empezaron a hablar usando *cosas* en vez de palabras. Lo que alguien decía era algo visible que salía de su boca igual que un sonido. Decías "silla" y te nacía una silla de la boca. No existía la palabra "ojo" sino un ojo —las carcajadas de Verónica casi no dejan a Jo escuchar la voz de Álex—. Pronto todos empezaron a jugar con aquel milagro y se acumularon mil objetos distintos en aquel lugar. Y yo dije "boca" y cayó al suelo una boca que soltaba bocas que soltaban bocas. Alguien dijo "color" y fue como si hasta aquel momento hubiéramos estado ciegos. Se veían los colores puestos sobre las cosas como un pájaro encima de una piedra. Alguien dijo lo increíble: "Silencio". Y entonces *vimos* el silencio —Álex Urbach se queda abstraído por unos segundos—. No lo puedo describir. Era como si pusieras un agua sobre otra y las vieras a las dos.

Ya no hablamos más, si es que habíamos hablado. En el lugar desde donde venía todo aquello no quedaba nada porque lo habíamos vaciado —Jo no pestañea escuchando a su amigo, que hace otra pausa para coger aire—. Al quedarnos callados sentimos que poco a poco íbamos

146

desapareciendo. Entonces *pensé*: "muerte". Y, bueno, me desperté.

Ápex o cuando el arcoiris detuvo al pintor ambulante

Beny Alonso trata de desperezar a Juan contándole un chiste sobre el gobierno. Pero Juan pierde el hilo.

—¿Cómo que Jesús de vicepresidente? —pero ya es otro el cuento.

—Pepito le pregunta a la maestra si el comunismo lo inventaron los políticos o los científicos —dice el enano llegando hasta ellos después de apartarse de las brujas—. "Claro que los políticos", le contesta la maestra. "Ya me lo imaginaba", dice Pepito, "porque si hubieran sido los científicos primero habrían *probado* con los ratones".

Juan suelta un gruñido rítmico que debiera ser una risa y se vuelve hacia Beny como si de pronto recordara algo muy importante:

—¿Cómo está Jo? ¿Te ha dicho algo de *ella*?

—No quiere ni que mencionen su nombre. Lo mismo de siempre: los dos se equivocaron de mundo, de país, de siglo, qué sé yo —dice el otro, que aunque bebe tanto como Juan se le nota menos.

—¿Y entonces todos los demás acertamos? A lo peor no hay modo de equivocarse.

—Mejor ni pensar en eso —todavía, al cabo de los años, a Beny le asombra cómo Juan es capaz de salir de repente a la superficie, y quizás por eso prefiere hablar de otra cosa—. Tú también te has enamorado de Arabella.

147

Juan hace una pausa. Asiente pesadamente con la cabeza.

—Estoy enamorado de Belladona, como mi doble; de Zo, como su hermano Jo; de Juana de Arco, como Omelia; de Arabella, como tú; enamorado de la Virgen María, como Álex; de la muerte, como David; del rock, como el enano.

—Y de tus muñecos, como Tío Mersal.

—Ya se acabó el puñetero *Molino Roto* —Juan niega con la cabeza, más pesadamente aún—. Ahora por fin soy libre.

—Eso dijiste cuando dejaste la pintura. Recuerdo que me dijiste exactamente: "Ya se acabó jugar al demiurgo y a la culpa de Dios. Ya soy libre". Supongo que no eres de los que se creen libres porque ya no tienen ninguna fe. Además, está la feria —y añade con una pizca de ironía—. Tío Mersal también anda en eso de la *última* despedida.

—Mejor no hablar tampoco de eso —y se echan a reír los dos.

—¿Por qué no?

Poco antes de dejar la pintura, Juan tenía el hábito de cargar con sus papeles, creyones, y a veces con sus pinceles, sus óleos y una pequeña tabla como caballete; se iba al Bosque de La Habana, a la costa, a una calle determinada, y pasaba horas haciendo bocetos, dibujando e incluso pintando, con devoción absoluta. Pero un día, de pronto, también acabó aquello. Si ahora Beny tiene alguna fe en escribir es por la fe que tenía entonces Juan. Piensa, aunque la frase le parece cursi, que si de Daniel Urbach aprendió el arte de la vida, Juan le había mostrado la vida del arte.

—De verdad no sé qué me pasó —le dice Juan como si le pesara demasiado cada palabra—. Ni qué me pasa ahora. Podría decirte que vi un arcoiris en una mañana soleada. Te hablé del descanso del demiurgo. Todo eso ya me suena hueco. ¿Por qué uno tiene que pasar por la vida como un trueno?

—¿Y cómo sabes que no eres un trueno? —ríen de nuevo los dos.

—Preferiría ser un relámpago. Es luz y dura menos. Y caer tan lejos que nunca se oiga el ruido.

Beny no olvida cómo, siendo más jóvenes, hablaban del Ápex, que para ellos no era sólo ese punto imaginario cerca de la estrella Vega hacia donde se dirige el Sol, con todos sus planetas y cometas cautivos, a la velocidad de una bala. Preferían pensarlo como un punto situado en la existencia ordinaria, un punto misterioso a través del cual uno podría pasar más allá del sueño de la razón. Y ahora Beny tiene que sonreír con cierta melancolía al recordar.

—A veces creo —le dice a Juan— que siempre te tomaste demasiado a pecho aquel condenado Ápex. Bueno, éramos muy inocentes.

—¿El *condenado* Ápex? ¡Pero si ya estamos en el Ápex, Beny! Todo esto es el Ápex. ¡Nosotros mismos, ahora, aquí, cada uno, somos el Ápex! Qué carajo inocentes.

Así, pues, bebieron a la salud del Ápex y luego se rieron hasta que Juan volvió llorar, ahora apretándose la boca del estómago con las dos manos.

La mariposa negra no voló fuera del arca

Esta hora de la madrugada es normalmente la de los gatos en los tejados y en los muros y en los depósitos de basura y

149

en los solares yermos. El aguacero amaina un poco, pero no lo suficiente, y Elimas comienza a dar vueltas por el lugar.

—Estamos en pleno Diluvio Universal y a nadie le importa —dice Arnuru.

—Tú siempre en lo Grande, so poquito. Lo malo es que se jodió la puta feria —Verónica se vira hacia Omelia—. Y tú que querías una caricatura de Áxel.

—Será otro día —se encoge de hombros ella.

Una negra racha de viento, más fuerte que las demás, empuja como un ariete una de las ventanas de la torre y el agua empieza a colarse por entre las persianas. Beny, que va a cerrarla, se detiene cuando ve que Sirena, la mariposa bruja, azotada por la ráfaga, echa a volar enloquecida por encima de ellos lo mismo que un pájaro oscuro dibujando en el aire algún desesperado exorcismo. Jo Quirós atina a cerrar la ventana y la asegura con un trozo de alambre que hay atado a la cerradura rota. El revoloteo de la mariposa no se calma y ellos contemplan los signos que traza como si quisieran descifrar un presagio.

—Sospecho que estamos en el arca —comenta Arnuru.

—¿Y qué coño haces tú aquí? —le pregunta Omelia, extrañada.

—Debe haber de todo en el arca del Señor. Los gigantes no sobrevivieron la primera vez, pero nosotros sí. Somos una raza más importante que ustedes, las Vainas de Satán.

—Haz como si no existiera, Ome —dice Verónica—. Con él hay que probarlo todo.

—*The answer my friend* —entona Arnuru con nostálgica voz nasal— *is blowing in the wind.*

La mariposa negra continúa su vuelo, golpeando las paredes y rozando las cabezas, seguida por todos los ojos aunque se hable de otra cosa.

—¿A quién más incluirías en la tripulación si fueras Noé? —le pregunta Omelia a Juan sacudiéndole un hombro, pues ha regresado al otro lado del alcohol.

—Esta es la Nave de los Locos —responde él, mirando sin ver. Álex Urbach quita el ladrillo que calza la puerta y la entreabre lo suficiente para que escape Sirena, pero en su revoloteo nervioso ella no acierta a salir, o acaso la atemoriza lo que hay afuera, y torna a posarse en la misma esquina del techo—. Menos mal que se largó —susurra Juan sin darse cuenta de que no es así—. Ese aleteo ya me estaba dejando sordo.

—No se cansan de secretear esos dos —dice Verónica mirando hacia donde se hallan Álex y Jo.

—Estás viendo doble —replica Omelia—, es un solo San Francisco.

—Y dale con los santos y las santas. Seguro están dándole un sermón a la hermana tatagua. O al hermano gato. Qué tipos tan aburridos. ¡Mira cómo se les mueve la barba cuando hablan! Ya-no-los-so-por-to-O-me.

—Pues ponlos a bailar.

—No, tú, que si uno de los dos dice otra bobería me voy a volver loca.

Deciden atacar juntas, y Omelia cae sobre Álex:

—¿Tú no dices que yo soy la mujer más bella del mundo?

Verónica se desparrama sobre Jo:

—¿No quieres salvarme de los malos?

Jo suelta una exclamación mientras cae enredado con ella, y Álex se agarra de la butaca para no rodar por el suelo con su águila culebrera, pero terminan confundiéndose los cuatro en un bulto de risas y protestas. La cabeza de Verónica suena como un melón sobre las baldosas y eso la hace reír con mayor frenesí. El primero en liberarse del torbellino es Jo Quirós. Álex se pone de rodillas a un lado en tanto Omelia forcejea para besuquearle la barba.

—San Francisco, soy una monja.

—Panchito, ¡soy una bomba y todo lo que tengo es tuyo! —suena la voz aguda de Verónica, y Jo no consigue zafarse de ningún modo. Ella ni se fija en que él sangra por la nariz.

Entonces acude el justiciero Arnuru y con sus breves brazos logra separar a las depredadoras de sus víctimas.

—¿Habrá que amarrarlas? —exclama Beny, muy serio.

—Les parece terrible que alguien no se quiera ahogar en su propio vómito —dice Juan con su voz más espesa.

El llanto de Verónica brota a la par y con igual vigor que la risa de Omelia.

—Qué orgullo, Vero. Somos las dos mitades del Mal.

—¡No me torturen más! —Verónica se ovilla en un rincón temblando como una epiléptica— ¡Ya, tú, carajo, tú, David y tú, enano, y tú, Juan, y tú, Jojote y tú, Sirenita de mierda, y tú, *so mami* hija de puta!

Juan se despabila de golpe, va a inclinarse sobre Verónica y la consuela hablándole bajo, pese a que ella gime con mayor furia.

—No es nada —asegura Jo, aunque nadie lo escucha, limpiándose la nariz con una manga. Y ya no sangra.

Chamisco o *aquella noche* en el circo

Juan entreabre la puerta y halla que la noche, afuera, ha recobrado un mínimo de paz, como sus dos amigas adentro; se tambalea junto al gato y se agacha.

—Elimas, mi viejo, vamos a refrescarnos.

Pero el animal se deshace de su pereza y se zambulle en el montón de trastos. Su amo se encoge de hombros y con paso inseguro empuja la puerta y sale a la azotea. El viento ha menguado y las agujas de la llovizna sacan a flote sus sentidos. Siente el impulso de seguir caminando, descender a la calle y bogar en la madrugada a mil leguas de aquí, solo; pero Álex viene a su lado y, en verdad, resulta agradable estar así los dos, recostados al muro de la azotea, en silencio, separados de la noche y de la ciudad por el muro invisible de la llovizna.

—Voy con él hasta su casa —dice Juan al rato, revivido—. Duermo un rato allí, en la sala, y por la mañana me llego a la feria, si es que no llueve —añade, y Álex ni siquiera se encoge de hombros. No le interesa la feria. Desde que escuchó sobre los preparativos le pareció un torpe remedo de la que siempre se hacía en el mismo lugar años atrás—. Tengo entendido que ustedes venderán artesanía mañana —Álex dice que sí con la cabeza—. Me gustaría que no se jodiera la cosa.

—Es una pieza tuya, la de mañana, ¿no?

—Sí, para salir del paso. La tenía por ahí. Me gusta un poco.

—Puedo ir con él hasta su casa —le dice Álex mirando a la noche.

—Prefiero ir yo. Tú sabes.

Álex Urbach no dice nada más. Cuando oye hablar de esta feria dominical recuerda la otra, la de años atrás, la de *aquella noche*. Le duele hablar de Zoe y de Jorge, pero hace meses se ha dado cuenta, igual que Juan, de que está sucediendo algo inusitado. Por supuesto que ya Jo no es el muchacho divertido y despreocupado, ni Zo la mujercita frágil que escuchaba a los demás sonriendo aunque su mente estuviera en otra parte. Antes, sin embargo, cualquiera se daba cuenta de que, aunque él estuviera vagando por ahí, los dos seguían siendo una sola persona, y no porque fueran gemelos, pues en definitiva físicamente no se parecían mucho —ella menuda y baja, él larguirucho y recio—, sino porque desde niños habían sido cómplices inseparables.

Lo que desgraciadamente sucedió cuando tenían doce años sólo los unió con más fuerza. Jimena, la madre, entregada entonces a un rapto de brujería, preparaba brebajes según fórmulas reveladas por un palero que la apadrinaba, y degustó pócimas que el arte ocultista de su tío Pascual le regalaba para aliviarle la existencia junto al lunático Jacinto Quirós. Pascual le enseñó una secreta lectura de los símbolos del mundo y los singulares poderes del chamisco, una planta capaz de provocar la locura, y aun la muerte, que tomada en pequeñas dosis otorgaba una sabiduría y un vigor insospechados.

Ya estaba muy en crisis su matrimonio cuando Ji comenzó a usarla. Tuvo visiones tenebrosas que la tornaban demente durante días enteros y, en una ocasión, sin él saberlo, hizo que Ja bebiera un poco. Al día siguiente de aquellas horas espantosas para él, sostuvieron una discusión llena de graves ofensas y se fueron a las manos. Zo y Jo, que asistieron con horror a la escena, huyeron de la casa, caminaron lejos y anduvieron perdidos durante tres días, abrumados de fatiga, miedo y sed, de hambre y sueño. Sus padres los buscaron en vano por hospitales, estaciones de policía y casas de parientes, pero nadie los había visto. Extraviada su razón, Ji decidió tomarse el resto de la pócima que tenía preparada, de la que había dado sólo un poco a su marido. Aunque sería suficiente para aliviarla con la muerte, de cualquier modo el efecto tardaría casi una hora, y eso la hacía dudar.

En su urgencia acudió a su padre. Y Otto Quirós, pese a que juzgaba incurable su insana manera de ser, le aconsejó renunciar a aquel egoísmo inútil y pensar ante todo en sus hijos. La niña grande lloró un poco y se calmó, pero cuando regresó a la casa, Ji se dio cuenta de que los niños habían vuelto y comprobó, atónita, que alguien se había tomado la poderosa pócima. Una vecina le contó que, efectivamente, sus hijos habían retornado y que Jacinto se los llevó al circo de la feria. Demencia sobre demencia. Ji corrió frenética hacia allá y llegó, sin aliento, para encontrar que la función estaba detenida momentáneamente, en medio de un enorme escándalo del público, porque dos niños habían sufrido un ataque de pánico y se los habían llevado inconscientes.

Luego supo que cuando ellos regresaron Jacinto les preparó la comida y, demencia sobre demencia, confundiendo el brebaje de chamisco con el café, lo vertió en la leche, azucaró bien la mezcla y les sirvió sendos vasos. En seguida, sin pensar en el cansancio que tenían y temeroso de que Ji los castigara, aprovechando además que ya estaba reparado su viejo Chevrolet, se los llevó al circo. Contagiados por la visión de aquellos niños chiflados ante el Juego de los Juegos, pero en el fondo azorados todavía, Zo y Jo se hundieron silenciosos tras su padre en medio del júbilo, la música, el hormigueo de los muchachos en torno a las ventas de jugos y chucherías y el caos giratorio de la estrella, el tiovivo, los carros, los botes, la montaña rusa. Atravesaron la feria sin detenerse hasta llegar a la carpa color tierra que, olorosa a arena húmeda, se alzaba en el centro de la feria. A pesar de que los asientos que consiguieron estaban lejos de la pista, podían ver claramente el escenario.

Y en cuanto entran, arranca el desfile de saltos, payasos, vestimentas, animales, artificios, trucos y malabarismos de toda clase. El efecto del brebaje comienza, entonces, con una violenta sacudida de los colores, los movimientos, la música y los cuerpos, confundidos en una marejada de sensaciones contrarias. Todo se echa a vivir con insoportable intensidad y el olor de arena húmeda se convierte en hálito de cal reseca; los sonidos, evadidos del tiempo, atacan dolorosamente el cuerpo por todas partes; el pulso de la sangre resuena en cada pulgada de la carpa, cuyo color tierra se torna un vasto cielo de sangre agujereado por el fragor de las estrellas. Y ellos dos se miran y no se hallan. El circo desaparece y en su lugar hay algo más nítido que el más nítido ensueño.

Para Jo ocurre el deleite incomparable de que los trapecistas vuelen como asteroides, y las fieras sean seres recién creados, húmedos aún de un sudor divino; los rostros de los otros niños se deforman y la luz de ninguno se repite; los malabaristas tocan en sus pendulaciones los instrumentos de la orquesta, vivos igual que en los cuentos; ni un solo brillo se opaca siquiera por un segundo y, como

156

no hay nada en lo que no se pueda convertir, Jo se convierte en cada una de las cosas.

Mientras tanto su hermana se despeña en una cascada de espanto. Cada cosa que mira es una monstruosa aceleración, cada sensación se desintegra, se confunde con las demás y ella queda desnuda en el centro del huracán. Las fieras rugen desde la selva del público en tanto los trapecistas nacen y mueren en el aire, pájaros atroces multiplicados y devorados por esa música viscosa, feroz. Los malabaristas enarbolan sus propias vísceras y clavan sus venas en las agujas de la luz. Torturada por la explosión que desmembra sus sentidos, pierde incluso la noción de Jo. Y el mago trae la magistral nota diabólica. Sus trucos provocan una irradiación de pánico en las cosas manipuladas por sus manos, que se empeñan en permanecer y transformarse continuamente en objetos imposibles.

Para escapar de su propio pavor, Zo grita y echa a correr por el pasillo entre las hileras de asientos. Los niños, que en este momento aplauden al prestidigitador, le provocan un espanto mayor aún: tuerce su rumbo hacia la pista galopando sobre ese alarido sin fin, mientras los aplausos cesan y todos los ojos siguen en silencio su carrera. Y su hermano no sabe en qué momento se lanza tras ella pero la alcanza justo cuando Zo cae ante el tigre. Más allá de las rejas se abre el ojo de oro, tan grande y tan divinamente fijo que entonces, sólo entonces, ella deja de gritar.

Esa noche será el comienzo de una pesadilla que se alarga muchos meses, con lapsus de anonadamiento, en los cuales Jacinto y Jimena, abrumados, atestiguan todas las maneras del pánico, del delirio y del más animal desasosiego. En unos días Jimena encaneció casi por completo y en una hora los ojos de Jacinto se tornaron sombríos para el resto de su vida. Aunque los médicos se asombraron de que una intoxicación atropínica tan aguda no les ocasionara la muerte, desde las primeras semanas sospecharon que jamás saldrían de aquel estado semejante a la esquizofrenia, que oscilaba entre una fase maníaca saturada de alucinaciones y fobias, y otra, de profundo estupor, en la que casi no reaccionaban a los estímulos externos. Al cabo de un año, las visiones más angustiosas empezaron a desaparecer y poco a poco recuperaron cierta comunicación con los demás, principalmente con sus padres y con Adrián.

Durante la adolescencia, recomenzaron la ansiedad y la incoherencia extremas y fueron internados de nuevo varias veces en una u otra sala de psiquiatría, ya que ahora amenazaban con volverse incontrolables: lloraban y reían a gritos, mordían como fieras a quien intentara dominarlos, se desnudaban y curioseaban cada uno en el sexo del otro, farfullaban palabras sin sentido, o callaban de pronto y permanecían inertes durante semanas para tornarse otra vez, un día, dos demonios incansables. Y todo ello con la agravante de que, fuese cual fuese el estado en que se hallaran, no había modo de separarlos sin que se hundieran en una agresividad peor o en una melancolía vegetal de donde salían sólo, y durante algún tiempo, gracias a los electroshocks o a las altas dosis de medicamentos.

Hacia los veinte años, sin embargo, muy gradualmente, llegaron a un estado bastante apacible y recobraron algo semejante al sentido común, además de muchos conocimientos y habilidades que parecían perdidos por los estragos de la intoxicación. Volvieron a leer y a escribir, a conversar con un mínimo de cordura y a mantener una conducta racional con los demás, lo que permitió eliminar casi por completo el tratamiento con psicofármacos. Pero también parecía evidente que mantendrían indefinidamente una mentalidad infantil, que cada cierto tiempo, caería en una repentina excitación seguida por un estado de depresión más o menos largo, hasta regresar a la situación ordinaria.

Aunque sus recuerdos de infancia volvieron a ser en general muy nítidos, ninguno de los dos hablaba jamás de aquella trágica noche en el circo. A lo sumo, se referían a una ocasión imprecisa pero terrible, a una noche enturbiada por mil y una noches peores aún a través de las cuales fueron arrojados brutalmente al otro lado de la luna, de la vida, del espejo, de sí mismos. Para Zo Quirós llegó a ser impronunciable la expresión *aquella noche*.

Me prometiste una historia de títeres

Cuando regresan a la torre, húmedos por la llovizna, encuentran que allí no hay nadie animado. El que no está adormecido parece simplemente un mártir que aguarda la llegada de los leones. Álex se queda cerca del umbral, secándose la cara y la barba con un trapo que alguna vez fue una toalla. *Confusion will be my epitaph.* La música de la radio se ahoga de nuevo entre los combates eléctricos de la atmósfera. *But I fear tomorrow I'll be crying.*

—La Torre Herida por el Rayo —dice Álex, en voz baja como si temiera sobresaltar a alguien.

—La torre de Babel —dice Juan— al otro día —y le da una camisa seca a su amigo, se echa encima una sábana de cualquier color y se echa adentro medio vaso de alcohol que de ningún modo apagará el fuego de su estómago herido por el rayo.

Verónica mueve los labios como si rezara, pero debe ser que no atina a callarse ni siquiera al borde de la inconsciencia. Con esmero de castor, el enano se come las uñas, mientras Omelia apoya su cabellera carmesí en el regazo de Beny Alonso. Sentado en el suelo, con un pañuelo mugriento sobre la nariz, Jo Quirós parece mirar sombras chinescas que bailaran al ritmo de la noche borrascosa, junto a la pared de la torre donde desapareció el gato Elimas. *Yes I fear tomorrow I'll be crying.*

Juan mueve el dial de la radio y, después de atravesar los estruendos de una guerra de galaxias, aterriza en una barroca melodía de clavicordio que trae algo semejante a la Salvación según Johann Sebastian: el aire se llena de pájaros invisibles que revolotean en su propio verano: las notas de la música se mueven en el espacio más que en el tiempo, se dividen en dos grupos que se atacan uno a otro en lo alto de la torre, que ahora es un inmenso árbol cubierto de seres adormecidos que sueñan con aves que sueñan con seres de vertiginosa vigilia. Las notas se hacen muy claras en ambos reinos, pero en uno son mucho más ágiles y hay siempre una de ellas abriendo el camino y alejándose bastante de las demás, que la secundan con la insólita habilidad de no pisar nunca donde aquella pisó, por mucho que la atacadora salte a un lado, hacia arriba o hacia abajo. Y nunca éstas detienen a aquéllas y jamás las segundas se interponen a las primeras. Esta lucha singular entre las notas, sin un instante de violencia y sin gravedad, tiene la ternura de una mano que acariciara la de otra.

Justo cuando el silencio está acabando de tender su red a todo lo ancho, un feroz maullido alerta de pronto a los apacibles náufragos. Arnuru ha capturado a Elimas y, luego de hostigarlo un poco con sus recias manitas, decide fingir que lo estrangula. El felino se rebela con todas sus artes, pero el enano logra ponerlo contra el suelo y atenazarlo.

Es Álex quien rescata a Elimas sacudiendo por los hombros al enano, que deja escapar al animal y asume el rol del histérico:

—¿Por qué te encaprichas conmigo y no miras a los demás? ¿Por casualidad tú eres el San Lázaro de los gatos?

—Sólo ahora se nota bien la embriaguez del enano—. Lo que pasa es que tienes celos de Omelia y quieres que sea tan bella pero no tan puta. Te aconsejo que te busques un gallinazo, una mangosta, una caraira. ¡Aquí nadie respeta la libertad de nadie y por eso todos somos unos esclavos! Enfermos, inútiles, sietemesinos, ¡aprendan a vivir el éxtasis, so comunistas! ¡Deberían tener valor aunque sea para pasearse desnudos por la feria!

Lanza sus últimos gritos desde la puerta, como granadas hacia el interior de la torre, y escapa a tropezones. Todos se ríen siempre de las despedidas de Arnoldo Arnuru, pero hoy nadie ni siquiera sonríe.

—Es que tiene hambre y se ha ido a comer —dice Omelia.

La radio, que había enmudecido por unos segundos, rompe de nuevo a sonar, ahora con un compacto chorro de noticias a dos voces. Una de ellas, rauca y en ráfaga larga, intercala lentos eslabones sobre los cuales se apoya enseguida la otra voz para dispararse en un inglés a la velocidad de la luz. Juan se sienta al lado de Jo, que le pregunta en un susurro, mirando por la puerta hacia afuera.

—¿La viste?

Durante un rato Juan Fláminor no dice nada. Se pasa la mano por el cabello aún húmedo. Con sólo verle los ojos se advierte el esfuerzo que hace para encontrar las palabras precisas.

—Vino después del mediodía —responde finalmente, cuando ha tomado aire—. Todavía no había empezado esta condenada lluvia —ahora la voz suena casi inaudible—: zapatos blancos, un vestido negro, rara, de pronto no era ella, pero bonita, y ahora no sé si estuvo aquí diez minutos o diez horas, le temblaban las manos, dijo que quería ver mis títeres en la feria, no sé si le guste la pieza.

También él temblaba ahora, con un estremecimiento profundo imperceptible desde afuera. ¿Hablaron poco o mucho? Le resultaba imposible que Zoe, Zo, Adriana Quirós, estuviera allí, en la torre maldita, cuando el solo hecho de que hubiera atravesado la ciudadela y subido hasta la azotea resultaba prodigioso.

—Aunque me prometiste una historia de títeres —no es la voz leve de siempre. Y esta desenvoltura inaudita—, me conformaré con la de mañana.

Ella se ha puesto sus zapatos blancos y el vestido negro; ha atravesado barrios que desconoce y calles nunca recorridas, y ha caminado entre gente que teme y ha subido hasta aquí para preguntarme por una historia de títeres. No puedo decirle que después de mañana todo eso acabará, y no puedo evitar el temor de equivocarme, de que ese abandono sea sólo otro egoísmo perverso.

—No soy capaz de inventar la historia que tú te mereces —acierta a decirle, desolado—. Pero me alegro de que hayas venido. Tú me prometiste que irías conmigo a ver el mar, así que podríamos ir mañana después de la feria.

No le digo que me fascina cómo empieza a romper con su largo encierro. Se asustaría como cuando uno despierta al sonámbulo que camina por un alero.

Jo intenta figurarse algo tan sorprendente como la visita de su hermana a este lugar. Aunque es algo que esperaba, ahora le resulta fantástico. Sobre todo por los zapatos blancos y el vestido negro, guardados desde los quince años, que no usó entonces y que ya nadie creía que fuera a usar alguna vez.

Pero no quiso ir al mar y Juan recordó que alguien le había contado una vez, o había leído en alguna parte, sobre un padre que llevó a su hijo a conocer el mar. Cuando el niño estuvo frente a él, le rogó a su padre: *¡Ayúdame a mirar!*

—Y no creo que vaya a la feria. En lugar de la historia le regalé un poema que hallé en una gaveta. Dijo que lo leería después, sola, dobló el papel y se lo guardó en el pecho. Entonces me puse a buscar entre esos trastos algún muñeco sobreviviente. No había más que pedazos, como restos de gente después de una bomba. Fui a decírselo. Pero se había ido.

Una nueva ronda de alcohol pone una pizca de entusiasmo. Omelia y Verónica se abrazan, idas, canturreando bajito, cabeza contra cabeza. Beny cree buena la oportunidad nada menos que para leer otro de sus cuentos.

—Este va dedicado a nuestro chico mortuorio, David Bernardo, que ya no está en la tierra pero que todavía no está en el cielo.

El mesías del décimo piso

Había una vez un hombre obsesionado por la metáfora de la humanidad. Como cualquiera, no podía concebir un rostro para ese inmenso ser sin rostro. Cuando más, se figuraba una mano descomunal hurgando el universo incansable y vanamente. Ver con nitidez a un solo hombre, incluso, le resultaba imposible, pero él, uno más que se creía uno menos, concibió el propósito de salvar a la humanidad, y salvarla de modo irreversible. Razonaba que si cada hombre es ante todo una encarnación del dolor, alguien que llega y se marcha por una misteriosa razón ajena a cada uno, entonces lo mejor que se puede hacer por la humanidad es liberarla precisamente del hombre. O sea, suprimir hasta el último individuo, de manera que no quede ni rastro de la codicia, de la agonía, del tiempo, del ensueño absurdo y de la injusticia que son atributos humanos.

Pero sólo hallaba un modo de llevar a cabo su misión salvadora: aniquilarlos uno tras otro, con despiadada piedad, pues sólo así se salvarían todos sin excepción. La duda, sin embargo, lo frenaba: ¿Cómo empezar? ¿Quién debía ser el primero? Esas preguntas lo detuvieron durante años. Poco a poco se fue dando cuenta de que no podría culminar jamás, y acaso ni empezar su gloriosa misión. Suponiendo que fuera justo no comenzar por sí mismo, ¿cómo hallaría tiempo para matar a miles de millones de personas? Ni de uno en uno, ni de dos en dos, ni con la ayuda de nadie podría desatar el infinito nudo humano. ¿Y qué apóstol lo hubiera seguido honestamente y con fidelidad?

Al final, no se sabe si en supremo acto de cordura o de demencia, creyendo quizás exterminar y salvar a la humanidad toda exterminándose y salvándose a sí mismo, se arrojó desde una ventana del décimo piso del edificio Palace en 25 y G. Mientras caía, tuvo la remota esperanza de que todos los hombres, uno tras otro, se convirtieran en sus discípulos y siguieran su ejemplo.

A modo de alegoría sin marionetas

Omelia aplaude a Beny.

—Pero es el último, que hoy te has pasado.

Los ánimos han decaído más aún, por supuesto. Verónica disfruta abismándose a la vista de todos. Jo tiene la expresión del que se ha marchado ya, aunque todavía se halle de cuerpo presente, lo mismo que Álex.

—Iré contigo hasta tu casa —le dice Juan, fulminado por el último rayo de alcohol, a Jo Quirós, que no se toma el trabajo de decirle que no—. Esta noche no está buena para que andes solo por ahí, hermanito. De tu casa saldremos directo para la feria, si es que Ji me prepara el sofá para dormir un rato.

Terminando de hablar, Juan camina hacia la puerta y ellos creen que sale de nuevo a refrescarse en la lluvia, se detiene en el umbral y, agarrándose del dintel con las manos, sube las piernas ágilmente y las pasa por el espacio vacío, exactamente sobre la puerta, donde alguna vez encajó un vidrio rectangular. Colgado así, cabeza abajo, con los rojizos cabellos cayendo hacia el suelo, la sábana incolora se le resbala del cuerpo y Juan muestra una sonrisa que por tener el rostro invertido resulta doblemente grotesca.

—Ah, tenemos función —exclama Verónica y de golpe no queda ni una señal de letargo en su rostro—. Johnny, te juro que si das un triple salto mortal te hago inmortal.

No hay salto alguno. Juan traba la pierna izquierda en la abertura y deshace la derecha doblándola hacia abajo. Entonces afloja ligeramente la mueca y empieza a rezar con pastosa gravedad.

—Padre nuestro que estás en la tierra —se le enredan las palabras, se le olvidan—. Bueno, amén. Ah, no: *Nema*, porque estoy al revés —y abre los brazos acentuando su diabólica mueca, balanceando un poco el cuerpo, canturreando por lo bajo como si se acunara a sí mismo, hasta que poco a poco se queda quieto.

—Dios mío, acaba ya esta puerca noche —ruega Verónica.

—*Never my love* —engola Beny la voz—. Esta es la noche eterna. Se acabaron los días. Ya no hay más sol.

Comenzando a desvanecerse, el colgado afloja la pierna que lo sostiene y está a punto de destrabarse y caer al suelo de cabeza, pero Álex y Jo lo sostienen a tiempo tomándolo por los brazos y descolgándolo como un muñeco.

—Al murciélago no le importa hoy su úlcera —dice Omelia.

—Échenle agua en la cara —aconseja Verónica.

—No es agua en la cara lo que le hace falta —replica Beny—, sino comida en el estómago —y extiende en el suelo la vieja colchoneta, junto a los trastos, donde Juan duerme habitualmente. Los dos amigos lo acomodan sobre ella.

—Trapecio, borrachera, hambre, arrebato, mojazón, frío. Amanecerá tieso —dice Omelia al recoger del suelo la sábana descolorida y cubrir con ella el cuerpo flaco y desarticulado.

—A lo mejor ya está muerto, el pobre —se lamenta Verónica tragándose otro alcoholazo y guardando la botella en su bolso.

Su amiga la mira con violencia repentina.

—Arabella debía ripearte otra vez, pero en pedacitos, para que no puedas volver a armarte sola.

—¿Por qué, Ome? —estalla en llanto—. Esa diabla prieta me quiere matar por envidia. ¡Y tú también, mala!

Unos minutos después los sobrevivientes están en silencio, esperando no saben qué. Por la radio desfilan Folgerberg, *Moody Blues*, Billy Joel, *The Carpenters*, *Brasil 76*. Elimas sale de su refugio y se reclina junto a su amo, vigilando con sus dos brasas de oro. Álex Urbach se pone sobre la camisa que le dio Juan, el raído saco de su padre que es su único abrigo. También Jo Quirós se ha sentado en una esquina de la colchoneta, al lado de Juan, mirando la respiración jadeante de su

amigo. Ya no tiene el gorro, que se le cayó cuando rodó por el suelo con las brujas. Le pone una mano a Juan sobre el corazón y lo siente muy acelerado. Pero nada de esto es nuevo. Recuerda que un día el enano, con su tono habitual, dijo que Juan tenía el estómago colgado de una baba, el corazón de un pelo y el hígado de un hilo de araña.

Le dijera cosas que nunca le ha dicho, aunque con él habla de lo que ni siquiera con Zo conversa. Acaso Juan es su propio demonio y su propio ángel. Una vez ella dibujó las figuras de Gabriel, el ángel de la guardia, y de Berroto, el que rompe la vida, una sombra que ni en sueños nos abandona. Por eso, si nos detenemos, él sigue y nos cubre el cuerpo y nos aplasta el alma, pero ¿y cuando uno ya no tiene aliento para seguir pero no sabe detenerse, como el lobo blanco que escapó de la trampa? Despiértate, Juan, y ayúdala a ella, que vino a que tú la despertaras. ¿Tú crees que la agonía es el único modo de saber que uno está vivo?

V. EL MAR DEL ALBA

Si Dios fuese mujer

Cuando por fin parten, Álex se queda de último, se calza los espejuelos, se abotona hasta arriba el viejo saco, echa otra mirada a Juan, apaga la luz, traba la puerta, que no tiene llavín que la asegure, y se marcha. La noche se ha calmado tanto y la ciudadela está tan silenciosa que hasta puede escucharse una tos detrás de alguna puerta lejana.

Aunque viven allí mismo, él y Beny Alonso bajan a la calle con los demás. Los árboles parecen derrotados por el vendaval, casi tanto como ellos, que sin embargo aún no se dan por vencidos. Se detienen en la esquina, al pie de la enorme mole del edificio, pero tras un momento de incertidumbre, sin que medie una palabra, Omelia se marcha colgada de Beny, en zigzag los dos sobre los charcos, pese a los ruegos de Verónica, que casi llora y que luego convence sin mucha dificultad a Álex y a Jo Quirós para que no la dejen sola, pues tampoco ella quiere volver a su casa ahora. El pedazo de lona, que Beny le dejó como compensación, cuelga de su mano.

169

—¡Vámonos al malecón! Esperamos que amanezca y nos vamos a la feria —tuerce la boca, molesta—. Ome seguirá de parranda con Beny y no se aparecerá en tres días —de pronto se echa a reír—. ¡Y qué compañía me ha tocado a mí! ¡Ni la Virgen María! —Arroja el pedazo de lona sobre un arbusto y se van los tres siguiendo el curso de los arroyuelos sobre el asfalto. Ella bebe de vez en cuando un trago del poco de alcohol que le hurtó a Juan—. Volveré a mi casa cuando ya no pueda ni oír a mi puta madre, ni ver la carita de él. No hay nada peor que ser hija de un pastor evangelista ¡Por su culpa antes soñaba siempre que me violaba Jesucristo! —Se ríe, zarandeándolos—. Un día me tragué una aguja para que *el pastor* no me diera más sermones. Me operaron y después de eso no puedo ver ni un alfiler. Pero el puñetero sigue con su catecismo. A eso es a lo que llamo verdadera crucifixión —Álex no puede evitar la risa y ella se vuelve hacia él, estupefacta—. ¿Tú también te ríes de mí? —Ahora es Jo quien suelta una carcajada tonta. Ella mira a uno, mira al otro—. Ya entiendo. Me han secuestrado para vengarse, seguro que de acuerdo con los otros hijos de puta.

—Contigo no es fácil aburrirse —dice Álex.

—Si Dios fuera mujer, nunca hubiera inventado al hombre —sentencia ella.

—Si las mujeres fueran buenas —bromea Álex—, Dios tendría una.

—Él hizo a los hombres con fango y nos condenó a nosotras a hacerlos con dolor. Qué original.

El mar los silencia y los detiene.

Después de otro trago de alcohol, y como viéndola por primera vez, Verónica se queda mirando la tenebrosa llanura líquida aplastada por el cielo, que aún debe soportar el peso de esta noche larga y grave, sin una sola estrella. Diríase que nunca ha habido luna. Como el viento sur ha soplado durante horas, el océano es negro espejo azogado. A un par de metros de sus olas muertas, se sientan ellos, sobre una roca, luego de descolgarse del muro.

El pequeño pescador de pulpos

Cerca de ellos hay un viejo pescador envuelto en un chubasquero amarillo que, como lleva mucho rato sin hablar, se les acerca. Verónica no le hace ningún caso al principio, pero pronto, animada por el alcohol, se pone a conversar animadamente con él y hasta le brinda un trago.

Tomás tuvo la suerte de que en la tarde anterior un muchachito le vendiera un par de pulpos por cinco pesos.

—No hay mejor carnada, mi'ja, y en cinco horas he perdido un solo anzuelo. Eso es un record.

Por la descripción del viejo, Álex Urbach sabe de inmediato quién le vendió los pulpos. Solamente Carmelo puede ser ese muchachito con la cabeza afeitada, el andar cuidadoso y los ojos enardecidos, que pesca pulpos con un garfio de hierro y luego los vende a los pescadores del malecón.

En una época, Carmelo sentía un pánico supersticioso por el mar, pero Pablo, su hermano materno, mayor que él, le enseñó a bucear y a pescar con fija y con garfio. Eso le dio cierta notoriedad entre los demás muchachos. No en vano Carmelo es hijo de Daniel, aquel solitario enamorado de la mar en que desapareció.

171

Álex camina unos metros sobre el dienteperro, se detiene, se quita el viejo saco, los espejuelos, la camisa y los zapatos y entra con extremo cuidado en el agua negra. Sin ocultar su descontento, el viejo Tomás se va en dirección contraria a la de Álex para que no le espante la pesca.

—¿Te sientes mal? —le pregunta Jo a Verónica, viéndola entornar los párpados y mover los labios en silencio.

—Me acordaba de una canción —dice ella, casi sin voz y sin mirada, con una sonrisa lenta como la noche.

—No es una canción alegre.

—Cuando pienso que pude tener otras vidas en el pasado, quisiera gritar. ¡Pero el peor castigo sería volver a nacer!

—A lo mejor una de esas vidas fue feliz. O lo será otra.

—¡Peor todavía!

—Siempre te sientes tan castigada.

—¿Y tú no? —Salta ella, con fiereza súbita, ofendida.

—A veces pasan cosas buenas.

—Será que la mierda es buena, *Josecristo*. Y no te me pongas místico, que ya no puedo con todo eso. Las pirámides, la cibernética, el zen, los satélites de Marte, el amor al prójimo y el karma, y Bergman y la telepatía, la desipramina, los ovnis y el soma, Gorbáchov y Krishnamurti, Los *Van Van* y B.B. King, ¡el Big Bang y el Big Ben! Basta ya, *please* —tiene los ojos desorbitados, el cabello chorreado sobre la frente, le tiembla la mano con que gesticula ante el rostro de Jo.

—¿Por eso tomas alcohol? —es lo único, y lo peor, que se le ocurre decir a él, tan apabullado que ni siquiera pestañea.

—¡Sí que sí, y no vuelvo a mi casa porque no me da la gana! —De pronto sonríe maliciosa y agarra la barba de Jo con una mano—. A ver, dime por qué tú tampoco vuelves a tu casa. Yo sé por qué, Jo. ¡Porque no quieres ver a esa lunática! —Estalla en una carcajada que termina en aullido—. ¡La novia del Cristico! ¡Tienes miedo de que te diga *la verdad*!

Se quedan en silencio unos segundos. Verónica lo mira como escarbando en sus ojos.

—Tengo miedo de tantas cosas —asiente él mirándola a los ojos.

—Claro, por eso todos ustedes me asquean. Virgencita, el día que deje esta isla de cotorras y carneros no voy a parar hasta la Antártida.

—Tú eres linda, Verónica.

—Y tú estás *muy* chiflado, rabino de mierda.

Figuras de humo y agua en el aire

Se echa hacia atrás sobre la roca hasta quedar casi acostada, sonriendo con una misteriosa satisfacción. Jo mira hacia Álex, y gracias al resplandor de las luces de yodo de la avenida, puede ver su cabeza sobre el agua negra, no lejos de la orilla.

Una vez Zo inventó un juego raro. Se vierten unas gotas de agua en los ojos y entonces, mientras arde un pedazo de plástico, cada cual forma figuras de humo con las manos y las contempla con los ojos así aguados. Aunque siempre el juego comienza igual, ignoran cómo acabarlo luego y pueden continuarlo incluso cuando ya no hay humo y no se echan más agua en los ojos. A partir de un momento determinado, sólo precisan el aire, por decirlo de algún modo, para hacer las figuras.

Cuando en una ocasión Juan fue a mostrarle a Zo algunos de sus últimos fantoches, Jo le contó sobre aquel juego y él se echó a reír con carcajadas que sólo cesaron por el dolor de la úlcera. Se quedó un rato en la silla con la mano sobre el vientre, muerta en los labios la risa y entrecerrados los ojos, como si algo curioso hubiera ocurrido en el encuentro de sus marionetas con las figuras de humo de las que Jo le habló.

Pequeño bestiario (II)

Aunque Verónica sigue echada hacia atrás y sin mirarlo, ahora le acaricia un muslo de modo que él tiene que abandonar sus recuerdos como si se arrojara de un artefacto en movimiento. El corazón le late con una fuerza brutal y algo así como vapor eléctrico le corre de las rodillas a la nuca. La mano de ella es suave, lenta y tierna como la de Zo.

Pero distinta.

—A veces me gustaría castrar a todos los vírgenes —dice ella riendo bajo, con voz espesa—. Tómate un trago, San Jorge.

Mirándola a los ojos, Jo coge el pomo y lo empina, pero tose y se inclina a punto de vomitar, sin resuello, mientras ella sonríe e insiste para que beba de nuevo, que enseguida se acostumbrará. Con el segundo intento, Jo casi suelta el estómago por la boca. Se levanta de la piedra y va hasta el borde del agua, pero no vomita. Su mirada se sujeta de la mar inmensa, sus pulmones aspiran con ansiedad el aire que le golpea la espalda.

A un centenar de metros del malecón, pasa una lancha pesquera hacia el Almendares. Jo se agacha, recuperándose así, poco a poco, hasta que escucha una voz cerca de él:

—Álex se ahogó —Verónica llega a su lado—. Dame un beso —otra vez lo toca con su mano suave y lenta y de nuevo él se siente recorrido por una abrasadora fosforescencia. La besa poniendo torpemente sus labios sobre los suyos, que dejan ir una sonrisa burlona con olor a alcohol. Pero el resto de ella es tibio, acogedor.

Cuando se separan, Verónica, con desconcertante delicadeza, le pasa una mano por la cara. Jo no acierta a moverse. De pronto ella ve un cangrejo y se sobresalta.

—Qué asco, Virgencita. Todos esos bichos me repugnan. Soporto únicamente a los hombres, y no siempre, que son los peores. Pero no te preocupes, que tú eres una alucinación.

Fascinado por el cambio de su voz, antes viscosa y cristalina ahora, Jo no deja de mirarla en tanto ella le roza con dos dedos la barba rebelde, como si fuera ciega y tratara de reconocerlo por el tacto, contándole lo que vio una vez.

Había mucho sol en la costa y Verónica caminaba por el muro del malecón, cerca del Vedado Tennis, cuando vio un cangrejo que se había encontrado un pedazo de pan en los arrecifes. Pero entonces llegó volando un gorrión. ¿Te imaginas ese pajarito frente al mar tan grande? Traería un hambre espantosa, porque sólo así podría lanzarse como un halcón sobre el cangrejo para arrebatarle la comida. Pero el otro agarró con una tenaza el mendrugo y alzó la otra, amenazante, que hasta a ella le daba miedo, y correteaba por los arrecifes mientras el pájaro revoloteaba encima de él. La gente se paraba a mirar. Y ninguno de los dos cedía. Una batalla fantástica. Cuando llegaron al borde del agua, que era un cristal, cualquiera hubiera pensado que ganaría el cangrejo al sumergirse con su pan. Mas ocurrió lo que nadie pudo entender. El cangrejo soltó su botín y alzó sus muelas desafiando al gorrión a una pelea definitiva, y el pájaro cayó sobre él y hubo un aleteo y forcejearon los dos chiflados.

—¿Qué crees que sucedió al final?

—El gorrión se comió al cangrejo.

—El cangrejo se metió en el mar. Desapareció. El gorrión cogió con el pico su mendrugo, que bien se lo había ganado, salió disparado hacia el terreno de pelota del Vedado Tennis y el pedazo de pan se le cayó en medio de la avenida. Regresó, furioso, intentando recuperar su almuerzo, pero los carros, en una hora de tanto tráfico, no lo dejaban. Revoloteó quince o veinte minutos sobre la avenida, desesperado. Y en eso lo dejé.

Jo recuerda que una madrugada, cuando su hermana salió al patio, vio una neblina más bien tenue, que nunca había visto, ya a punto de amanecer. Al volver a la cama soñó una niebla densa como un estanque blanco.

—Veo una cara en él, que no es la mía, sino una piedra hundida en el agua blanca. Quiero gritar, Jo, pero una piedra no grita. Quiero llorar. Mirándome así, aterrorizada, voy olvidando poco a poco y, cuando ya casi no me acuerdo de mí, la piedra se convierte en un pájaro que sale volando lejos del estanque. Un espantoso pájaro rojo.

Retrato inconcluso del tragafuegos

El pomo, aún con una línea de alcohol, cae al arrecife y se rompe. Verónica está a punto de romperse también maldiciendo su perra suerte. A unos metros de distancia brota Álex del agua como Polo, el ángel del mar, aunque este es semejante a un pez enorme y gordiflón. Tienen los mismos ademanes de líquida calma y el mismo silencio. Por primera vez Jo se siente ante el mar verdadero, que ya no es un monstruo desmayado por el peso del cielo y aletargado por el viento del sur. Lo sobrecogedor es que no hay modo de imaginar sus límites ni su verdadera faz: aquí puede ser un golfo dormido, pero allá será un torturante mar chino, una apacible inmensidad azul, un Ártico de hielo o una mar encantada, sin dejar de ser sólo un dios vivo ante el cual Ranco, el demonio de la tempestad, dispara su ciego furor contra las costas, mientras Polo espera su turno de paz.

Todas las acrobacias, payaserías, malabarismos, piruetas de fieras, trucos y danzas en la cuerda floja, eran hazañas semejantes a *aquella noche*. El tragafuegos vino de pronto a traer la disolución. Era un dragón con forma humana, pero absolutamente terrible pues no se puede escupir una columna de fuego y continuar siendo como los demás. Los espectadores no se ríen. El fuego incinera hasta el último vestigio de diversión. Cuando Zo echa a correr inflamando la carpa con su alarido, parece que busca la llama, pero se detiene ante el tigre.

Otro fuego la seduce: el oro que fulgura, glacial y condensado, en el ojo de la bestia divina.

Oniromancia

Aunque el viejo pescador se lamenta de que ha perdido ahora un segundo anzuelo, enganchado al traicionero fondo rocoso, ya tiene otros dos buenos peces en su morral, y aún le arrancará más al agua oscura. "Muchas bocas en mi casa", parece decir desde lejos Tomás. Por su parte, Verónica sigue sufriendo el pomo roto, más abotagada que obsesiva, hundiendo los pies en la tinta sombría, y Jo está pensando en aquella vez cuando estaba solo en una playa tan ancha que no tenía horizontes, sino sólo arena y agua azul y vidriosa. Entró en ella seguro de que pronto el fondo descendería y él podría echarse a nadar, pues en aquel sueño, como en otros, sabía hacerlo. Todavía con el agua a las rodillas descubre que el fondo está cubierto de manchas y bultos singulares.

Ya no mira a través del agua sino del cristal de sus propios ojos. Ve un pájaro en todo diferente a un pez, y una enorme hoja de almendro llegada desde algún parque de su infancia con todos los tonos del fuego, y una guitarra sin ombligo, de caja locamente pintarrajeada. Un bebé color canela, tampoco pez, llega curioseando hasta su rodilla para enseguida alejarse nadando sin el menor chapoteo. Creyendo que el cachorro de buzo huye de él, Jo se vuelve hacia la orilla, pero una sombra contra la arena del fondo lo detiene. Antes de precisar su contorno sabe que es una muchacha ahogada. ¿Mejor llamar a alguien o sacarla afuera él mismo? Mejor despertarse.

La Ciudad del Sol

Álex se sienta junto a ellos temblando de frío, chorreando agua de sus pantalones arremangados y poniéndose la camisa y el ridículo saco por encima de los hombros. Verónica se despereza, lo mira como si no creyera en lo que ve y cierra de nuevo sus ojos, con tanta fuerza que casi se escucha el choque de los párpados.

—Dentro de poco amanece —dice Jo mirando los nubarrones que vuelan rumbo al norte y muy bajo para cerrarle paso a la primera claridad del alba.

—Ya se aniquiló, ¿no? —Álex se pone sus espejuelos de grueso cristal. Jo no dice nada y Verónica ni se mueve—. Menos mal que se rompió el pomo —respira hondo para entrar en calor—. La verdad es que nunca me la imaginé en la Ciudad del Sol.

Y vuelve a hablar de eso después de mucho tiempo. Si su amigo Pablo Baena lo apoya de algún modo, asegura David con su pesimismo, es sólo porque ahora se ha convertido en desertor del ejército. Pero Álex siempre ha dicho que lo hará solo si los demás lo abandonan cuando llegue el momento. Y no es una fantasía que lo ayuda a vivir, sino algo que puede lograrse. Nadie sabe, empero, qué significa *cuando llegue el momento*.

Ahora Álex se encoge de hombros y limpia los espejuelos con el borde de la camisa sin prisa alguna. Aquí los días y las noches son ajenos, estériles, pero *allá* cada noche y cada día tienen un nombre único. Allá no seremos los solitarios que somos aquí, y nadie obligará a nadie a hacer nada, felices amando lo poco que tengamos y sin ninguna idea

179

sublime por la cual morir. Resulta más fácil imaginar ciudades de gigantes en las entrañas de la tierra o en los abismos del mar, Atlántidas, Eldorados, Thules extremas: antiguamente se fundaba cualquier simple ciudad sólo para fundar un sueño y defenderlo. Nuestra Ciudad del Sol, por otra parte, sería un humilde rincón en alguna montaña de la Sierra Maestra o del Escambray, bien lejos.

—Dios mío, qué idiota tú eres —se escucha la voz de Verónica, amarga—. ¿Cómo puedes masturbarte de esa manera?

—Antes tú no hablabas así —le dice Álex muy bajo, sin reproche.

—Antes yo me meaba en la cama.

En el amniótico mar del amor

Aunque no se siente herido por lo que le ha dicho Verónica, Álex Urbach se va caminando sobre la escollera hasta donde el viejo Tomás forcejea con otro pez y ríe como un novato ante su primera presa.

Mientras tanto, Verónica ha cruzado los brazos sobre sus rodillas unidas y ahora reclina encima de ellos la cabeza con el rostro vuelto hacia Jo. Como la luz es tan escasa, él cree que ella llora en silencio y no dice nada. Cuando se da cuenta de que sólo está contemplándolo con una sonrisa demasiado extraña, se levanta de repente y echa a caminar sobre las rocas en sentido contrario al de Álex. Luego, a una veintena de metros, más repentinamente aun, se despoja de la camisa y se mete en el mar, sin ningún temor, sin saber tampoco si escapa así de esta angustia brutal o si está lanzándose ciegamente en ella. El agua lo aquieta, le regala algo parecido al alivio y casi lo adormece.

Poco después Verónica se incorpora también y va hacia allí, y aunque su embriaguez la hace tropezar, milagrosamente no cae sobre los arrecifes. Se detiene a la vera del muro, se desnuda a medias y, sin descalzarse, igual que él, entra en el mar emitiendo pequeños chillidos mientras el agua helada le cubre despacio los muslos, las nalgas, las caderas, la cintura, la espalda, los senos. Jo ni siquiera se asombra cuando siente bajo sus pies un hueco en el que su cuerpo se hunde más de lo esperado. Sumerge la cabeza y luego se yergue, lleno de una satisfacción que supera su sopor y su ansiedad.

Está en el océano sideral, no en el simple mar a medio camino entre tierra y cielo, y flota encogido en esta placenta como un embrión que ignora el antes, el después y el afuera, inmóvil en la única soledad habitable. Ya no es pez ni ave ni reptil y todavía no es humano, y entonces unos brazos, que llegan desde atrás, se enlazan sobre su pecho, y dos senos cálidos se pegan a su espalda. Logra volverse sin romper ese abrazo y a su vez la abraza a ella, tan silenciosa y acogedora como el regazo del mar.

Ahora no es Jo, sino otro que ha estado siempre sin que él lo sepa, acariciante más que acariciado, con manos y pubis, boca y piernas que quieren fundirse con ese otro cuerpo ardiente. El brillo ocre de las lámparas de yodo alineadas al margen de la avenida marcan los instantes del tiempo detenido.

No sabe cuándo y cómo sale del agua y se pone la camisa. De pronto está caminando a toda prisa, sin volver la cabeza ni detenerse cuando la voz de Álex lo llama. Poco a poco,

181

sin embargo, se va dando cuenta de que su precipitación se debe únicamente a los gritos de Verónica, a los incomprensibles insultos que le lanza, maldiciéndolo, ordenándole que no reaparezca jamás ante su vista.

Si hasta aquí no sabía a dónde iba, ahora reconoce las calles y se da cuenta de que por fin está volviendo a casa. Mira los árboles que, como él mismo, han sobrevivido a los desastres de la noche. Contempla con ojos nuevos las calles recién lavadas. Su propia sombra renace, tan vívida como él mismo desde este raro fervor, mientras todo otro afán parece falso o mísero a la luz de este momento. ¿Cómo es que ha logrado vivir hasta ahora?

Extrañas noticias en casa

Todavía el alba no aclara el portal y sólo cuando lo atraviesa se percata de que la puerta de la casa está abierta. Se detiene en el umbral, incapaz de dar otro paso.

—Al fin apareces —Adrián está sentado en su sillón de hierro, balanceándose despacio. Jo llega hasta él. Su hermano tiene una cerveza en la mano. Es raro que comience a beber tan temprano, así que se halla en un mal momento. Jo no tiene otro remedio que pararse ante él, con las manos en los bolsillos del pantalón empapado, gacha la cabeza húmeda—. ¿Desde dónde vienes nadando? —El tono de su voz le dice que Adrián ha bebido mucho. Su rudeza es tan exacta como siempre—. Harías cualquier cosa con tal de que todos se diviertan con el payaso ambulante. ¿Y sabes lo que estaba ocurriendo aquí al mediodía, mientras tú andabas chapoteando por ahí de mono callejero? —Bebe un largo y último trago y juega unos segundos con la botella vacía en la mano antes de continuar—. La policía registró la casa y se llevó mis herramientas, mis materiales, mi dinero. Y mi ventilador y mi tocadiscos. Ahora me citarán a juicio a *mí* —suspira hondo, conteniéndose—. ¿Tú sabes quién es el mayor culpable de todo eso? —Sus ojos brillan—. ¡*Mi* buen hermanito Jorge! ¿Sabes por qué? —Jo niega con la cabeza, apretados los labios—. Pues porque lo hablas todo. Con tal de charlatanear no te callas nada. Todo el mundo en el barrio sabe que hago y arreglo colchones, que los vendo a tanto, que termino tantos al mes. Y eso aparte de que como aprendiz no vales ni un chícharo. Tu ayuda en un año no paga lo que te comes en un día. Pero hablando sí que te afanas —se levanta haciendo un gesto impreciso en el aire, como si quisiera apartar a su hermano con la vista—. Espérame aquí, que no he terminado —entra a la casa para volver enseguida con dos cervezas más. Al atravesar la sala, ha encendido la radio, de modo que empieza a escucharse el monótono compás y el turbio convoy de noticias de Radio Reloj. Esta vez permanece parado junto la puerta. Pone una botella contra la pared y comienza a tomarse la otra como agua. Su voz suena con creciente amargor—. Tú y Adriana han sido mi maldición.

Jo ha escuchado otras veces reproches así y, como no puede escapar, se esconde en las noticias que llegan desde la sala. No sabe quién es Walesa ni qué es el sindicato Solidaridad, Europa del Este o la perestroika, ni dónde está el golfo Arábigo-Pérsico. Pero eso no suena tan aburrido como lo que le dice Adrián.

—Siéntate —le indica una butaca y se sienta de nuevo en el sillón—. Soy yo el que habla ahora contigo, no tu padre, ni tu madre, ni un vecino, ni tu hermanita, ni Juan el saltimbanqui. ¡Yo, Adrián Quirós! —Jo prefiere sentarse en el suelo. El locutor de Radio Reloj habla ahora del pueblo invencible, del socialismo y la muerte—. ¿Cuándo piensan acabar el show? —Empina la botella de un golpe, recargando el vapor—. Muchas veces por la mañana me digo: Quizás hoy mis hermanitos se curen ese complejo de Peter Pan y crezcan —sonríe cuando dice esto, pero súbitamente vuelve a cambiar de expresión, dejando la botella vacía a un lado, y ya usa un tono de abierta brutalidad—. ¡Tú entiendes lo que digo y sabes que no estás loco! —Jo quisiera decir algo, pero no puede. No es usual que su hermano esté tan exaltado—. ¿Te acuerdas de cuando Adriana y tú eran dos niños encantadores? —Se ríe torpemente sosteniendo en la mano la otra botella humeante de frío. Toma dos largos sorbos, vuelve a pararse, da unos pasos hasta el borde del portal y regresa, rugiendo—. ¡Estoy seguro de que ya no te acuerdas! —Vacía la botella de un par de tragos ansiosos y la lanza hacia la calle, pero en vez del estallido del cristal sólo se escucha un golpe sordo sobre la hierba y eso lo enfurece más—. ¡Todos nos sentíamos orgullosos de ustedes! ¡Pero ahora dan lástima!

De nuevo recorre el portal de un extremo al otro. Las monótonas voces de Radio Reloj y su tictac se convierten en una tortura para Jo, que ya no sabe si el borracho es él o su hermano. Tal vez se asombra tanto como Adrián cuando oye su propia voz que pregunta:

—¿Y Zo?

La carcajada de su hermano lo toma por sorpresa.

—¡No se llama Zo, imbécil, sino Adriana! Esa es la raíz del mal. ¡La mentira! —Se acuclilla frente a Jo y le echa en la cara un vaho de cerveza—. Tu santa hermana salió ayer por la tarde —disfruta una larga pausa—. ¿No me lo crees? —vuelve a incorporarse—. Gracias a un oficial amigo mío, solamente estuve un par de horas en la policía. Y cuando vengo entrando a la casa, ¡me tropiezo con ella que sale para la calle vestida como si fuera a una fiesta! No le pregunté nada. A la hora y pico sentí que regresaba y se encerraba de nuevo en el cuarto —abre los brazos en un gesto casi bondadoso—. Creo que se ha enamorado, gracias a Dios, aunque sea de algún zorro amigo tuyo. Seguro que se acostó a llorar con la almohada en la cara. Por lo menos ya empieza a ser como las demás —hace una pausa—. Vamos a tomar café —Jo nunca le ha escuchado palabras tan amables a su hermano, que entra de nuevo a la casa mientras los locutores ensartan el apartheid con la capa de ozono, la sequía etíope, el colesterol y la explosión de otro hombre bomba musulmán.

Le gustaría, como Zo, ver o dejar de ver a voluntad. Hace mucho rato ya que Adrián no existiría para ella. Pero él no tiene ese don. Zo puede incluso mirar una naranja y luego mirar *desde* una naranja. Como si con la vista atacara las cosas por detrás. No hay mejor manera de apresar algo con la vista. Cuando se dedican a ese juego entre los dos, cada uno intenta ver a través de los ojos del otro. Ella, con gran facilidad, se acerca invisible por detrás de Jo y se acomoda exactamente en la mirada de él alcanzando mejor visión que la suya. En cambio, cuando él mira por sus ojos, sólo puede admirar el modo en que ella ve las cosas.

Como cuando ella le relató un accidente de tránsito ocurrido meses atrás. Un auto atropelló en una avenida a una niña que regresaba de la escuela. Impresionado, Jo le habló muy poco a Zo de aquello. Incluso después creía haber olvidado muchos detalles de la atroz escena. Entonces un día su hermana le describió el suceso añadiendo algo que Jo no recordaba:

—Sonreía.

—Tenía la cabeza destrozada —murmuró él sin poder concebir que ella estuviera burlándose de algo de cuyo horror no tenía la menor idea.

—Pero sonreía —insistió Zo—. Cuando cruza la avenida ella viene sonriendo por algo que le han dicho.

—Sí —susurró él rememorando la escena, la saya color remolacha, los cuadernos contra el pecho un segundo antes del impacto.

Apuro o la historia de un pollo crudo

El pollón, ya aprendiz de gallo, ensaya su canto en la oscuridad del pasillo que va desde el extremo derecho del portal hasta el patio trasero, y luego viene y remolonea en torno a Jo, que se tiende de espaldas en el piso para provocarlo. Y, en efecto, Apuro trepa a su vientre, escarba y picotea en su piel hasta que Jo se voltea y lo hace caer a un lado. Cacarea el pollón su disgusto, manotea un poco con las alas y se va por el pasillo de regreso a su mundo, aburrido quizás, pero estable y pavoneándose.

Apuro era sólo uno de los tres pollitos recién escapados del cascarón que Ji trajo un día a casa. Al regresar de uno de sus vagabundeos, Jo halló a su hermana convertida en nodriza de los pichones, albergados en un cajón que día y noche entibiaba un bombillo. La crianza, empero, estaba dirigida desde lejos, pero meticulosamente, por Ji. Aun así, y pese al esmero de Zo, murieron Meñique y Mediopollito, y sólo Apuro sobrevivió, aliviando el temor de Zo por la extinción de aquella endeble especie.

Desde el primer mes ya Apuro entraba y salía de la casa como un perro faldero. Pero cuando sus heces aumentaron de tamaño y olor fue recluido en el patio. Su crecimiento, además de acercarlo a la olla que lo despojaría de crudeza, le alejaba la simpatía que al principio disfrutó. La única que mantuvo cierta amistad con el pollón fue Zo, pero en el patio. Y ya se hablaba de muslos fritos o de sopa con toda naturalidad, cuando Apuro se atrevía a pasearse por la casa con el aire petulante de los seres incocinables.

Viaje al sueño que es cáscara de un sueño que es cáscara...

¿Cómo duerme ella en esta noche tan fea? ¿Qué le diría si él entra ahora en el cuarto y se acuesta junto a ella? ¿Adivinaría lo que él ha vivido con Verónica? ¿Qué diría si le contara todo lo de las últimas horas?

Hace pocas semanas, Zo tuvo un sueño angustioso en el que se despierta en la sala de la casa, exhausta y sin ánimo para regresar al cuarto. Sigue durmiendo allí mismo y sueña que se despierta en una calle. Tanto es su cansancio que no puede dar ni un paso y se tiende a la entrada de un jardín en tinieblas y se queda dormida. Al despertar se halla en un ómnibus que atraviesa una ciudad infinita y desconocida. Es noche cerrada. Le inquieta la velocidad del ómnibus, pero carece de fuerzas para apearse, y entonces se queda dormida en el asiento mientras la brisa de la ventanilla le despeina la cabeza dejando intacto el hilo que desde el principio indica cuál, entre todos los sueños posibles, es el que ella va atravesando. Y sueña que despierta en la costa, sobre un acantilado tan enorme que allí, en lo alto, no es posible escuchar el rugido de las olas que rompen furiosamente abajo. El cielo es muy oscuro y la lluvia inminente, pero está agotada lo mismo que si hubiera caminado durante días y ya no le interesara sino echarse a dormir aun encima de las ásperas rocas. Y se duerme enseguida. Y ya no sueña. Y ya tampoco se despierta en un sitio extraño, sino en su propia cama. Sobresaltada, se mira las manos, el cuerpo, y observa a su alrededor, sacudiendo de nuevo a Jo:

—¿Qué has soñabas ahora mismo? —le pregunta ansiosa.

—El mar —responde él a medio despertar—, y grandes olas —pero no le dice que las veía desde abajo porque se ahogaba en la profundidad y, aunque intentaba volver a la superficie, seguía hundiéndose y hundiéndose sin morir, que era lo peor.

Café, saña y más cerveza

Cuando Adrián pasa junto a la radio, la apaga. Trae un vaso de café y otras dos cervezas heladas y se sienta en el sillón frente a su hermano. Bebe primero de la cerveza, luego saborea el café y le pasa el vaso a Jo, que roza con los labios el líquido hirviente.

—Respóndeme esta pregunta con la mayor sinceridad. A mí me consta que sabes ser sincero cuando quieres —ya recupera el tono ácido—. Quiero que *tú mismo* me digas por qué no eres el hermano que yo necesito.

—¿Cómo estás seguro de eso? —le pregunta Jo, mirándolo ya sin ningún temor, y la firmeza de su voz desorienta a Adrián.

—Es que ignoras todo lo que pudiéramos lograr juntos. Y no me explico por qué tú, para no hablar de *ella*, te empeñas en ser lo que no eres —sonríe con el aire de un hombre viejo y comprensivo—. Todos dejamos de ser niños tarde o temprano. Cualquier cachorro de tigre es primero un gato inocente y luego una fiera terrible. Peter Pan es más fantástico incluso que Gulliver en el país que sea —Jo se encoge de hombros mirando los ojos ebrios de Adrián, pero no vuelve a hablar—. En el fondo ustedes son más inteligentes que yo —sigue diciéndole, y una repentina emoción le hace hundir la cara entre las manos, que se apoyan en sus rodillas. Cuando alza la cabeza, de nuevo aparece la expresión cínica—. ¡Qué gran juego han hecho los dos, qué juego tan increíble, Dios mío! Me siento un idiota viendo esa cosa incalculable que han logrado ustedes. Todos han creído ciegamente en ese juego. Pero yo soy el único que sabe *la verdad*. Claro, ningún papel ha sido tan

189

difícil como el mío. Aun sabiendo la verdad, he tenido que formar parte del juego inventado por ustedes. ¡No sé cómo conservo el juicio! —coloca la botella de cerveza vacía a un lado y toma la otra. Respira profundo, sonríe remotamente, sin nada que parezca rencor en este instante—. Yo sé que fuiste tú quien corrió hacia la jaula del tigre. Zo no era capaz de eso. Después pasaron los años y con todo *aquello* ustedes construyeron el drama, pero nunca supe si nació espontáneamente o si se pusieron de acuerdo. ¡Niños y locos para siempre! Como tenían una coartada perfecta, ¡lograron el crimen perfecto!

Ya Jo no lo escucha. Su hermano se ha esfumado en el aire como un fantasma, se ha sumado a la desintegración que atraviesa esta noche en todas direcciones. Aunque comprende cada una de las palabras de Adrián, el conjunto se escapa demasiado lejos y no le deja un sentido al que asirse. Alguien ha encendido de nuevo la radio en la sala, más bajo el volumen ahora y en una emisora donde se suceden canciones y noticias.

El ángel de la música es Abecé, quien pone las notas en el oído de acuerdo con un orden que provoca el milagro de la melodía. Ningún ruido y ninguna disonancia, ningún fantasma audible o inaudible y ninguna dimensión del caos pueden impedir que Abecé arme una melodía. Ni aun el demonio del silencio, que lógicamente carece de nombre, puede vedar las hechuras de Abecé, para quien aquel no es sino uno de los ingredientes con que fraguar la música.

Fue precisamente el silencio lo que detuvo al tigre en el momento en que debía saltar a través del aro de fuego. No sonó el tambor, quizás porque el músico se turbó. Pero, de cualquier modo, lo cierto también es que debía sonar el golpe cuando la fiera estuviese en el aire o al instante de caer al otro lado del aro de fuego. En medio del silencio, el tigre se echa sobre sus patas traseras como un gato, pero lanzando a su alrededor una mirada que inunda de peligro el ámbito del circo. El látigo del domador no logra sacarlo de esa inmovilidad, como tampoco el bramido de la orquesta.

Epílogo de Adrián

—¡Escúchame! —exclama su hermano y Jo, sobresaltado, vuelve a atenderlo—. ¡Te estoy diciendo lo más importante que alguien puede decirte en toda tu vida de mierda! ¿Tú crees que a mí no me encantaría ser niño y loco también? ¿A quién no le agradaría reunir dos paraísos en uno solo? Pero, ¿tú crees que Dios, si existiera, necesitaría un brebaje diabólico para señalar a sus elegidos? ¿No entiendes que, en todo caso, aquello fue sencillamente una obra del demonio? ¡Tienen que escapar de esa inocencia satánica! —Jo siente que su vista está a punto de hundirse de agotamiento, pero Adrián no se desanima—. Que nosotros los adultos seamos casi todos miserables, ridículos, odiosos, es natural, porque siempre lo fuimos y seguiremos siéndolo mientras haya seres humanos. Pero que ustedes dos quieran ser absolutamente *distintos*, es un ensañamiento y es, además, la tentación más destructiva.

—Está bueno ya, Adrián —dice Jimena con voz baja y seca irrumpiendo en el portal—. ¿Por qué no te largas por ahí a buscar a otro borracho y se despedazan los dos hasta que se cansen?

Espantado, Adrián mira la enorme figura de su madre, que las primeras luces del día tornan impresionante. A Jo también le causa estupefacción su llegada.

—Ven a desayunar —le dice a Jo mirándolo de arriba abajo varias veces—. Y después date un buen baño, con cepillo y todo.

Jimena entra con su paso firme a la casa seguida por Adrián, que va encogido y cabizbajo, con las botellas de cerveza vacías y el vaso en las manos. Entonces, luego de unos segundos de duda, Jo se levanta también, pero, en lugar de entrar a la casa, echa a caminar hacia la calle nuevamente.

Mejor escapa para siempre

Lo que jamás le ha pasado por la mente se convierte de pronto en una certeza. No debe regresar jamás a su casa. Como conoce la ciudad, no le teme. Ha frecuentado la compañía de vagabundos y locos ambulantes y ninguno, sin embargo, le ha parecido tan majestuoso, gentil y fecundo como el Príncipe de la Paz. Jo no aspira a ser como él. Sabe que pese a las dificultades de esa vida es posible adaptarse a ella. Comprende, con la claridad de un fogonazo, que no lo ata ningún lazo verdadero al rincón donde ha vivido durante tantos años, a pesar de que ha experimentado con frecuencia, junto a Zo, algo que debe ser la felicidad, y de que no le guarda ningún rencor a nadie. Ve con nitidez que no ha echado raíces en ningún lugar y que no pertenece a nadie. De hecho, tanto Zo como Jacinto y Adrián saldrán

192

ganando con su ausencia. En la casa, él ha sido sólo un germen de inquietud, una semilla del caos, nunca un conciliador ni un hacedor de dicha.

Al pensar en Jimena no puede evitar grandes dudas. Ella, a pesar de todo, mantiene una vitalidad y un optimismo que rayan en lo insano. Más allá de su cabello corto y su modo juvenil de vestir, de su gusto por la cocina y las telenovelas, de su de-senvoltura y de su ánimo vigoroso, oculta una gran pesadumbre.

Su tío Pascual Quirós, de su misma edad pero un prodigio de malicia, dado a conseguir a cualquier precio lo que su ambicioso corazón deseaba, la sedujo a los quince años. Jimena no le guardó rencor, aunque, casi como desquite, se enamoró de su primo Jacinto, que era el eterno objeto de burlas y bromas de Pascual. Comenzó una relación que ambos mantuvieron en secreto hasta que se dieron cuenta de que todos ya lo sabían y de que nadie, salvo Pascual, les reprochaba nada. En fin, soñaron un futuro maravilloso y se dieron a él.

Ella consiguió trabajar como tendera en el Tencent del Vedado. A pesar de que lo mantenía a distancia, Pascual la visitaba frecuentemente y le regalaba libros de magia negra y, poco a poco, iba logrando interesarla de modo fanático por la cartomancia, la astrología y la quiromancia. Cuando se casó con Jacinto, ella, no obstante, alejó a Pascual tanto como pudo. Desde que nació Adrián, dejó el trabajo y se dedicó a sus hijos, mientras Jacinto, un padre feliz, mantenía con decoro la economía de la casa. El paso de los años, empero, desgastó el encanto, el amor se fue perdiendo y llegó el tedio. Justo entonces reapareció Pascual y el disgusto entre Jimena y Jacinto se ahondó de manera que estuvieron a un paso del divorcio.

Hoy, como entonces, Jacinto no vive sino para sus fantasías de radioaficionado, sin imponerse jamás, sin hurgar siquiera mínimamente en las vidas ajenas ni conocer lo que ocurre a su alrededor. Tampoco él sufrirá mucho si Jo se marcha de la casa. Es posible que al mes de irse ya nadie recuerde a Jo, pero un poco de nostalgia no es precio caro para el alivio. Él nunca será el hermano que Adrián precisa, como tampoco el que necesita Zo, y mucho menos el hijo que se merecen sus padres. Y nadie ganará tanto como Zo, pues, si resulta cierto que todo ha sido un juego que ambos se han impuesto, entonces su ausencia ayudará a Zo a recuperar la vida que, en el fondo, quizás no se ha empeñado en evadir tanto como él; si, por el contrario, todo resultara ser una trágica verdad, la soledad la ayudará a curarse.

Tal vez lo ocurrido en el circo no fue lo que Jo ha creído durante años ni lo que le dijo Adrián, sino que ambos, él y Zo, habitaron una misma fantasía y no hubo grito ni carrera, no hubo la proximidad del tigre, ni los horrores del mago, del tragafuegos o de los trapecistas, sino que compartieron una sola alucinación, o quizás vivieron los dos lados de una misma angustia. De cualquier modo, muchas de las experiencias que vivieron después fueron peores que la de *aquella noche*.

No sería extraño que, al no estar yo, Zo no necesite más de sus ángeles ni de sus demonios, ni de sus sueños obsesivos, ni de la constante ficción. Pero también pudiera ocurrir que todo lo que vivimos tuviera alguna verdad. Al menos, por qué no, la verdad de no atravesar el camino de nadie.

Cuando Zo ponía sobre el dintel de la puerta a Jesús, el ángel de la vida, era fascinante su modo de mirar a lo alto. Yo he visto gente que reza de rodillas frente a un altar, implorando cosas. Pero ella colocaba a Je allí, encima de la puerta y no le pedía nada ni se lamentaba delante de él. Je es el único ángel no inventado por Zo, sino recortado de una revista que le regaló Adrián, creo, o Beny. Ella no ha visto jamás, como yo, las palabras escritas a la entrada de una iglesia: *Yo soy el camino, la verdad y la vida.* Incluso, no creo que Zo tenga una idea clara de lo que es ese lugar.

Si Je es el ángel de la vida, Adro es el demonio de *lo otro*, quien a veces llega a superar en poder a Je, aunque Zo lo mantenga encerrado en el fondo de una gaveta.

—Eso no importa —le dije una vez—, porque hagamos lo que hagamos es Adro el que nos espera al final.

Y ella me mira como si yo desapareciera en el aire.

Zona de peligro

Cualquiera tiene un juego que no quisiera terminar: Manuel, huyendo de sí mismo; Amalio Antúnez, jugando al viejo héroe borracho;Verónica, con su odio; Álex, con su Ciudad del Sol; Veneno, jugando al perfecto loco del Vedado; Beny Alonso, anotando fragmentos de la locura total; Juan, con su muralla de marionetas; David Bernardo, haciendo de sacerdote de la muerte; Tío Mersal, haciendo de Tío Mersal; Omelia, en su desamparo, jugando a la sed de un perdón infinito; Arnuru, en el eterno escenario.

Entre millones de rostros ellos son unos pocos y son todos, repetidos, transmutados, disueltos y vueltos a encarnar de modo que, si por distintos azares hubiera conocido amigos diferentes, serían sin duda alguna muy semejantes a ellos.

Pero entre todos esos rostros que se han abierto un espacio en su memoria, falta uno que Jo trata en vano de recuperar, o de vislumbrar al menos, y que siempre se escapa en cuanto comienza a perfilarse: el suyo. Como no ha tenido un rostro exacto entre ellos, no tiene un lugar. Está más solo que cualquiera de ellos. Afuera, excluido, en la intemperie de la invisible ciudad superpuesta a la ciudad de todos. No tiene ya ningún deseo, ninguna esperanza, ninguna necesidad de los demás o de sí mismo: sin dolor ni júbilo, sin misterio y sin presencia. Sin sombra. Es el vacío, el idiota, el extraviado que nunca estuvo. No ha mentido ni ha dado certidumbre ninguna, sin fe que compartir o que perder.

Comprende por fin que puede lamentarse, llorar, renegar de sí mismo o reírse de todo, pero nada cambiará el hecho de venir de ningún sitio y de ir a ningún lugar. Camina despacio, por inercia, ebrio del cansancio de andar por los límites, bajo el fulgor de una mañana sin gloria, sin arabescos de fuego. Y a pesar de todo, es domingo, o, como dice Beny, el día del Sol. Aunque parece que no volverá a llover pronto, tampoco hay sol.

Al llegar al parque, lo primero que encuentra es un perro sarnoso, flacucho, con ojos de rana y color de hierba quemada. Jo le hace un saludo en forma de mueca y el perrillo se lanza tras él. Entonces se detiene y se sienta en un banco todavía mojado, bastante cerca del estanquillo de prensa donde trabaja Ji desde el amanecer. El perro se echa

196

a sus pies y lo contempla con ojos de batracio, meneando la cola incluso mientras se rasca la piel podrida. Decide ponerle el primer nombre que se le ocurre: "Cónsul, te vas conmigo".

Pero ¿sabes qué es una zona de peligro? Un campo sembrado de minas que se mueven como topos, igual que el ojo del ciclón, que si sales te destroza y si entras te destroza también. Cuando uno cree haberse escapado, la zona de peligro camina *debajo de nuestros pasos*.

Siempre es la última mañana.

¿Muertos, vivos, dormidos, imaginarios?

La respiración de Zo era imperceptible y a su alrededor todos estaban convencidos de que moriría. De cierto modo, se alegraban de que por fin hallara paz su desatinado corazón de pájaro, y se veían ansiosos por enterrarla ya. Aquella prisa me horrorizaba, pues yo estaba seguro de que ella viviría. Tenía que detenerlos. Les gritaba y corría por toda la casa para que no se la llevaran al cementerio. Pero nadie me escuchaba porque de pronto yo también yacía como un cadáver y a mí también querían enterrarme a toda prisa. Entonces mi terror se apagó. No sólo no me importaba lo que hicieran, sino que deseaba locamente que nos enterraran ya. La felicidad era partir por fin.

Despertar.

La claridad se abre paso a grandes tajos sobre los laureles del parque. A cada momento es más nítido el perfil de los árboles y los edificios. Y de la gente. En sus mapas, Daniel nombraba este parque de diversos modos: Nomansland (hay dragones), La Matria Dormida (hay mutantes). Para Jo no tiene nombre, pero en su aire plomizo acaso pudieran dibujarse aquellas letras de fuego que ellos trazaban con fósforos en la oscuridad. Con quince o veinte fósforos podían escribirse muchas hermosas y breves palabras de fuego. En ocasiones alguno de los dos soñaba una frase que se mantenía indefinidamente alumbrando el aire, como una serpiente de fuego cuyo significado era ella misma.

También era en la oscuridad donde jugaban a escribir frases con un dedo en la palma de la mano del otro. Les alegraba saber que si un día quedaran ciegos, sordos y mudos, podrían seguir conversando así.

Paisaje con perro

Cónsul está gozoso ahora que Jo intenta enseñarle a que le traiga el palo que él arroja, pero lo hace con tal desesperación que no aprende. El palo vuela y se enreda entre las ramas de un flamboyán y cae sobre el césped. Cónsul vuela a capturarlo y no lo trae, sino que echa a correr y Jo tiene que perseguirlo para recuperar el palo y continuar la lección. Después de decenas de repeticiones, el nuevo dueño consigue al fin que el perro tome el palo, regrese y lo deposite a sus pies. De vez en cuando, sin embargo, echa a correr nuevamente, vuelta la cabeza hacia Jo que no gusta de correr sobre el césped empapado y la tierra blanda.

Aquella noche en el circo, le resultó odioso el número de los perros amaestrados. Quizás fue por ser uno de los primeros, o porque los domadores eran dos gordos, mujer y hombre, que echaban a perder la gracia de los canes. Zo se extasiaba con la buena voluntad de los animalitos, que se aburrían tanto como el público. Mejor hubiera sido que los gordos bailaran y jugaran con el balón a las órdenes del perro más pequeño y vivaz, tan parecido a Cónsul, que ahora se lanza en una larga carrera.

Jo ha arrojado muy lejos el palo, hasta el borde de la calle, cuando el hombre alto y lento que va por la acera, creyendo que Cónsul lo ataca, se asusta y le lanza una patada. El perro se asusta también y para esquivarlo acelera su carrera en una curva hasta el centro de la calle, por donde pasa un auto color mierda vieja. Se escucha el chillido breve de las gomas cubriendo el chillido aún más breve de Cónsul. Sordo el golpe, sordo. El auto aumenta la velocidad sin detenerse y se pierde hacia el malecón. Sobre el asfalto mojado queda el cuerpo del perro que, con un leve temblor, vierte por la boca un poco de sangre y el último aliento.

Jo llega hasta el cadáver, lo carga, lo deja sobre el césped y se echa de nuevo en el banco, apoyando la cabeza al respaldo del banco mientras respira a fondo el aire húmedo.

Manuel Meneses, que en ese momento llega junto a él, lo cree dormido y se sienta al otro extremo del banco, aguardando en silencio durante un minuto que le parece interminable.

Vayamos, amigo, a la Gran Feria del Domingo

La venda en su cabeza, a pesar de la vieja gorra de soldado, está tan sucia como si llevara un mes con ella. Jo se queda mirando la extraña oscuridad de esos ojos ahora fijos en los suyos, y no puede evitar una clara sensación de alarma. En esa mirada está grabado el emblema perfecto de la zona de peligro. Si uno pudiera sembrar esos ojos, nacerían frutos criminales y centellas retorcidas como las entrañas de la noche pasada.

—¿Vas a ir por fin?

—Déjame en paz.

—Dime que vas.

—Vete.

—Y llévala *a ella*.

—Que te largues.

—¡Positivo! —exclama y se aleja a paso rápido, pero a media cuadra de distancia se vuelve y grita—. ¡Te espero allá!

Cuando desaparece calle arriba, Jo se encamina al estanquillo de la prensa y se detiene ante el mostrador. Algunos viejos que hacen la cola del periódico protestan porque ese joven mamarracho quiere adelantárseles. Él no se molesta en explicarles nada. Ji le echa un vistazo, respira aliviada y se apresura a despachar los últimos ejemplares. Dos minutos después cuelga un letrero contra el vidrio: *Se acabó la prensa*.

—Vengo a despedirme —le dice a su madre, una vez deshecha la cola, mientras los viejos jubilados se dispersan. Al hablar, Jo descubre que tiene un nudo en la garganta y que ya no sabe lo que dice.

—Mírate esa cara —Ji saca de debajo del mostrador otro pequeño cartel, *Vengo enseguida, voy al baño*, y lo coloca junto al primero. Luego sale del estanquillo y cierra la puerta con llave—. Ahora sí que vas a comer algo —se cuelga de su brazo como una muchacha.

Jo se deja llevar mientras salen del parque y avanzan por la acera. Con la otra mano ella hace sonar un pesado mazo de llaves.

—No le hagas caso a Adrián. Es un caso perdido. Bebiendo de madrugada, ¿habráse visto cosa igual? Esmirna lo botó y por eso está insoportable. Pero en el fondo es un pan y se sacrifica por todos. Su problema es que no sabe darse a querer. Y en estos días, bajo el signo de Escorpión, no hay que esperar miel sino veneno.

—Supongo —asiente Jo con voz monótona, como hipnotizado—. En unas horas he visto muertos, heridos, policías, actores, borrachos, primos, fantasmas, enanos, ladrones, alacranes, putas, parientes, suicidas, maricones, ratas, murciélagos, gatos, perros, demonios, ángeles, pollos, peces, cangrejos, qué sé yo.

—No importa. Trata de ver las cosas en tu mente como si todo fuera maravilloso. Anoche soñé que Elegguá me llevaba al cementerio y me decía: "Llorarás hasta el final, pero nunca aquí".

Dios yace escondido en Nomansland

En este patio han pasado muchos de sus mejores momentos. Para Zo esta es la puerta al mundo de afuera y, aunque también una tierra de nadie que puede llegar a ser la primera zona de peligro, no hay sitio como este, con esta mezcla de olores, espesos unos y otros tenues y tensos; telarañas que brotan de una prodigiosa y apacible vegetación donde conviven —sin que ella lo sepa— el mango y las uvas, los frijoles, la cañasanta, el ajoporro, el

201

apazote, el terrible chamisco morado, la sábila, la higuera, el cilantro, la calabaza, el toronjil, el jazmín de cinco hojas, la escoba amarga, el girasol y decenas de variedades de cactus, que crecen al extremo derecho del patio, y la amapola, el lirio, la ciruela, el guapén, ese árbol milagroso cuyo fruto regala cinco sabores diferentes.

Inmensa es la paz de Jo ahora. Todavía suenan lejos los ruidos del vecindario, que empiezan a abrirse paso entre la malla de colores vegetales y la sutilísima red de aromas. Y hay gorriones en las ramas, hoy, aunque tal vez han vivido en las ramas altas desde siempre sin que él reparara en ellos. Ahora cree percibir incluso la sombra de un gorrión cuando le pasa por la cara. Esta sensación le recuerda las manos de Zo y también a Diago, el ángel de la mañana, que jamás permanece mucho tiempo en su sitio porque la brisa matutina lo arroja continuamente de la ventana al suelo.

Diago es nacer, como la música. Anoche moriste y hoy renaces con el zepelín del sol. Puedes reír o sonreír, pero no debes lamentar nada. El sol renace hoy amenazado por nubes tremendas, pero tiene luz para tejer durante un segundo la sombra de un gorrión sobre tu rostro. En medio de esta luz acuosa y firme, en algún lugar de este patio-jardín Zo tiene escondido a Dios, o sea, un tesoro.

—Si algún día te hace falta —dice Zo muy seria—, búscalo y lo encontrarás. Pero yo no lo he escondido: *eso* ya estaba aquí.

Le confesó que era algo de apariencia ordinaria. Si cualquier cosa puede ser Dios, *eso*, a pesar de que resulta muy natural, es una parte extraordinaria de Él. Aunque Jo quisiera buscar, la vida exuberante de este sitio lo distrae. ¿Y qué falta me hace *eso* si no sé qué es? ¿Otro ángel de papel? El Gran Arcángel. Ni siquiera sé si me interesa saberlo. Preferiría que ella me dijera otras cosas.

En este momento, Rotario se encuentra lejos, aun cuando no haya cielo azul y el zepelín del sol se torne imaginario. El demonio de la noche no tiene ahora ningún sentido. Su mirada, que es un gran rayo de sombra, ya no importa, incluso si Rotario espía el día por un agujero. Aunque velado ahora, el sol trepa la bóveda del cielo y derrama vislumbres, colores, caras, y da una sombra suficiente a cada cuerpo, sin excepción, una sombra que por la noche formará, dilatándose y fundiéndose, la vasta tiniebla que pastorea Rotario, el lúgubre demonio de la noche.

—Tu hermana quiere verte —y los ojos de Ji delatan su ansiedad.

—¿Dónde está?

—En el cuarto. Se despertó a medianoche y no pudo dormirse otra vez. Nunca la he visto así. Ya sabes que ayer salió, ¿no?

—Sí.

—Me asusté mucho, pero preferí dejarla irse. Y después regresó muy seria. A cada momento me preguntaba por ti —y añade, con una expresión dolorosa que su hijo nunca le había visto—. Cuídense de los malos pensamientos, que pueden ser peores que las malas acciones. Y ven para que comas algo —le sonríe, pícara—. Hoy tienes peor aspecto que nunca. Mejor báñate antes de ver a Zo, anda —añade con una voz que se derrama por el suelo—. Ayúdala a ella y a mí también. Espérame aquí, que te traeré un pan con una tortilla de tres huevos, como te gusta. No puedo estar mucho tiempo escapada de mi pecera.

Y se va hacia la cocina con aturdido apremio por el sendero de piedras rojizas que lleva a la puerta trasera de la casa.

El sueño del mago es uno de los que se repiten bastante, a pesar de que en él no ocurre nada especial. Le causa terror la mirada del prestidigitador y también sus manos, que a veces pretenden demasiado. Ella ignora cuánto me gustaría tener un oficio tan fascinante. El prestidigitador lo prepara *todo* en secreto y luego le muestra a *todo* el mundo algo que parece ser *todo* su arte, pero que no lo es. Cada vez es más lo que debo ocultarle para no asustarla, así que llegará el momento en que no podré hablarle.

Cuando hizo la fogata aquí y echó en ella a todos sus demonios y a todos sus ángeles, Zo no intentaba deshacerse de ellos a la manera de Juan con sus marionetas, ni era tampoco por divertir su aburrimiento, sino para que jamás envejecieran. La recuerdo caminando alrededor del fuego, animada por un anhelo irreconocible, que ya no tuvo de nuevo a pesar de que aquellas quemas se hicieron una costumbre y hasta un juego.

La noche del domingo en que arrojó al fuego una treintena de figuras, tuvo una repugnante pesadilla con un hombre de mediana edad, de barba muy canosa, cabello negro y ojos como el agua clara, que vestía solamente un sayo. Al principio se avergozaba de mirarlo y luego se da cuenta de que se trata de un hombre necesitado de compasión, que sufre algún desmedido dolor aunque demuestre resignación. Adrián y Jo lo hacen acostarse en la meseta de la cocina y, desde allí, el hombre mira con sus ojos de agua triste el gran caldero sobre las cuatro hornillas encendidas hasta el tope. Sólo en este momento comprende ella que este hombre tan manso ha de ser cocinado igual que un pollo. Y nada aborrece Zo tanto como un pollo cocido.

Mientras, sus dos hermanos, flanqueando al hombre tendido, ya cortan en lascas la carne de una pierna y la ponen junto al caldero. Por un instante, siente el absurdo consuelo de que no lo cocinarán entero. Aunque con asco, asiste a la horripilante labor que ellos llevan a cabo tan seriamente. Adrián no ha bebido, pero Jo está ebrio de complacencia, como quien puede hacer algo que le han prohibido durante demasiado tiempo.

Creyendo de buena fe que a su hermana le satisface verlos, Adrián le muestra algunos órganos arrancados de las entrañas del hombre. El corazón cortado en dos parece un higo. De vez en cuando un policía da vueltas por allí olfateando un delito, buscando algo distinto de lo que halla, algo verdaderamente delictivo. Pero, *negativo*, no hay crimen, el occiso está vivo.

Jo, haciéndose cargo de la cocina, asegura que nadie se dará cuenta de la verdad porque le ha asegurado a todo el mundo que sólo está preparando un tasajo traído por Adrián. El hombre rebanado y vaciado de órganos ruega que le den de beber y Zo acude, solícita, pero en su prisa se le cae de la mano el vaso, que estalla lo mismo que una bomba. Entonces va a buscar agua de nuevo y esta vez trae el vaso sujetándolo con ambas manos. El hombre bebe y le sonríe con una gratitud que nunca antes ni después, ni en el sueño ni en la vigilia, ella ha conocido.

Intenta hacerle comprender a Jo, ya que Adrián ni le presta atención, la monstruosidad que están cometiendo. Pero él no la escucha tampoco. Lo terrible, en verdad, es que Zo no está convencida de que lo sea.

—Nunca comeré carne humana —se limita a afirmar.

—Te morirás de hambre —le dice la voz grave de Ja—. Además, el señor no es humano, es un santo.

Ahora todos se hallan ocupados sazonando la carne con abundantes especias, pero no para disfrazarla sino para que quede sabrosa. Viendo sus caras, cualquiera pensaría que están a punto de lanzarse de cabeza al caldero para apropiarse de las partes más suculentas. En la casa hay, además, decenas de vecinos, amigos y familiares que no quieren perderse por nada del mundo el singular banquete de *tasajo*.

Increíblemente, el hombre no parece comprender lo que está ocurriendo con él. La piel puesta en una esquina de la meseta cerca del fuego empieza a revelar, como si estuvieran escritas con tinta invisible, palabras pequeñísimas, acaso otro tipo de signos minúsculos. Pero no hay tiempo para leer.

Sin embargo, hasta que llegan dos vecinas a dar el toque final a la sazón, el abominable guiso no queda listo. Ya no pueden diferenciarse los comensales invitados de los furtivos. Revolotean por la cocina, golosos como niños y hambrientos como hienas, ansiosos por sepultar en sus vientres la mayor cantidad posible de cadáver, cosa que el hombre no es todavía.

Como nadie repara en ella, Zo abandona la cocina, entra en su cuarto y se acuesta en la cama, donde despierta tan asqueada que no puede comer en todo el día.

Capítulo de los perdones

Ji le tiende el pan con tortilla y Jo lo conserva un rato en la mano, sin probarlo, pues la expresión en el rostro de su

206

madre se impone a todo lo demás. Cuando por fin ella sonríe, su hijo muerde el pan y mastica con deleite, sonriendo también, pues cualquier alimento preparado por su madre tiene un sabor incomparable. Para ella, la comida, aparte de su poder nutritivo, debe tener buen aspecto, buen olor y buen sabor, e incluso una determinada gama de sabores según su naturaleza. No es raro, por tanto, que a veces Ji cuente con una asombrosa variedad de condimentos y carezca, sin embargo, de alimentos apropiados. Tanto como sazonar copiosamente, Ji disfruta describir en detalle cuáles ingredientes usó y cuánto de cada uno.

Mas ahora ni siquiera piensa en eso.

—Tu hermana ya no está en el cuarto —dice en tono casual, pero él deja de comer y la mira sin pestañear—. Ella se siente mal —añade tomando asiento en un banco de madera entre las plantas. Jo continúa comiendo, ahora de modo automático, y ella ya no disimula su impaciencia—. Si te desentiendes de ella sería el fin del mundo.

—No me desentiendo de ella —replica él con cierta hostilidad, haciendo incluso el ademán de marcharse. Su madre lo retiene por un brazo—. Qué fin del mundo ni fin del mundo —Ji se echa a reír, le acomoda el churrioso cuello de la camisa con toda su ternura.

—Por favor —lo besa en una mejilla, mirándolo suplicante, húmedos los ojos—, ten confianza en mí. Yo soy tu madre y nadie puede quererte como yo. ¿Qué está pasándoles a ustedes?

—Estoy cansado y lo único que quiero es descansar.

—Por Dios, Jorge, me da miedo oírte —Jimena ya no puede contener las lágrimas—. Perdóname, perdóname mucho, mi hijo —la voz de la madre parece surgir desde el fondo de un pozo.

—Te perdonaría cualquier cosa. Pero tú nunca me has hecho ningún daño, así que ¿qué voy a perdonarte?

—Cada vez que los veo dormidos se me rompe el corazón.

Incapaz de controlarse ya, Jo se abraza a ella, que le acaricia la espalda conteniendo a duras penas un grito.

—Eres tú la que tiene que perdonarme a mí. Yo quisiera ser otra cosa, pero no sé.

—No, niño, ¡tú no tienes que ser nada!

Permanecen abrazados así mucho rato, con los ojos cerrados, en silencio, hasta que recobran el aliento. Entonces se separan y Jo echa a caminar hacia la puerta de la casa.

—¿Vas a buscarla? —dice ella en un suspiro, pero Jo no responde ni se vuelve hacia ella —sin saber que nunca volverán a verse— mientras camina con el absurdo cuidado de no embarrarse los zapatos, ya enfangadísimos.

Un juego, un sueño, un vuelo, un fuego

Empuja suavemente la puerta y entra sabiendo que ella no está. Se demora mucho buscando con la vista en cada rincón del cuarto como si tuviera la esperanza de encontrarla, acaso con el temor de no reconocer el lugar. Acaso ella se ha ido a la feria. No hay aquí ningún cambio notable. La brisa que penetra por la ventana se parece a la que sopla al final de cada verano. Más aún, esta es la brisa perdida que regresa por fin, después de una eternidad, desde la primera mañana de su infancia.

Da unos pasos lentos por el cuarto. Sobre el armario hay dos figuras recortadas en papel. Están coloreadas, pero la última vez que las vio, apenas perfiladas, ya sabía quiénes eran. El más diáfano es el ángel Último. El más turbio es el demonio Final. No merecen otro nombre y carecen de atributos y de oficio. Casi todos los otros continúan en los mismos sitios, con sus habituales emblemas y sus usuales misiones. Sin embargo, ya no son iguales. Ya no son tan demonios o tan ángeles. Hay demasiada semejanza entre unos y otros, como si compartieran un mismo secreto. La ausencia de Zo añade un significado insólito a todo lo que hay aquí, incluso al espacio mismo, y también a él.

Había a veces el juego del silencio. Uno de los dos comenzaba hablando de lo que se le ocurría, por disparatado que fuese: de una canción, de una araña, de una persona verdadera o imaginaria, de un olor, una sopa o un aparato. Luego el otro continuaba hablando igual. Era importante no repetir nada de lo que el otro hubiera dicho. Así proseguían hasta que llegaban a un punto obligado a partir del cual no hablaban ya en voz alta, sino que continuaban haciéndolo dentro de sí mismos hasta que se quedaban dormidos y seguían jugando en el sueño.

Como todo lo que sirviera para que ellos estuvieran juntos era bueno, querían ser al menos una vez una sola persona. ¿Cómo sería todo entonces? ¿Cómo sería tener una misma voz, un mismo corazón, un mismo par de brazos, un mismo sexo, un solo cuerpo? Pero ¿cuál corazón, cuál sexo, cuál par de brazos? Sobre eso podían hablar durante toda una semana.

Una sola vez por lo menos pudimos soñar plenamente el mismo sueño. Muy alto que volábamos. El viento era un vidrio claro sobre el que resbalábamos suavemente. Aunque íbamos uno junto al otro, no hablábamos, pues el viento nos rompía la voz en el mismo borde de los labios. Pero volar en silencio nos hacía dichosos. Poco a poco se tornaba nítido el paisaje que sobrevolábamos. Era un desierto interminable, un planeta revestido de arena cristalina y ardiente. Un rato después vimos que no era un desierto, sino una playa descomunal. A un lado, muy lejos, se extendía el borde azul del mar, y al otro, también lejos, unas lomas poco empinadas, verdes. El sol no era visible aunque el cielo era vasto y clarísimo. Luego el viento se inundó de un resplandor insoportable. Temimos que el sol apareciera de repente demasiado cerca y nos lanzamos hacia abajo como por una pendiente.

Quedó atrás aquella playa enorme. Volábamos ahora sobre una ciudad también inmensa, repleta de altos edificios y cuadriculada por calles como cordeles negros que la ataran a la tierra. Le caía encima una luz rara, roja, temible. Era una visión hermosa, a pesar de todo. Allá, delante de nosotros y también en lo alto, había enjambres de figuras minúsculas, que al principio nos parecieron pájaros y que luego resultaron ser gente igual que nosotros, también volando, pero de otra manera. Estaban aterrorizados, locos de desesperación, sin saber a dónde ir y atropellándose unos contra otros, cayendo algunos, desfallecidos, sobre la ciudad.

De pronto sentimos que el aire era líquido y a cada instante más espeso, de manera que los dos perdíamos altura aunque nos esforzáramos por mantenernos en lo alto. Así, comprendimos por fin que la enorme ciudad ardía. Lo que creímos resplandor eran incontables lenguas de fuego que devoraban cada casa y cada calle. Nosotros, como los demás, intentábamos escapar a cualquier precio.

Ninguno lo lograba.

Y Zo no gritó, y a mí me dolía el dolor de sus ojos y de su cuerpo todo, tan ingrávido y cayendo. Era interminable el descenso. Por fin, asfixiados, sin vigor, abandonamos todo esfuerzo y caímos definitivamente sobre las llamas. Nos abrazamos y quisimos gritar los dos un solo grito, pero en el estruendo de aquel fuego espantoso no se escuchó ningún sonido.

Tal vez no hay ningún ángel

Da unos pasos como si además de las piernas le pesaran los brazos y la cabeza. Mira el papel que hay sobre la mesita de noche. Su mano derecha se extiende despacio, duda, retrocede un poco. Entonces alarga la zurda y toma el papel. Es un poema, seguramente el de Juan. Sí, es la letra clara, de trazos amplios, con una corrección terrible. Ella lo dejó ahí sin duda alguna para que él lo leyera. Se sienta en el borde de la cama, pero de inmediato se incorpora y va a pararse junto a la ventana como si no entrara suficiente luz en la habitación. Mira las letras y ve las palabras, pero no alcanza el sentido de un verso a otro. Persigue una escritura invisible por debajo de la visible. Le cuesta trabajo creer que ella se haya ido a la feria tan temprano y más aún que se haya aventurado sola hasta el mar. Pero es imposible que no se encuentre en uno de esos dos sitios.

Se sorprende a sí mismo pensando en la existencia que han tenido los dos y que mirada de cierto modo, revela algo pavoroso. El dragón está a punto de despertar. Jo sonríe. Se aborrece a sí mismo. ¿No eras tú el valeroso soñador que anhelaba ante todo despertar? ¿No decías que despertamos despertando al ángel que hay en nosotros? Tal vez no hay ningún ángel, sino un agujero negro en el que cabe cualquier cosa. Y es precisamente ese agujero negro quien despierta ahora y se apresta a cumplir su misión, que es devorarse a sí mismo.

La bailarina aérea fue una de las visiones más fascinantes. De alguna manera ella era el circo todo, o el hada del espectáculo, flotando en su trapecio con una gracia que ellos nunca hallarían de nuevo. Cuando volaba cabeza abajo, asida al trapecio por los pies, tan hermosa, casi desnuda, consumaba toda la elocuencia de su cuerpo en una danza a la vez inerte y móvil, a un tiempo solar y lunar, para cada espectador y para ninguno. Jo hubiera contemplado su vuelo durante horas, desnudándose y disolviéndose en esa visión, sin peso también él, y sostenido por mil ojos que no eran sino un hilo de araña demorando la dulce caída, pleno del supremo gozo de olvidar el vuelo y hundirse en un precipicio donde ninguna mirada podría sostenerlo ni seguirlo. En aquel vacío se reunirían él y Zo nuevamente. Ella llegaría flotando cabeza abajo, maravillada de ver las cosas al revés, como acaso sean en realidad las caras, las paredes, el techo, el suelo.

Ahora vuelve a sentir que vive aquel momento: volando cabeza abajo y desnudos sus cuerpos infantiles, sin frío, sin vértigo, sin prisa por regresar: se abrazan estrechamente y ríen y ríen y ríen, con una sola risa por fin y un solo cuerpo, semejante al de la bailarina aérea, *el cuerpo del despertar*, que sería al mismo tiempo el abismo devorador, el devorar y el fulgor devorado. Luna y sol en un astro: el sol es la cara oculta de la luna.

Sin embargo, a través del caos de sus recuerdos, Zo prefiere a la amazona, que también atravesaba el aire luminoso, pero de pie sobre un caballo de blancura deslumbrante, como una imagen arrancada viva de alguna leyenda al estilo de las que el abuelo Otto les contaba. El animal trotaba con una perfección que agotaba la sed de volar, siguiendo el borde interior de la pista redonda como un centauro que consintiera en hacerlo por amor a la amazona, y a Zo le maravillaba en particular esa carrera circular e inacabable como si nunca hubiera tenido un punto de partida. La amazona saltaba al suelo ora a un costado de la hermosa bestia, ora al otro, retornando de inmediato a la montura, donde daba continuos saltos mortales.

Y Zo se imaginaba ser la amazona, hermosa y pelirroja, pero sin mostrar los arcos de las nalgas, pues ella llevaba, además del sombrero de copa, un frac gris. Y lucía una orquídea en el ojal, que no cayó al suelo por mucho que ella saltara y diera vueltas en el aire en medio de los frenéticos aplausos del público. Pero ahora está a punto de caer, se tambalea tratando de recuperar el equilibrio mientras busca con la mirada algo o alguien que la pueda salvar del desastre. Los aplausos de la gente son una burla miserable.

Y no ve a Jo. Es entonces cuando siente la explosión en su cabeza. Lo que era una bella escena se convierte en una farsa donde pululan figuras torvas bajo una líquida luz de azufre. Y de azufre también, un azufre dorado y cristalino, son los ojos del tigre cuando se detiene junto a la jaula, luego del angustioso grito que la salvó. Igualmente de azufre, y también vítreos, son los pétalos de la flor que lleva la amazona en el ojal de su chaqueta brillante, que enseguida se tornan erupción de burbujas amarillas devorando el pecho de esta bruja que cabalga el monstruo más ridículamente alto jamás concebido. El tigre es un lagarto amarillo de amarillos ojos, prisionero y señor de un mundo amarillo y repugnante, un bosque ocre, desatado, de viscosas llamaradas y formas inatrapables.

Lentamente comienza Jo Quirós a discernir los versos de Juan que, más que escritos, parecen dibujados:

Este apacible viento es sólo el sueño,
en la noche solar, del huracán.
Como me atan mis días no desdeño
mi absurda paz, las horas que se van,
ni tu humilde milagro —oro sin dueño
cuyos leves fragmentos llegarán
al orfebre divino: ah caro empeño
de tornar pez el viento y mar el pan.
Dijérase que el aire yace muerto
a la sombra del cielo, contra el muro
que ha de abatir el huracán despierto.
Tras el alba y su fuego frío y puro,
volando, el pez, volando ha de cruzar
cielo mar y mar cielo en sólo un mar.

Vuelve a mirar por la ventana. La claridad es por momentos demasiado rotunda. Se avivan sin cesar los colores del patio y crecen los ruidos del vecindario, que jamás han sido ásperos y revueltos como ahora. Incluso hay sonidos en los que Jo nunca ha reparado, aunque no duda que siempre estuvieron allí.

214

Acaso ella pretendía que yo leyera ese poema y que de ese modo, supiera *algo*. Pero lo único que puedo hacer es apartarme y dejar que todas esas palabras pasen de largo sin esforzarme en atraparlas, sin forzarlas a que me entreguen nada.

VI. MAÑANA DE FERIA

Ja, Gran Crisopeya

Por el día, por la noche, en cualquier época y desde que Jo tiene memoria, Jacinto deambula por la casa como un fantasma, siempre ensimismado y como si no existiera nada a su alrededor, persiguiendo los mensajes que saturan el aire. Que a través de su aparato establezca contacto con otros radioaficionados del planeta es una metáfora de su verdadera vocación, comunicarse con *lo remoto*, porque su mente intenta sintonizar señales de otras dimensiones que atraviesan la nuestra. Parado en el umbral de la puerta del cuarto, mira a Jo sin especial emoción, ignorando

215

seguramente que su hijo ha estado ausente durante varios días, o habiéndolo olvidado si lo supo.

—¿No has visto el destornillador de cabo amarillo? —Ja siempre ha perdido algo, quizás hace meses, y de repente se lanza a buscarlo maniáticamente por toda la casa, durante días si es preciso, a pesar de que en ocasiones el objeto no le hace ninguna falta.

—No —le contesta Jo, dejando el poema encima de la mesita de noche, donde lo había hallado.

Su planta de radio no sólo es un cacharro antiquísimo, sino casi inservible, armado, desarmado, reconstruido y vuelto a desintegrar innumerables veces con el propósito de convertirlo en un artefacto eficiente por completo, aunque nunca lo logre y resulte más sensato, y menos costoso a la larga, procurarse un nuevo equipo. Aun así, cuando funciona, Jacinto puede comunicarse durante varios días con colegas de Japón, Brasil, Australia, Hong Kong, Turquía, Islas Canarias, o de la misma Habana, y eso lo alegra casi tanto como si contactara astralmente con el Gran Maestro. Le queda, no obstante, la frustración de no haber hablado nunca con alguien de Grecia, cosa que no requiere ni mejor planta ni mayores habilidades, sino pura suerte de coincidir con un griego, si el otro intentara hacer contacto en ese mismo instante.

Cuando termina su jornada como mecánico de TV a domicilio, si no se dedica a su aparato, devora montañas de libros técnicos, biografías de inventores célebres o crónicas de exploradores del Himalaya o del Polo Sur. Pero no es raro que se pase horas echado en la cama, completamente vestido como para salir a la calle, con los ojos perdidos en el vacío, meditando sobre cosas de las que nadie tiene la menor idea. Desde hace dos años, las relaciones entre él y Ji han ido mejorado dentro de lo que cabe. Incluso ella lo ha sorprendido a veces canturreando alguno de los boleros que él le compuso cuando ambos soñaban un mañana esplendoroso.

En varias ocasiones le ha hablado a Jo del Gran Maestro, el mayor y más impecable de los sabios, que vive entre la gente normal de una ciudad cualquiera, realizando quizás el más humilde de los trabajos, sin que nadie sospeche su verdadera identidad.

—Imagínate a un hombre más extraordinario que Fulcanelli—le dice, y no le importa que su hijo ignore quién rayos es Fulcanelli.

Cuando se encuentra zambullido en sus éxtasis de radiocomunión, sonríe con inquietud, sin dejar en paz sus manos, y le chispean los ojillos como si estuviera logrando un imposible y alguien debiera avisar a la Academia Sueca. O sea, la viva estampa de la locura.

—No me gusta la vejez. Todos mis cacharros son viejos: el Chevrolet, la planta de radio, el taladro, el amperímetro, el reloj de bolsillo. Estoy pensando seriamente en la proposición de Damián —sólo él y unos pocos llaman por su verdadero nombre a Tío Mersal—: irnos a trabajar a Faro Corales, un cayo de Pinar del Río. Eso sí es irse *fuera del siglo*: Probablemente me compraría una nueva planta y desde allí me comunicaría ¡hasta con los constructores de las pirámides de Marte! —exclama, excitadísimo.

Y se lanza a hablar de nuevo sobre el Gran Maestro, quien es, además, el mayor de los alquimistas antiguos o modernos, y se halla en contacto, he aquí la clave de todo el asunto, con los Siete Guardianes, uno de los nombres que reciben los Siete Antiguos Desconocidos que aguardan en profundo sueño el momento preciso en que deben despertar para encabezar la realización de la Magna Obra, la Gran Crisopeya, convertir en oro la Tierra. Nuestro planeta es un ser, un enorme glóbulo de vida trascendente que a partir de su Hora Cero debe alcanzar un plano esencialmente nuevo de existencia. He ahí la Suprema Alquimia que nos llevará a vivir como lo que somos, *dioses*, en la misión de extendernos por el cosmos hasta alcanzar la eternidad pura, poniendo fin así al largo exilio que comenzó cuando perdimos el Paraíso.

—Vayamos un rato a la feria —le dice a Jo como haciendo un alto en su excepcional labor—. Dudo que esté a la altura de los viejos tiempos. Pero de todas maneras algo es algo, digo yo.

El padre, el hijo y el Sabath

Atrapado así por el entusiasmo de su padre, que no concebiría ahora ir sin él, Jo se baña, se afeita y se viste en pocos minutos, con el embullo de cuando era niño y Ja los llevaba a pasear. Ya no duda que su hermana se fue allá desde muy temprano. Cuando por fin salen a la calle, Ja no se cansa de elogiarle a su hijo la camisa azul que le ha prestado, guardada para días especiales. Jo Quirós se siente como si fuera otro. La mañana, pese a que sigue estando ligeramente gris y el viento sur no ha cesado del todo, tiene cierta semejanza con una mañana de abril.

—¿Ves cómo va la gente para la feria? —Dice su padre, que camina flamante junto a él—. Cualquiera puede pensar que todos van allí sólo a matar el aburrimiento, porque no hay otras diversiones. Pero en realidad van en busca de lo sagrado. Si pudieran, hoy todos se enmascararían y saltarían, se emborracharían y se revolcarían abrazados, en cueros, y convertirían al bufón en rey y al rey en bufón. Somos capaces de pasar una vida entera de mezquindad y aburrimiento para morir en un día sagrado.

A Jo le alegra oír ese torrente de palabras apasionadas en boca de su padre. Y así entran caminando a la feria. Daniel Urbach la llamaba en su época el Nadir o el Carrus Navalis. Una voz poderosa atraviesa el aire interrumpiendo la charla de Ja.

—*¡Bienvenidos, señoras y señores, amigos y enemigos! ¡Vengan todos a divertirse en la Feria de la Eterna Juventud!*

Junto a ellos va un viejo tambaleante, de abrigo verde y grandes mechones blancos sacudiéndole la frente colorada, que se queda mirando a Jo un momento. Tiene los ojos amoratados y las fosas nasales bordeadas de sangre coagulada. Pero Jo hace como que no reconoce a Amalio Antúnez y se apresura. Ya en el enorme parque que sirve de placenta al embrión de la feria, padre e hijo distinguen, pese a la creciente muchedumbre, de dónde proviene la resonante voz. El animador principal de este caos multicolor, desde lo alto de un par de tremendos zancos pintados de amarillo chillón, habla por un fosforescente megáfono carmesí y viste un gran camisón de lienzo sobre el cual, lo mismo por detrás que por delante, han sido escritas varias de las consignas políticas que abundan en los muros de la ciudad, en las voces de la radio y en las imágenes de la televisión. Lleva el rostro pintorreteado de rojo y negro.

Atravesando la multitud con dudosa habilidad en lo alto de los enormes zancos que han sido atados a sus piernas y disimulados por unos fantásticos pantalones de casi dos metros de alto, de modo que le quedan libres las manos, el hombre del megáfono avanza a grandes trancos, rítmicamente y sin mirar al suelo, quizás para no sucumbir al vértigo de la altura.

—*¡Todo lo que usted ha soñado puede hallarlo aquí! ¡Y si no, pues siga soñándolo, pero con alegría! ¡Arriba, corazones, que hoy es el Domingo de los Domingos y esta es la Feria de la Eterna Juventud! ¡No deje que otro ría en su lugar! ¡Ríase usted mismo!*

—A ese muñecón le han dado demasiada cuerda — comenta alguien.

—*¡Vengan todos! ¡Aquí hallarán su oasis los que atraviesan el desierto y su Paraíso los que vienen del Infierno!*

Jo no puede contener la risa.

—Ese zanquero acabará mal parado —comenta Ja—. Quiero decir, peor parado, que bien no está.

—*¡No vivirá hasta el lunes quien no pase por este domingo! ¡Muérase aquí de risa, muérase de bailar y de divertirse, y de!...*

Ante centenares de espectadores el hombre del megáfono cae al suelo en una lenta parábola, y la expresión de horror con la que se derrumba se expande alrededor como amplificada en una gigantesca pantalla de cine.

Donde se habla del monstruo que llevamos dentro

Áxel estaba sentado en su pequeño banco de madera retorciéndose de risa cuando Jo lo vio. Ya se calmaba un poco el corretaje del público en torno al ángel caído y todos comentaban el suceso. Durante unos minutos no hubo mayor atracción que el desastre del zancudo. Jo saludó a Áxel con un apretón de manos, aunque en el primer momento el caricaturista no lo reconocía.

—Te queda bien el nuevo look —le dijo Áxel sin ironía. Era casi enano, casi calvo, casi eléctrico, con ojos de halcón. Jo buscaba con la vista a su padre para presentarle al mejor caricaturista de La Habana. Pero Jacinto había desaparecido entre la multitud.

No conversaron porque varias personas esperaban su turno. Ante el caballete, mirando al cliente sentado dos metros delante de él, Áxel trazaba en escasas líneas la esencia de la fisonomía y con tres toques exactos terminaba la caricatura en tres escasos minutos para entonces cobrar tres pesos.

En el borde superior del caballete, había escrita una advertencia: *Conozca su monstruo interior*. Efectivamente, cada caricatura, amén de tener un innegable parecido con el modelo, representaba una figura espantosa o ridícula, hilarante o sombría, según el caso, y asombrosa siempre. Nadie protestaba incluso cuando no le hiciera mucha gracia la representación. Para rematar, Áxel improvisaba debajo de la caricatura, con su apremio de centella, una frase que complementaba irónicamente el dibujo. A Jo, como a cualquiera, jamás dejaba de pasmarle la precisión de Áxel tanto en el dibujo como en aquella frase improvisada.

Alguien gritaba su nombre y Jo Quirós casi dio un salto viendo a Verónica *correr hacia* él con los brazos abiertos.

221

Cuando le brincó al cuello estuvieron a punto de rodar los dos por el suelo fangoso.

—Mahoma —exclamó ella, con dos metros de aliento etílico y ojerosa a más no poder—, ¿dónde está esa puta de Omelia? —La gente la miraba sin disimular su curiosidad—. ¿Y a ti que te han hecho? ¡Anoche eras el mendigo y hoy eres el príncipe! Jojín, ¡júrame que tú no eres de la Gestapo!

—*¡Feliz domingo, compañeros! ¡Y bienvenidos sean todos los que están aunque no estén todos los que son!* —se escuchó de nuevo la voz del animador.

Jo Quirós perdió todo su aplomo al darse cuenta de que ni siquiera una sola persona en derredor evitaba mirarlos. Además, Verónica no lo dejaba hablar, tanto o más embriagada que cuando él la dejó al amanecer en la costa. Si cerraba ella sus ojos y demoraba dos segundos en abrirlos, caería fulminada por el sueño.

—¡Te adoro, Mahoma, tú eres único! ¡Pero acaba de decirme dónde está esa monja marica! ¡Quedamos en vernos aquí, que yo le regalaría la caricatura que le hiciera este niñito calvo, porque ella no tiene ni un centavo! ¡Ñooo, que ya no se puede confiar ni en Juana de Arco!

A Jo no le asombraba que no recordase lo sucedido unas horas atrás. Alguien le avisó de su turno y ella corrió a sentarse ante Áxel, que se disponía a empezar con una sonrisita socarrona.

—Trátame bien, Picasso.

—No te preocupes, Guernica.

—Hazte la idea de que voy a ser la madre de tus hijos.

Los que se hallaban cerca rieron.

—Dios nunca me haría eso, mi cielo.

Verónica extravió la mirada, enderezó su postura, alzando con vaga arrogancia la barbilla y redondeando una pose como de Alegoría del Recogimiento, que pronto perdió su solidez por los efectos disolventes del alcohol. Áxel terminó enseguida y ella tomó la caricatura con dos dedos lo mismo que si fuera un ratón muerto. El enojo sacudía su rostro y dilataba sus ojos, mientras los curiosos se reían a su alrededor, lo cual aceleraba sus convulsiones.

—¡Eso no soy yo, lo juro! —vociferaba en su cólera, negando con la cabeza— ¡Eso será tu madrecita, *homoide*, pero no yo!

Y no se cansaba de mirar una y otra vez aquel ser de bestiario fantástico. Los ojos tenían la frialdad de un saurio que, aunque simulaba mirar hacia la nada, se contemplaban furtivamente en el espejo de los ojos que se asomaban a ver, detenidos por cierta peligrosa belleza. Debajo de la figura Áxel había escrito con su fluida caligrafía: *Devoras y devorarás, indevorable.*

—Jo, ¡mira lo que me hizo este cagatinta! ¡Áxel, yo no te pedí tu autorretrato! Jo, por tu hermana, ¡dime que esa Gorgona no soy yo! Dímelo, que tú sí me comprendes.

Áxel, con su sonrisita de sátiro, se negó a cobrarle. Y, mientras de sus ojos manaba un fulgor estridente, Verónica arrastró a Jo Quirós por una mano hasta el asiento y le tiró a Áxel un arrugado billete de tres pesos que el caricaturista ni miró.

—¡Arriba, Gólem, mátame a éste con la misma mano que me mató a mí!

La gente de la cola prefirió no protestar. Ella se cruzó de brazos, retadora, junto al caballete de Áxel, que sonreía divirtiéndose más que nadie.

—Diera cualquier cosa por hacerte la caricatura que te mereces.

—Yo soy mi propia caricatura —dijo Áxel paseando ya el creyón sobre la cartulina puesta en el caballete—. Mi original lo tengo escondido en la casa —y reía bajito viendo el azoro de Jo—. ¿Así que nunca habías dejado que te hiciera una radiografía, eh?

—*¡Luego de tantos años volvemos a reunirnos en este Ombligo de la Alegría! ¡Y que vivan los sobrevivientes! ¡Por los siglos de los siglos, amén! ¡Y amén!* —gritaba el agitador en zancos.

David Bernardo, cierto día, colocó en una pared del taller las caricaturas que Áxel les hizo a ellos un 31 de diciembre: Álex Urbach es un demonio desgreñado con ojos de ángel miope al que Dios condena a usar un feo par de espejuelos. Debajo de la caricatura se lee: *Todos los otros son los mejores entre los mundos posibles.* El lagarto borracho es Beny Alonso, debajo del cual escribió Áxel: *¿Será infalible la coartada de la literatura? That's the question?* David Bernardo es una máscara llorosa que pregunta: *Abuela, ¿no es verdad que yo soy el Mesías?* El títere místico no puede ser sino Juan, que implora a lo Alto: *Work me, Lord!* Artane recuerda uno de los bichejos de barro: desorbitados los ojos, fiera la expresión de guerrillero demente: *La Toma de la Pastilla.* Pablo Baena será un día el viejo harapiento machacando la guitarra bajo el letrero de neón: *Sun City's Lonely Sergeant Band.* Arnoldo Arnuru, un enanito verde de pie sobre una torre de libros, sentencia, egregio: *El hombre crece con su sabiduría.* Por supuesto, faltaban varias caricaturas, prometidas por Áxel para cuando cazara a los restantes.

Un momento después ya estaba Verónica sacudiendo la caricatura de Jo con mayor disgusto aun que con la suya. Los curiosos se relamían de gusto.

—¡Pero este no eres tú, Mahoma! ¡Lo único que quiere éste es humillarme! ¡Todo porque te afeitaste y te bañaste!

El feto flota en un cosmos amniótico, entreabriendo la boca como si estuviera a punto de decir algo y nunca lo dijera, mirando igual que si todavía no viera. Es una criatura de risible desamparo bajo la cual puede leerse: *Hoy tampoco naceré, mejor mañana.*

—¿No te da pena?

—Así me vio.

—Hombres de mierda —y rompió las dos caricaturas, echó sobre Jo los pedazos e hizo resonar una bofetada en su mejilla. Él cerró los ojos durante unos segundos. Cuando los abrió, sin mirarla ni hablar, dio media vuelta y salió caminando—. ¡Ven acá, Josecristo! —le gritó ella, frenética— ¡Ven y pon la otra mejilla! *¡Mutante!*

Se echó a llorar sobre un banco, rabiosa. Ni siquiera Áxel reía.

El techo de la feria era enorme y gris, tan raro como un cielo de escenografía.

Los habitantes del dulce caimán en la Feria del Fin del Mundo

Abundaban las artesanías, en una sorprendente variedad que iba desde adornos y disímiles objetos elaborados con plástico hasta los trabajos en barro, madera, bambú,

225

malangueta, y otros de caracoles, plumas, cobre, latón, semillas; había docenas de modelos de aretes, pulsos y collares, además de sonajas de barro, vidrio y cañas, y barcos embotellados, signos zodiacales grabados en madera o cuero, velas en varios colores, recipientes de barro cocido o aluminio. Pero lo más admirable era la muchedumbre de muñecos, todos muy pequeños, elaborados con barro, caña y semillas, o con esponja sintética, tela, papier maché. Hasta de caramelo los había. Todos en atractivos colores, figuras de delicioso grotesco, vivas de puro ingenio, absolutamente expresivas y tentadoras.

Entre tan exuberante fauna y tan bullente imaginería no medraba la fantasía indecisa. Los niños y los adolescentes compraban aquellos bichos por decenas y algunos vendedores ni siquiera llegaban a extender sus criaturas sobre las mesas, pues les eran arrebatadas no bien se asomaban fuera de las cajas. A un costado del amplísimo parque, lejos del centro, el viejo Otto Quirós mostraba sus mercancías sobre tres mesas unidas. Le compraban bastante, como en otras ventas callejeras de domingo, hoy auxiliado por dos de sus ayudantes, Artane y Álex Urbach.

Sobre las tres mesas unidas, había muñecos de bambú, semillas y cobre, y sonajeros de los más variados materiales y formas, realmente originales y bien acabados, y figuras de barro cocido, a veces medio abstractas, para bien. Elaborados con ingredientes rústicos, había también lámparas, floreros, relojes decorativos, portavasos, lechuzas, peces, brujas, caballos e idolillos.

—*¡Vengan todos a mí, niños y mayores! ¡Y que vengan también los difuntos, solos o en parejas! ¡Esta es la Feria* *del Fin del Mundo, la Feria de la Eterna Juventud! ¡Miren cómo la patria nos contempla orgullosa!*

De nuevo se veía al zanquero del megáfono a dos metros del suelo, y su voz tronaba en casi todo el ámbito de la feria, pero ahora llevaba vendada la frente y, como estuvo a un pelo de convertirse en mártir, ebrio de fervor patriótico, se había envuelto el pecho y los hombros con una bandera cubana. La del Padre de la Patria, no la del Anexionista.

—*¡Vivimos en el Caimán-más-grande-y-feroz-del-universo y no queremos esas cosas aburridas que los acalambrados llaman Dicha, Paz, Armonía!* —*¡y mucho menos Contrapunto!*— *¡Abajo esos vicios imperialistas! ¡Preferimos que nos devore nuestro dulce Saurio cien veces antes que perderlo una sola vez y que se lo coman los gusanos norteños! ¡¡Para comer libertades nos tienen que fenecer!! ¡El simple hombre no importa, porque es un número, pero nuestras ideas sí, porque son letras! ¡Que viva el indio Hatuey, el del fuego, no el de la espuma! ¡Agrupémonos todos en la Feria Final! ¡Y en fin, niños, que viva el Capitán Garfio!*

De los vientos cardinales

Cuando Jo se detuvo ante la triple mesa, vio a Artane Ross y a Álex atendiendo a los compradores. Álex lo saludó con el guiño sorprendido de uno de sus ojos miopes y Artane con un gesto facial que podía significar cualquier cosa. Más allá, Jacinto conversaba con Otto Quirós, su querido primo y suegro, y eso alivió a Jo, aunque lo que aunaba al

227

melancólico dúo era la tristeza de quienes comparten amargos y antiquísimos secretos.

Pero ellos no hablaban ahora de asuntos herméticos, sino del culto cackchiquel a los cuatro principales dioses vientos, a quienes incluso sacrificaban seres humanos, comúnmente niños: les arrancaban el corazón y esparcían la sangre hacia los cuatro puntos cardinales, quemando goma de copal. Por su parte, para griegos y romanos el Favonius o Céfiro era el viento del Oeste, la primavera, las lluvias fecundantes —padre de los corceles de Aquiles: la expresión misma del principio vital junto con el Bóreas, o Aquilón, que soplando desde el Norte azota con sus heladas lluvias. Desde el desierto oriental llega el Euro impetuoso trayendo el otoño y las langostas egipcias, devastando los campos y rompiendo las naves de Tarsis.

Sobre la ciudad soplaba desde ayer el Noto, o Austro, que en el Mediterráneo americano no es, como en el otro, tempestuoso y ardiente, ni hace exhalar su perfume a las flores, ni trae desde el Sur el verano, ni es representado como un adolescente alado que vierte agua de un ánfora, sino más bien por Ochosi, el dios negro de las flechas y, sobre todo, de los fugitivos. Los vientos son poderes libres y sabios que si nos rozan pueden dejarnos iluminados o rotos.

—Yo siento más bien austrofobia —se rió Otto Quirós.

Artane, que tenía la oreja estirada hacia ellos, se sorprendió sinceramente:

—¿*Castrofobia* dijo usted?

—No, hijo. Dije *claustrofobia*. No se puede ser curioso y sordo a la vez —le respondió el viejo Otto y volvió a reír. Artane se encogió de hombros.

228

Cerca de Otto y Jacinto se encontraban también David Bernardo, Franky el monstruo, Beny, además de Ritalina, Ulmaria y Rarita, las tres hermanas feas, que se detuvieron allí sólo un par de minutos, pues nadaban como sardinas incansables a lo largo y ancho de aquel mar de gente.

Cuando joven, Otto Quirós había sido un talentoso guitarrista de conciertos, viajó mucho y se relacionó con personas extrañas y famosas, desde Howard Lovecraft hasta Sri Aurobindo en su retiro de Pondichery. Para su sorpresa, el sabio no le habló de ningún asunto espiritual, sino del té, la bebida preferida de ambos, y de instrumentos de cuerda. Aquel encuentro, sin embargo, cambió su vida. Su *deseo* de conocimiento murió y de sus cenizas nació el *amor* al conocimiento.

Cuando regresó a Cuba, sufrió desilusiones suficientes como para dejar de dar conciertos y de viajar. Volvió a la ciudadela, de donde se había marchado después de casarse con Versalita, construyó un taller en el enorme sótano del edificio y se dedicó, además, a dar clases particulares de guitarra. Unos años después abrió una minúscula librería junto a su taller. Con nada de aquello ganaba mucho dinero, pero se sentía satisfecho. Había empezado, por último, a reunir documentos, libros y papeles relacionados con la ciudadela Urbach.

Ahora llevaba un par de años rodeado de varios jóvenes, amigos unos, parientes otros, que trabajaban con él en su taller del sótano. Ni siquiera ellos mismos sabían exactamente cómo había empezado aquello, pues el viejo Quirós no llamaba nunca a nadie, y luego, cuando ya les resultaba natural trabajar allí con él, tampoco procuró inculcarles ningún propósito, ni les prodigaba consejos, ni intentaba contagiarles disciplina alguna ni exaltarles esta o aquella virtud. Era raro escuchar de su boca nombres de filósofos o profetas, y mucho menos algún código moral.

A pesar de eso ellos se consideraban de alguna manera discípulos suyos y respetaban sus opiniones, cuando las daba. Como no los había convocado tampoco trataba de retenerlos.Y lo cierto es que para casi todos ellos, después de acercarse a él, comenzó a suceder algo nuevo aunque siguieran en su antigua vida. En este momento, sin embargo, ya no eran la hermandad del año anterior. Algunos, principalmente David Bernardo, luego Artane y, a veces, Arnuru y Franky el monstruo, enturbiaron las relaciones, las afinidades y las sanas diferencias. Y se separaron bastante de los otros.

De modo que aquella "comunión de artesanos", como decían algunos, se estaba perdiendo, aunque continuaban vendiendo sus producciones en conjunto, siempre a nombre del viejo para evitar la persecusión oficial a los oficios por cuenta propia.

—*¡No teman, compatriotas! ¡Detendremos la Rueda de la Historia o volará en pedazos el planeta, pero no entregaremos jamás nuestra Fidelísima Ínsula Baratada, porque en el asalto a mano armada que la hizo libre, sacrificamos a muchos de nuestros hermanos! ¡Así que abajo la ONU!*

—¡Abajooo! —gritaron algunos niños.

Y abajoooo se fue de nuevo el bravo orador. Aunque esta caída debió ser proporcionalmente peor, ya no constituía una novedad, por lo cual, a no ser los de curiosidad viciosa, casi nadie acudió a degustar el estropicio.

Al verlo, Franky abrazó a Jo haciendo que le crujieran los huesos; lo zarandeó, le palmeó brutalmente la espalda; aquella sonrisa, tan cándida en un rostro fantásticamente deforme, valía por cien lindas sonrisas.

—¿Viste ya mis gaviotas? —decía el bondadoso cíclope, mostrándole sus pajarracos de cartulina que, colgando de levísimos hilos por las alas y equilibrados con suma precisión, remedaban gaviotas y se balanceaban a la menor brisa. Comparadas con las que el buen Polifemo le mostró unos meses atrás, estas eran mejores—. Y deja que veas el coronel que he traído para volarlo hoy. ¡Dice *I love you too*! ¡En toda Cuba no se ha visto jamás un papalote tan grande! ¡Y bonito que ni lo sueñas!

Ahora el viejo Otto le habla a Ja sobre experimentos con una gota de infusorios. Si la iluminamos parcialmente, vemos a través del microscopio que el paramecium se muestra indiferente, que el stentor huye de la luz y que la euglena por el contrario se dirige hacia ella. Si sumergimos los dos polos de un circuito abierto y hacemos pasar una corriente débil y constante, el paramecium irá al polo negativo y los otros al positivo. Pero un ciliado de forma alargada se coloca en dirección transversal a la dirección de la corriente, *justo en un punto intermedio entre los dos polos*.

—¿Y nosotros? —me pregunto yo—. ¿Cómo saber hacia dónde nos empuja nuestra propia naturaleza? —el viejo Otto sonreía.

—Siempre hacia el abismo —aseguró Jacinto muy serio—. Por eso tenemos que buscar la salvación en los poderes superiores.

—Ya sé: los Antiguos Irreconocibles del Himalaya —se burló el viejo Quirós.

La Bella, la Bestia y otra vez Juana de Arco

Por mucho que tratara de controlarse, Franky perdía toda serenidad cuando se encontraba con Omelia o con Verónica, por no hablar de Selma o de Arabella. Entre las dos primeras, no sabía cuál le sorbía más el seso, ni con cuál mostrarse más servicial. Pero si una de ellas andaba con otro hombre, aunque sólo fuera para caminar, su desaliento llegaba a la catalepsia. Y Omelia se aparecía ahora en la feria con Beny. Evidentemente, habían pasado la noche juntos en algún lugar. Y no durmiendo. Aunque Beny se notaba un poco exhausto, mantenía su aguante. Omelia, por su parte, se mostraba animosa, quizás porque Beny le había prometido escribir un monólogo de Juana de Arco en la noche antes de la hoguera especialmente para ella.

De momento, la venta se hallaba en manos de David y de Artane, pues esa labor la repartían entre todos. Pero estos dos se pasaban la mayor parte del tiempo discutiendo con los clientes: Artane Ross porque en su psicoalquimia y a pesar del esmero que pretendía lograr, confundía constantemente el dinero, olvidaba precios, se equivocaba en los vueltos y respondía dadaísmos a las preguntas normales, mientras que David trataba a los clientes con prepotencia, además de los sarcasmos y las preguntas agresivas que le disparaba a cualquiera. Así que Otto Quirós, sin ningún reproche, tomaba poco a poco el control de la venta a los quince minutos de aquel desconcierto a cuatro manos y animaba a los dos jóvenes para que se dedicaran a otra cosa.

Ahora Ja se situaba junto a su amigo y pariente y lo ayudaba, sin que por ello interrumpieran aquellas lentas y comedidas conversaciones que se regalaban dos o tres veces al año, sin que nadie más pudiera seguirles el hilo después del primer minuto.

Jo estaba sentado en un banco cercano, escarbando con la vista los serpenteos de la multitud alrededor, con la esperanza y el temor de hallar de pronto a Zo flotando en una de aquellas olas de humana marea, y allí mismo fue a capturarlo Artane.

No es que no le tuviera afecto, pero Jo no disfrutaba encontrarse con él. Le parecía más remoto que cualquier otro de sus amigos. Primero Artane había bebido en la élite de los hijos de papá y ahora era un guiñapo. Por lo menos comenzó a serlo después de su aventura en la embajada de Perú. Fue de los que primero entró, pero cuando regresó de pase a su casa su madre lloró tanto y tanto le rogó que él se arrepintió de irse. El solo intento de irse del país le costó una amonestación pública en el Comité de su cuadra y varios tragos amargos por el estilo. Con esa coartada se dio al alcohol y a los psicofármacos en dosis salvajes, para lo cual robaba a sus padres si era preciso. Achispado así, se iba a caminar el día entero por las calles o se encerraba y se ponía a diseñar planos de automóviles fantásticos o a escribir parrafadas delirantes que luego le entregaba a Beny Alonso "para que escribas mi historia".

Estuvo un tiempo contratado como utilero en el teatro El Sótano, y parecía que se embullaba, pero también acabó perdiendo el interés, además de que, trabajando en pleno trance atropínico o anfetamínico, ocasionó varios problemas. Tanta fue su adicción, que los padres optaron por ingresarlo en una sala especial en Mazorra para desintoxicar a extranjeros. Y resultó peor el remedio porque comenzó a jugar a deshabituarse y se fue hundiendo en un estado realmente patológico. La experiencia del 80 se convirtió en su recuerdo en una *conjura de los envidiosos*. A esta altura era imposible mantener una conversación normal con él.

Ahora, como en otras ocasiones, hablaba de algo odioso para Jo Quirós: las salas de psiquiatría. Artane daba por sentado que él era su correligionario por la simple razón de haber frecuentado las entrañas de aquella Narragonia, y se soltaba a entonar himnos de alabanza en prosa psicodélica sobre la levomepromacina, el haloperidol, los electroshocks y otras tentadoras manzanas del Edén psicoclínico.

—Milagro que no *los* convences para que te hagan una lobotomía —le dice Jo.

—Debes saber una leyenda —le dijo Artane con ojos espumosos.

El engaño del chamisco

La mujer de Orula le pidió permiso a su marido babalao para hacer varias visitas y él se lo concedió. Fue a casa de la paloma, que le dio albergue y comida. A la mañana siguiente, ella se lo agradeció y fue a casa del chamisco.

Este, por medio de unos polvos que le echó, durmió con ella sin que se diera cuenta. Al levantarse, ella le dio las gracias y fue a una casa en la montaña, donde también le brindaron albergue y comida. Al otro día, les dio las gracias y regresó a su casa.

Entonces Orula la registró y, al saber todo lo ocurrido, por haber respetado a su mujer, le dio de comer a la montaña y nunca más volvió a comer paloma.

Pero, por no respetar a su mujer, le echó una terrible maldición al chamisco.

La misteriosa Somápolis

Ahora resulta que Artane sabe *secretos* de la ciudadela Urbach que le contó nada menos que su abuelo senil y charlatán. *Somápolis* era el verdadero nombre de la ciudadela: *soma* hindú, *soma* griego.

—Voy a llamarte al tipo de los zancos y el megáfono —lo amenazó Jo. Pero lo cierto es que algo parecido Jo le había escuchado hablar a Juan con su hermano Andrés por lo menos en dos ocasiones.

La ciudadela, construida a principios de siglo por los primeros Urbach, Roig y Quirós —de esta rama, en fin, venía el mismo Jo—, tenía una historia borrosa en la que abundaban enigmas y capítulos oscuros gracias a los descendientes de los fundadores.

Blas, padre de Juan, Tío Mersal, Jacinto, Pascual Quirós, y luego Juan y Beny, eran algunos de los que seguían la corriente de esos supuestos misterios, que a Jo Quirós le interesaban tan poco como los comadreos de las viejas en las mil puertas, pasillos y salas del macizo laberinto que, por tradición, desde hacía muchos años, todos llamaban ciudadela Urbach. Pero otros asuntos, en verdad más inmediatos y graves, preocupaban a Jo, aunque de ellos no hablaría nunca con Artane.

—*¡Proletarios de todos los países, Lenin regresará y asaltará el Palacio de Invierno de los zares de la ONU! ¡No pierdan la fe! ¡Y abajo el hiperrealismo yankee!*

Nadie secundaba ya al ave fénix zancuda, que estaba de vuelta llevando ahora nuevos vendajes en un brazo y en la barbilla. El negro y el rojo se confundían en su cara. El megáfono estaba abollado y un camarada sujetaba los zancos para que el animador pudiera gesticular a diestra y siniestra sin peligro. Pero desgraciadamente ya la gente le prestaba muy poca atención.

Amalio Antúnez llegó tambaleándose entre una nube de gente, miró a Jo de casualidad y se detuvo.

—Ah, niño, yo te juro que te he visto por ahí —alguien se lo llevó por un brazo y lo volvió a sumergir entre la gente.

—Dice mi abuelo que hace años existía una secta muy ambiciosa y que nadie imagina hasta dónde han llegado —continuaba Artane, y de repente se echó de cabeza por un atajo que llegaba nada menos que a los pies de un monolito.

—Voy a dar una vuelta —Jo se incorporó de un salto—. Pero solo —y se zambulló de cabeza en la mar humana.

Artane se quedó en la orilla, tan asombrado por la escapada de Jo que no se percató de cómo, a escasos metros del banco, se derrumbó de nuevo la torre herida por el rayo a bordo de la cual cayó el locuaz animador con otro aullido parabólico. Y no acudió a ayudarlo nadie además de su camarada. Abrumado por la fuga de Jo Quirós, Artane se lanzó también hacia la muchedumbre sin fijarse en qué dirección, como si él, igual que muchos otros, también huyera de Artane, el Sofocador Delirante.

Aquí comienza el baile

Al detenerse ante el pequeño escenario sobre la hierba, Jo ve, primero, que el grupo musical acomoda ya sus instrumentos, y, segundo, que David Bernardo se halla a su lado. Tampoco ahora atina a escurrir el cuerpo a tiempo.

—Mira quién es el de la guitarra acústica —le dice David sacudiéndole un hombro—. ¿No lo reconoces? —Jo niega con la cabeza—. Pablo, compadre, ese que anda de desertor del ejército.

Y ahí mismo se larga a hablar sobre el otro. El "alcalde de la Ciudad del Sol", lo llamaba. El "charlatán del Evangelio-para-los-pobres-de-espíritu". Jo Quirós no hace el menor comentario, pues conoce bien la destreza de David para atraerlo a su propio terreno y ahí aporrearlo a su gusto. No pocas veces ha visto a alguien caer en su trampa y meterse a defender o a atacar cosas que nunca antes le habían importado.

Suenan unas notas del contrabajo y unos toques de timbales mientras Pablo Baena afina su guitarra. A lo lejos vuelve a escucharse confusamente la voz del megáfono, inmortal.

—¡Miren por esos ojos y oigan por esos oídos, y callen con esas bocas, porque la dicha calla y chilla el dolor, y el que diga que no, pues será un pluralista y un agente del

237

imperio hiperrealista! ¡Vamos a hacer un coro! ¡Un Pueblo, un Líder! ¡Un Pueblo! ¡Un Líder!

Pero rompe a sonar la música opacando la oratoria del hombre del megáfono, que sobresale entre la gente allá, blanca de vendajes la cabeza, descompuesto el rostro rojinegro, recostado a las ramas de uno de los árboles de la feria. El grupo *Chamisco Morado* amalgama rock, guaracha y hasta una cucharadita de country entre gotas de balada sesentera. Canta el moro de las claves, con pinta de rapero y buena voz, pero empeñado en no ser él sino Willy Chirino. La gente arranca a bailar por un riguroso orden cronológico: primero los niñísimos, luego los más crecidos, seguidos por los púberes, tras los que se menean los adolescentes un poco avanzados y después los jóvenes en reciente mayoría de edad. Cuando el ímpetu bailador debe agarrar ya a los treintañeros, comienza a deshacerse el orden y se lanzan a bailar parejas canosas. Por último hay hasta ancianitas que se menean con sus choznos.

Muy borrosamente, Jo Quirós siente que algo indefinible echa a andar. No algo molesto ni inquietante. El baile siempre le causa la misma impresión. Es algo que arranca sin que nadie sepa cuándo acabará, que busca gruesos racimos de cuerpos, que los acecha y de pronto logra salir, *totalmente desnudo* pero sin asombrar a nadie, y ya los atrapados no escaparán fácilmente: *¿Ya?-¡Ay!-¡Ya!-¿Ay?-¡Ya!-¿Ay?-¡Yayayyyyy!*, canta el moro.

Y de pronto el silencio es casi total, como cuando uno le baja el sonido al televisor y la orquesta sigue moviéndose. El moro mira en torno suyo y desde atrás le hacen alguna seña que él traduce con un grito que por poco le echa afuera los pulmones. *¡Apagón!* Hay alaridos de todos los colores y en todos los idiomas de la cólera. Se dispersan los bailadores y los músicos y los espectadores puros, cada cual con su cuota de irritación.

Entonces vuelve a escucharse la ahora feliz megavoz en los no tan dichosos megazancos:

—*¡Sólo los vendepatrias no se divierten! ¡Únicamente los Gusanos del Queso Imperial no bailan!* —Parece que en este momento nota, o le hacen notar, la masacre musical recién consumada y ataca, presto—. *¡Pero nosotros bailamos sin bailar y nos divertimos sin divertirnos! ¡Y que el enemigo no sepa que no nos divertimos! ¡Tenemos que restregar nuestra hiel sobre sus lenguas muertas y demostrarles que esto es la Eterna Fiesta, que bailamos sin música y hasta sin piernas! ¡Y nos reímos, ja, ja, ja, rojos de risa! ¡Y ellos, verdes de envidia y de dólares, aturdidos e incapaces de comprender, preguntándose: Pero, y ellos, ¡¿de qué coño se ríen?!*

Entonces calló, o cayó. Ya era muy difícil saber con precisión la ventura del Megaloco Zanquero.

El arte de la fuga

De repente una voz anuncia que ahora cantará el trovador Pablo. "¿Milanés?", pregunta alguno. El joven sale a escena sonriendo ante *els quatre gats* del público que no se han disgregado, se sienta en una silla y se dispone a cantar, justo cuando surge de entre la gente Verónica, como una aparición, cae sobre el juglar y le planta un sonoro beso en plena boca que arranca un aplauso a los escasos espectadores. Como la música promete continuar de alguna manera, muchos de los alejados se aproximan de nuevo. Pero ya había sucumbido el baile en el eléctrico agujero negro y, además, el joven de la guitarra no garantiza suficiente entusiasmo y su volumen de fuego rítmico no es de mucho alcance. Por fin destila unos acordes iniciales y rompe a cantar:

Si ha de llover que el agua lo limpie todo,
borre palabras, lave los ojos,
que acabe las batallas entre aire y lodo.
Si en fin ha de llover que el sol se acabe
y todo pase, aunque nadie
lo pueda saber.

Es una canción nada jovial, pero los amigos que ya la han oído la corean y él la entona con vigor mientras su guitarra suena nítidamente. Al final hay unos aplausos decentes. De modo inconcebible el megáfono del zanquero conserva casi toda su potencia: aunque se ha abollado mucho, aquella voz se impone al barullo de la feria:

—*¡A divertirse todos en la Feria Final! ¡Y mejor si la vida es corta y no un culebrón! ¡Viva la muerte, que es larga, pero libre y gratis! ¡Y, como Dios también se murió, que viva la Nada!*

En un instante, se forma el caos. Todos corren, empujan y gritan. Alguien denunció al juglar desertor, han aparecido los boinas rojas y tratan de detener al prófugo, pero Pablo, diestro en escapar, se escabulle entre el público. Y no sólo no lo capturan los que se lanzan sobre él, sino que los que se apostaron alrededor de la feria, en número insuficiente, ni siquiera lo ven salir. Al cabo de la infructuosa operación se convencen los cazasoldados de que el fugitivo siguen siéndolo y en unos minutos se retiran, o fingen hacerlo.

Lentamente la feria se recobra.

—*¡No se marchen, que esto no se acaba y en este ombligo del mundo todo es diversión y divertimento! ¡El Enemigo nos mira y no entiende! ¡Y el Gran Aburrimiento tampoco entiende! ¡Y la Nada nos contempla orgullosa sin entender! ¡Y nosotros, que nos divertimos a muerte, entendemos mucho menos todavía!*

Magnum Opus

En medio del frenesí que estalló, Jo Quirós y David prefirieron permanecer en el mismo sitio. Como estaban junto a un tacho de basura, el ir y venir los rozó sin arrastrarlos. Vieron niños caer ante los cegados por el pánico, jovencitas desmayadas, oleadas de gente arrasadas por oleadas de gente. "¡Adiós, mi amigo!", exclamó Amalio Antúnez, que pasaba con la espuma blanca de sus greñas flotando en una cresta. Pero el desorden se calmó lentamente y, unos minutos después, ya nadie parecía recordar el suceso.

—¿Ves por qué el delirio es la única manera de vencer el delirio? —Decía David Bernardo, quien, al revés de Artane, hablaba de sus obsesiones con una terrible coherencia—. Lo semejante mata a lo semejante —Jo Quirós lo miró como para preguntarle algo, pero se arrepintió, y el otro prosiguió—: no entiendo por qué la gente insiste en alargar la agonía. Somos un país privilegiado. Nuestra misión ha sido protagonizar todo lo sórdido, lo vacío y humillante que la vida puede tener. Somos ajenos, estamos bestializados, rotos, absolutamente derrotados, y todavía seguimos agarrados a la vida como estafilococos.

—¿Y qué tú quieres, compadre? —Cayó Jo en la celada.

—Siempre hay *otra cosa* que se puede hacer. El problema es que seguir alargando la agonía es locura y parece lucidez, y acabar la agonía es cordura, aunque parece demencia.

—Complicas demasiado las cosas.

—¡Al contrario! Mira, se habla de las obras maestras de los hombres, de las hazañas humanas. Todo eso es engaño para alargar la agonía. Hay una obra realmente digna. Unos pocos elegidos la logran, aunque no es difícil. Si lo único nuestro es la vida, ¿por qué dejar que nos la conviertan en sufrimiento? Podemos evitarlo con la única verdadera obra maestra: *cortarla*. Mi amigo, la humanidad es el infierno del hombre —Jo ya no sabía hacia dónde mirar—. Suicidio es el nombre que le dan los esclavos a la libertad. Las grandes religiones, las que debieran prepararnos para ser libres, cuando están a un paso de la verdad, demuestran lo que son, un suicidio inconcluso, una suprema servidumbre.

—Déjame tranquilo ya, compadre —exclamó de pronto Jo con una hostilidad irreprimible y respirando como un asmático.

—Tampoco tú estás hecho para la libertad. Lo que todos quieren es ser siervos de algún rey, de algún buen nombre.

—¿De qué hablas tú? ¡Hazme el favor!

—Que te hayas bañado y afeitado no significa que ahora seas otra persona.

David Bernardo se alejó entre la muchedumbre mientras Jo Quirós se sentaba en un banco milagrosamente vacío, todavía bajo el efecto del ponzoñoso éter de David Bernardo, luchando contra las negras criaturas sembradas por él en el humus de los recuerdos, de las ideas y de las cosas.

Buscando un rostro en la muchedumbre

El cansancio le pesaba ya en todo el cuerpo de un modo irresistible. Había cargado sobre sus hombros una enorme piedra y la había llevado por toda la ciudad durante días y noches, pero en ningún sitio había podido arrojarla. Y ahora su cuerpo le pedía algún reposo en cualquier lugar y a cualquier precio.

Se levantó del banco dando un salto. Debía encontrar a Zo lo antes posible. No podía aguardar a que aquella vorágine la depositara ante él como deposita el mar a los ahogados en la playa. Se echó a caminar con sus últimas reservas de vigor y de ánimo, recorriendo los grupos que se arremolinaban en torno a un estanquillo, a un artesano solitario, a los vendedores de ropa de uso, entre los aparatos del parque de diversiones y dondequiera que había gente. Pero no la hallaba. Hasta el momento nadie la había visto. Y algo, en el fondo de sí mismo, le decía que, sin que cupiera la menor duda, Zo se encontraba *allí*. Y también lo buscaba a él.

El hombre de los zancos y el megáfono persistía a pesar de su continuo desastre, de que ya era muy ronca su voz y de que el aparato estaba aún en peores condiciones.

—*¡Riámonos ahora como mismo nos reiremos mañana cuando podamos disparar al negro corazón del enemigo o a su puta cara de cocacola!*

Había algo en aquella voz que Jo aborrecía. No las palabras, ni la insistencia. Era quizás el timbre. Pero era mejor escucharlas a dejar que retornaran a su mente las retorcidas palabras de David Bernardo. Cualquier cosa era preferible.

Donde aparecen un mago y su bestiario

Marcial del Río, alias Kaliananda por fervor hinduista, se fue a los trece años con el circo Lamar. Su padre lo trajo de vuelta a bofetones. La secreta venganza del futuro mago fue incendiar el garaje con el auto adentro. Ya más crecido tuvo la inspiración, luego de una reyerta con sus hermanos, de pegarle fuego a la casa. Esta vez el viejo Joaquín anduvo liviano, sofocó el incendio a tiempo y, acaso sospechando la causa del otro desastre, se inspiró también, amarró a Marcial de un árbol, lo azotó con un látigo de carretonero y lo dejó allí tres días, consintiéndole a la madre sólo que lo alimentara con agua y boniato hervido.

Un tiempo después, recuperado, robó los ahorros del padre y se escapó con Angélica, una revoltosa que lo siguió por el dinero. Anduvo como payaso de última clase en un circo del que fue pronto expulsado por persona no grata. Sufrió lo mejor que pudo los mil y un engaños de Angélica y, habiendo conocido a Tío Mersal, se marchó con él en su compañía ambulante de títeres. Pero no soportaba esa vida y Tío Mersal no lo soportaba a él; trabajó un tiempo de relleno en un teatro pulguero. Mientras preparaba una bomba para el Movimiento Veintiséis de Julio al que se había vinculado, se acobardó, estalló la bomba y murió su compañero Faustino Armengol, lo que provocó que Jaime Bernardo lo buscara decidido a matarlo por cobarde y traidor. Casado con Angélica, comenzó a vivir una crisis peor que los castigos con los que lo amenazara Jaime.

Ya en el 60, abrumado, se dio con sombrío entusiasmo a la bebida mientras trabajaba de tarugo en el circo Sotuyo, donde sufrió otras mil humillaciones, entre ellas el nacimiento de Omelia y de Germán, que no fueron ni por asomo hijos suyos, pese a lo cual no les negó el apellido. Se animó un poco cuando consiguió ser contratado como ayudante del mago Efrón, pero enseguida volvió a sentirse deprimido porque desde Efrón hasta el Indio Toro todos se acostaban con su mujer. De modo que el fuego abrasó la carpa una noche y causó la muerte de dos orangutanes, la fuga de un león y lesiones a varios empleados. Marcial fue condenado a tres años de prisión.

En la cárcel leyó *Pailock el prestidigitador* y decidió su destino. No haría más trabajos secundarios ni humillantes. Sería mago. Devoró libros y, a la salida de la prisión, explotó amistades y amantes de Angélica hasta que consiguió un puesto en el minicirco del Jalisco Park, donde logró mantenerse a pesar de que muchas veces lo tomaban por payaso y no por mago. Después, como a pesar de la separación mantenía relaciones ocasionales con Angélica, nació Aurobindo y se sintió dichoso, libre ya de las inquietudes por un asunto tan espinoso como la paternidad. "Todos somos hijos de Dios", se dijo, y esa revelación lo alivió para siempre. Cuando cerraron el Jalisco Park se dedicó a impartir lecciones de Magia y Ocultismo y a dar funciones en cumpleaños.

Cuando niño Jo Quirós lo vio actuar infinidad de veces en el Jalisco Park y le pareció divertido. Su vanidad era el ropaje de un humor sarcástico y nervioso. Que los mayores lo considerasen no tanto un mal mago como un pésimo payaso, lo tornaba singular a los ojos infantiles, pues resultaba inconcebible que el mago Kaliananda *no supiera* lo que hacía. Además, su ayudante, cuando no se hallaban distanciados por el periódico enojo del que ya no podían prescindir, era el enano Arnoldo Arnuru, lo cual, sin la menor duda, duplicaba su popularidad, pues sean cuales fueran los números que realizaban, el solo hecho de que ambos intentaran algo en el escenario se convertía en un espectáculo.

Y lo que atraía siempre a Jo Quirós, y a muchos otros también, era aquella insólita e irreconciliable vitalidad de dos caras bien distintas, la del enano y la del mago. Arnuru lo hacía todo, por decirlo en una palabra, *póstumamente*, como si fuera a morir unos minutos después, en tanto Kaliananda lo hacía todo de una manera enfática, igual que si ya lo hubiese realizado mil veces bien y nunca antes hubiera fracasado.

De todas sus hecatombes, ninguna alcanzaría fama comparable a la de aquel domingo en la feria cuando, en vez del tradicional sombrero de copa, el mago llevó en la cabeza un turbante amarillo. En primer lugar, se hallaba ausente el

246

enano por alguna razón que el mago fingía conocer; en segundo lugar, el público, no limitado por ninguna diferencia de nivel, ni por baranda o pudor alguno, traspasaba la frontera entre espectador y espectáculo, rodeando prácticamente al prestidigitador, quien sólo por su amor propio se negaba a reconocer que entorpecían su labor, confiando secretamente en que el gentío le serviría para disimular, entre otras cosas, la ausencia de Arnuru; en tercer lugar, para colmo de excepción, el mago había acudido en compañía de Aurobindo, su benjamín de seis años, una criatura ubicua de mil manos que acometía al mismo tiempo los cuatro puntos cardinales. Mejores nombres para él serían Azogue o Atila. O Krishna cuando se le presentó en todo su terrible esplendor al blanco Arjuna.

Si Kaliananda no tenía un pelo de tímido, de temerario tenía más pelos que un oso. Esto quiere decir que arrancó con el número de las palomas y que no salió ni una sola en el momento preciso. El mago mostraba la pasmada expresión del novio que hace aguas mayores justo cuando toma a su novia del brazo en la ceremonia nupcial. Intentando opacar su fracaso con una victoria holgada, se apresuró a caer en el número del periódico y el vaso de agua, que comenzó bien con la desaparición del líquido en el papel enrollado cónicamente. Pero, al querer echar de vuelta al vaso aquel agua fantasma, lo que apareció fue *un curiel*. Y Kaliananda resultó ser el primer sorprendido. El público menudo aplaudió frenético. Los mayores hicieron todas las muecas posibles entre el fastidio y el asco, y los jóvenes le dispararon abundantes oprobios, halándole el frac de modo que aconteció una erupción de palomas digna de ser perpetuada en los anales de la magia blanca.

Nadie supo si fueron cinco o quince, pues el mago quedó envuelto en un múltiple y espeso aleteo, y mientras se retorcía y manoteaba como un endemoniado, las palomas le brotaban por el pecho y la cintura, por el cuello y las mangas, e incluso por los pantalones. Si los niños estaban maravillados y los demás se miraban entre sí como poniéndose de acuerdo para lanzarse a lincharlo, los jóvenes, de haber tenido él barba, más que mesarla, se la hubieran arrancado. Pero el mago, experto en imprevistos, sacó de un bolsillo un tabaco y lo encendió con un fósforo tan naturalmente como si lo hiciera en la puerta de su casa después de un reposado almuerzo. De manera insólita, aquel acto vulgar devino operación de alta magia. Muy sereno, el prestidigitador miró hacia donde se escuchaba la voz del megáfono. Una chispa de malicia brilló entre el humo azul.

—¡¿Saben ustedes que la Vía Láctea tiene forma de espiral y que nosotros estamos a veinticinco mil años luz del centro, girando a su alrededor a doscientos cincuenta kilómetros por segundo?! ¡Y lo peor es que no sentimos mareo y que si nos asomamos por la ventanilla no vemos nada de eso! ¡Pero luego nos asombramos cuando un atleta se arrastra a diez metros por segundo!

Nadie hablaba y Kaliananda aprovechó la calma chicha para lanzarse de cabeza en otro truco sin soltar el mágico tabaco. Con imperioso ademán, se quitó el turbante amarillo, lo mostró al público por dentro y por fuera, atrapó con él al curiel blanco guarecido entre sus pies, lo alzó en el aire para que todos lo vieran bien, lo zambulló en el hueco del turbante, echó una espesa bocanada de humo en él, lo levantó a la altura de su cabeza, le pasó su mano izquierda por encima y extrajo del turbante... una negrísima *rata* que soltó con mayor sorpresa que cuando salió el inesperado curiel. Y la rata se quedó entre sus pies lo mismo que su primo el curiel, pero vigilante y torva.

—*¡No se pierdan este espectáculo único en la galaxia! ¡Si resulta milagroso que no hayamos muerto de mareo, más milagroso es que no logremos construir nada nuevo bajo el sol! ¿Y saben por qué? ¡Pues porque todo lo nuevo se halla precisamente sobre el sol! ¡He ahí el misterio de nuestra miseria! ¡Aquí abajo todo es plagio, pero lo original se encuentra eclipsado por el sol! ¡Lo que llamamos luz absoluta es absoluta tiniebla! ¡Y el verdadero sol está prisionero al otro lado de este falso sol! ¡Y su nombre es Némesis!*

Con un movimiento relámpago como el de una lechuza cayendo sobre su presa, se abatió el mago sobre la rata y la cubrió con su turbante amarillo, que enseguida enloqueció tratando de saltar, de correr, de desasirse de la mano firme del taumaturgo que inmovilizaba el turbante contra el suelo. Los niños aplaudieron, los adultos suspiraron, impacientes por ver el término de aquello. Mas todavía no era el final. De otro bolsillo de su frac, el mago extrajo una botella pequeña y vertió su contenido sobre el turbante, sin soltarlo. Mientras el bulto multiplicaba su desesperación y su vigor, el olor de la gasolina se extendía alrededor. Y ya no había ni uno solo que comprendiera lo que estaba ocurriendo allí.

En un instante en que se calmó el bulto amarillo, Kaliananda separó una mano, prendió su encendedor dorado y le dio fuego al turbante, que de inmediato se convirtió en una bola de candela incontrolable. Era un admirable horror aquella llamarada saltando entre tanta gente estupefacta. Entonces, sumándose al caos, volvió la erupción de palomas y Aurobindo echó a correr de un lado a otro gritando cosas incomprensibles.

—*¡Gloria eterna a Sodoma y Gomorra, ciudades mártires, que prefirieron perecer entre fuego y pavor antes que renunciar a sus ideales ante el imperio!*

Resultaba inaudito que la rata siguiera batallando bajo las llamas de lo que antes fuera el turbante amarillo. Y Kaliananda no sabía qué hacer para apagarlo. En su persecusión derribaba mesas, sillas, chocaba con los pasmados tanto como con los que corrían, sin hallar manera de sofocar aquella danza de fuego. La rata turbante fue a dar finalmente contra un bulto de cajas de cartón que había a una decena de metros del improvisado escenario y que asimilaron el fuego con buen apetito. Sin embargo, Kaliananda continuó persiguiendo ensañadamente a la rata hasta que, súbitamente alumbrado, se despojó de su frac y lo echó como una red sobre ella, que se estremeció un poco y luego se quedó inmóvil.

Los niños que aún permanecían cerca lo aplaudieron, pero ya no quedaba ningún adulto alrededor. Cuando el mago retiró su frac, había sobre el suelo un revoltijo de tela humeante, de cualquier color menos amarillo. Y Kaliananda miraba con más lástima al frac que al turbante.

Esta era la paz que hay siempre luego de las grandes batallas. Este era el olor que queda siempre después de las hecatombes paganas. Este era Aurobindo que se inclinaba y levantaba el turbante antes de que su padre pudiera impedírselo. Pero el niño soltó de inmediato el trapo ardiente y el mago sacó de lo hondo de su boca una sonrisa que significaba:

—¿Yo no te había advertido? Pues por desobedecerme te has quemado.

La hoguera era ya imponente y nadie se interesaba por él, ni por Aurobindo, ni por el frac. Y era una lástima porque al levantar el turbante quemado apareció nada menos que la sorprendente *ausencia* de la rata. ¿Era posible acaso que hubiera huido sin ser vista? Como no había tenido tiempo para carbonizarse, tampoco podía haberse confundido con las cenizas. Además, ¡no había ceniza alguna! O sea, al echar su red sobre el bólido, el prestidigitador había logrado indudablemente su número perfecto, sin habérselo propuesto. Pero nadie, oh dioses, se había dado cuenta, y su obra maestra quedaría completamente a merced del olvido.

Hipopótamos, hipocampos, hipócritas y otra rata

Aunque Jo Quirós era el único que continuaba mirando al mago, en realidad no veía nada y se hallaba muy lejos de haber seguido la secuencia de los hechos. La rata lo había turbado por completo desde antes del fuego del turbante, arrastrando de vuelta a su memoria lo más lóbrego de la noche oscura de su alma, que creía haber dejado atrás.

Kaliananda se hallaba de nuevo en su pose de hacedor del espectáculo y al parecer se aprestaba a ejecutar un último truco, pero sus manos de prestidigitador se movían sin manipular ningún objeto, ningún animal. Era rito casi imperceptible, una liturgia para su desmañado ángel de la guardia, al fondo de la cual se escuchaba la voz incansable, allá:

—*¡Lleguen aquí todas las bestias del cielo y de la tierra para ver este Circo en el Tiempo! ¡Si se apuran, verán*

251

ahora mismo el Supremo-espectáculo-en-la-arena-de-la-eternidad! ¡Preséntense, hipopótamos e hipocampos, caballos del río y caballos del hipercampo marino, para ver cómo el más grande de los magos vivientes nos convierte en murciélagos entre la tierra y el cielo, en peces voladores entre el todo y la nada! ¡Asistan al vuelo de Ícaro sobre el mediterráneo de la demencia! ¡No se demoren si quieren alcanzar pasaje en la Nave de los Locos, que inaugura la ruta Habana-Narragonia!

Como si no diera crédito a lo que escuchaba, Jo Quirós se volvió hacia el lugar donde sonaba la voz del megáfono y pudo ver claramente cómo el anunciador caía, una vez más, desde lo alto de sus maltrechos zancos. Era obvio que todos los asistentes, si en verdad los tuvo, ya habían desertado. Y de nuevo caía sobre Jo el intenso agotamiento que varias veces había amenazado con derribarlo desde anoche, y que nunca antes había conocido él, buen conocedor de lo que era bogar sin viento en las velas, sin reserva en las bodegas, sin piloto al timón y sin puerto a la vista. De nuevo se sentía temeroso de encontrarse con Zo y un minuto después ya sólo quería irse a dormir. Él, que tanto había anhelado despertar, ahora ansiaba tenderse en cualquier sitio y dormir tanto que al despertar ya hubiese terminado este pedazo de su vida tan denso y áspero. Tal vez David tenía razón, y también Manuel Meneses. Acaso todos los que se escondían en el gusto por la muerte, aunque la hipocresía les hiciera parecer monstruosos, dementes o equivocados, eran los únicos cuerdos.

Por fin habían apagado el fuego, que en realidad resultó ser más dramático que peligroso. Los cartones todavía seguían humeando, pero ya la gente se había calmado. Kaliananda, por otra parte, no abandonaba su postura ni su singular ceremonia de manos. Así, muerto ya el paréntesis del fuego, el mago volvía a ser objeto de atención, aunque no hubiera ahora más que una decena de espectadores, entre ellos tres o cuatro niños. Los otros habían recalado allí por el oleaje de un momento antes.

De cualquier modo, fueron esos pocos los que asistieron al inesperado final. El mago se adormeció por unos segundos, se ladeó un poco y la cabeza le colgó a un costado. Y entonces —unos dirían que del cuello de la camisa y otros jurarían que de su boca— salió disparada la gran rata negra. Hubo gritos de estupor. Los que en ese momento no tenían puestos los ojos en el mago, no vieron sino al roedor correr hacia un extremo, detenerse un instante como un prófugo muy adelantado, limpiarse el hociquillo con las patas delanteras, mirar en redondo con pupilas de alimaña sabia, dar un último brinco y desaparecer. A esa altura, ya el gran Kaliananda se había desmayado.

Aurobindo, de nuevo divertidísimo, agarraba con su manecita el cabello ralo de su padre y lo sacudía, riéndose como si aquello fuera una broma del mago. Pero, cuando vio que la gente los rodeaba, trataba de reanimar al hombre en vano y finalmente se lo llevaba cargado, el benjamín pegó a llorar a todo pulmón. Amalio Antúnez, cayéndose de la borrachera, añadía sus gritos a los otros, como intentando poner orden.

Otra vez se forma el torbellino de cuerpos bajo el cielo gris del domingo, y Jo Quirós, que no se ha dado cuenta de la proximidad de Amalio, asiste al caos con ojos apagados y se le antoja que esto no acabará jamás, que ha empezado en un tiempo muy anterior a su memoria y continuará cuando ya sus pupilas se hayan disuelto en la tierra ciega. Afortunadamente para él, Amalio Antúnez es arrastrado fuera de allí por su compañero de condena y no lo descubre.

De cualquier modo, Jo no acierta ni a quedarse ni a irse y entrecierra los párpados como si fuera a dormirse allí mismo. Pero, cuando la nube ingrávida va acogiéndolo, aparece un rostro conocido con una expresión de urgencia y una voz baja y amarga.

—Acabo de ver a Aurelia —dice Ja, y Jo, sin sorprenderse por aquel *Aurelia*, pues su padre confunde frecuentemente los nombres, sabe a quién se refiere—. Estaba hablando yo con David, ese perico Maitreya —y le contó cómo el hijo del capitán Satán trató de demostrarle que el horror de la vejez es motivo suficiente para morir joven.

Únicamente entonces, Jo se da cuenta de que su padre está llorando. No es un llanto convulsivo ni desbordado, sino un sollozar pudoroso, pero Jo no había visto jamás lágrimas en esos ojos ni temblor en esas manos. Lo atrae despacio hacia un banco y se sienta a su lado. Alrededor de ellos los niños escandalizan, las mujeres van como abejas locas de una venta a otra, comentando precios, calidad, gusto, originalidad.

—Vete para la casa y no te preocupes —le dice Jo con la mayor serenidad que alcanza—. Yo la buscaré.

—Jorge —su voz apagadísima—, ¿hay algo que quieras decirme?

—¿Algo que confesarte?

—No te reprocho nada en absoluto.

—Yo lo sé, pero no hay nada. No ocurre nada particular.

—¿No te parece que todo esto tiene algo de terrible? Ese viento sopla directamente desde el infierno.

—Ya casi no hay viento.

—Se esconde, pero volverá.

—Ve para la casa. Yo la buscaré.

Ja se levanta del banco sin apartar su mirada de los ojos de Jo, que se incorpora también y, cuando su padre lo abraza, él siente contra el suyo el pecho que parece a punto de quebrarse por el violento latir del corazón. Lo ve desaparecer enseguida entre la muchedumbre. Y otra vez escucha la voz del megáfono, pero ahora peor que nunca. Suena rajada, intermitente, confusa. Jo mira hacia allá, pero no ve al animador. Ya no ha podido alzarse sobre los zancos. Es imposible comprender las frases discontinuas:

—...*¡del megaman y la megavoz! ...¡no sería tan fácil como!... ¡pero sí alcanzar la megahumanidad!... ¡Señoras y señores... así de distanciados andan los melómanos y los megalómanos, los megalodones y los megabits, la metafísica y la megapsíquica... más allá de la megangustia, en tierras del doctor Megaligari... hacia la metalfa y la omegalitis!*

El vuelo del coronel Sarazo

Unos segundos después de echar a caminar, Jo se encontró con Franky, quien, en compañía de Beny Alonso, David Bernardo, Artane y Álex Urbach, buscaba a Omelia y a Verónica. Pero ya desistían de hacerlo. De modo que se fueron, todos muy divertidos porque al fin, después de varios meses de espera, Franky iba a volar el coronel "más grande que se haya visto en los cielos de La Habana". Y, si no el mayor, por lo menos debía ser el más llamativo, pues su superficie estaba totalmente cubierta por dibujos, escenas de gente, palabras, manchas fosforescentes, al centro de todo lo cual había sido escrito en grandes caracteres: **I♥U2!**

—*Papalotl* quiere decir mariposa en náhuatl —le susurró David Bernardo a Jo en el oído con la sonrisa del que se contiene para no imponerse con su sabiduría.

Como si Franky las hubiera llamado con el pensamiento, aparecieron sorpresivamente, entre el espumoso mar humano de la feria, las dos muchachas. Verónica había quemado ya tres o cuatro grados de alcohol. Artane se le quiso enganchar y ella lo esquivó con una decidida alergia que él aceptó con naturalidad. Omelia se mostraba tan gozosa como si por fin fuera Juana de Arco y la llevaran a la hoguera. En grupo, pero dispersos, se encaminaron hacia el amplio césped separado de la feria por una franja de casuarinas y completamente desierto de gente.

—¿Viste lo que escribí en el coronel? —le dijo Franky a Verónica.

Si no hubiera medido casi siete pies, ella lo habría abofeteado, a juzgar por el bélico fulgor de sus ojos.

—¿Y a mí qué coño me importa, so *precioso*?

Precavido, Franky el monstruo, se puso a distancia. Ya estaban a un extremo del pequeño prado.

Era lamentable la ausencia de Arnuru. Álex lo había ido a buscar a su casa y Palmira le dijo que él se había ido muy temprano para la feria. Pero, por enano que fuera, resultaba difícil que estuviese allí y nadie lo hubiera visto, sobre todo porque a Arnuru le fascinaba llamar la atención y allí se habría hecho de público muy fácilmente. Se iniciaron los preparativos para el vuelo del Coronel Sarazo, como llamaban a la gran cometa en honor del célebre oficial: le ajustaron la larguísima cola, revisaron cada pormenor de su estructura, le ataron la punta del grueso carrete de nylon y verificaron cada detalle.

Sin que nadie diera la voz, iban concurriendo docenas de inoportunos que por suerte no se aproximaban demasiado. Cuando todo estuvo listo, Franky sostuvo el nylon en una mano y permaneció inmóvil unos instantes, mirando al cielo, como si le pidiera permiso a Dios. Había en su rostro espantoso una sonrisa tan infantil que, por un rato al menos, resultó encantadora. Pero enseguida las jocosidades a su costa hicieron que le regresara al rostro la monstruosa mueca cotidiana.

Álex y Beny, cada uno por un costado, tomaron al Coronel Sarazo y se encaminaron hacia el otro extremo del descampado. Cuando llegaron allá, hubo durante algunos instantes una quietud tan tensa como el cordel que sujetaba a la pujante bestia del aire. Nadie se movía, ninguno hablaba, e incluso el viento dejó de soplar y no se oyó siquiera un claxon en la lejanía, cosa poco menos que fantástica. Para mayor admiración, ya no sonaba el megáfono.

Si no estaba Arnuru, y tampoco Juan ni Pablo Baena, los presentes se acordaron de ellos con cierta melancolía, pues iban a perderse un acontecimiento inolvidable. Jo Quirós recuerda lo que alguien escribió en una pared de la torre de Juan: "Brindemos por nosotros y por todos los que son como nosotros, que son pocos y ya están muertos".

—¡Suelten ya! —tronó la voz de Franky en el pequeño prado y su feo rostro se llenó de luz mientras él emprendía su grotesca carrera, vuelta hacia atrás la cabeza, mirando cómo el Coronel Sarazo se elevaba, se elevaba, en alas del viento que justamente entonces volvía a soplar.

Gloriosa visión para las decenas de miradas que se iban en el vuelo del Coronel Sarazo, tan poderoso que arrastraba el robusto corpachón de Franky de modo que Beny y ahora David tenían que asistirlo por los flancos. Y los colores del papalote se diseminaban en el viento transparente como en el sueño jovial de una mañana de verano, y el Coronel trepaba más alto aún a cada instante, empequeñeciéndose.

Entonces se escuchó el ruido de un helicóptero. Que se acercaba. Franky dejó de dar cordel a su criatura, sorprendido. ¿Cómo que un *helicóptero*? Pues sí: el dragón metálico y ensordecedor venía volando a unos cincuenta metros sobre los techos y trazó un círculo por encima de la feria antes de posarse en la planicie. Ya estaba a pocos metros del suelo cuando su hélice menor cortó el cordel y, tras dos segundos de ingravidez, el Coronel se ladeó en picada y se perdió sobre los edificios de otra manzana. Sólo se escuchaba el retumbante rugido del artefacto. Franky no creía lo que estaba viviendo y Verónica se abrazó a él mirando con ojos llorosos el dragón verdeolivo que bajaba desde el cielo en donde un momento antes el majestuoso mariposón gritaba su **I♥U2!**

El helicóptero se posó sobre el césped aplastado por el huracán de la hélice mayor y enseguida salieron del vientre del leviatán volador siete niños con pañoletas rojas al cuello y banderas de papel. Setenta niños no hubieran gritado tanto como aquellos siete. Cuando el último muchacho corría ya sobre la hierba, el vientre del monstruo echó afuera nada menos que al *verdadero* coronel Sarazo. Los pequeños guerreros se habían reunido a cierta distancia y ahora estaban parados en firme ante el oficial, quien, después de pasear ante ellos la marcialidad de su rango, se detuvo con las manos atrás e hizo una señal, casi invisible, tras la cual recitaron ellos a coro:

¡Que lo sepan los nacidos
y los que están por nacer:
nacimos para vencer
y no para ser vencidos!

Desde que apareció el helicóptero en el cielo hasta que se posó, llegaron más de cien curiosos, que ahora rodeaban a los pequeños espartanos del coronel y su helicóptero. Pero pronto aquello dejó de ser una novedad y empezaron a dispersarse los espectadores de mayor edad, quedando casi sólo los niños, a los que se sumaban continuamente otros muchos que venían incluso de los barrios aledaños para ver a los E.T. y su Gran Aparato. Entre el remolino de gente, Jo se encontró con Kaliananda, que parecía recién escapado de un crematorio por lo sudado, sucio y ceniciento que estaba.

Álex Urbach le preguntó por Arnuru, su ayudante:

—No sé en qué charca anda ese güije —dijo el mago, de mal humor, haciendo una mueca de asco. Me dejó únicamente un papel que dice así —extrae un arrugado papel del bolsillo de la camisa, escrito con la churrigueresca caligrafía del enano y lo lee—: "No me ves, pero me miras; no me oyes, pero me escuchas. Y no estoy donde me buscas".

Jo no entiende el misterioso mensaje. Los demás tampoco. Y Kaliananda va a marcharse ya cuando llegan dos hombres vestidos de civil y, luego de hablar en voz baja durante unos segundos con él, se lo llevan, esposado.

—¡Les juro que yo no soy un incendiario! —gritaba— ¡Yo soy un mago blanco! ¡Dios mío, *por favor*, defiéndeme! ¡Cubre de lava esta Pompeya ahora mismo!

Omelia corrió hacia los hombres que se llevaban a su padre. Pedía explicaciones. Pero los hombres no se detenían. Ellos solamente cumplían órdenes. Kaliananda intentaba marchar dignamente, erguido y más orgulloso que atemorizado. Omelia se marchó con ellos, ante la estupefacción de todos, que no entendían nada de lo que ocurría.

—Zo subió a la Montaña Rusa —le dijo David a Jo, y lo atajó enseguida—. Pero ya no está allí. Se bajó y la perdí de vista.

El último retablo de Tío Mersal

Nunca supo Jo Quirós cómo se vio de pronto en aquel rincón de la feria donde sería la función de títeres. Pero allí estaba, y muy próximo al minúsculo teatro por cierto. La cortina era de un púrpura sangriento que enmarcaba volcánicamente el escenario y daba una intensa agresividad a todo lo que en él había. Aquello era obra de Juan, que, tomando elementos de otras escenografías, los había refundido, incorporando detalles, acentuando aquí y allá, hasta obtener *aquello*, que no resultaba muy del agrado de Tío Mersal pero que no podía ser cambiado ya. Las tres paredes del retablo estaban cubiertas de extrañísimos dibujos, acaso también restos de otra obra. Había allí lechuzas, peces, monedas, fantasmas, dobles sombras de cuerpos lejanos y siniestros, plantas exóticas o simplemente fantásticas, algo así como un desnudo femenino rodeado de dragones que uno no sabía si la acechaban o la protegían, arborescencias como relámpagos detenidos.

En los bordes del retablo, Juan había escrito palabras y letras que parecían puestas al azar, por afán de caos, pero que en realidad eran palíndromos o simples juegos con el sentido en que se leyeran: DIOSES OÍD, AVE Y NADA, YO SOY.

Casi todos sabían que aquella sería la *última* última función de Tío Mersal. Y quizás también la de su sobrino y discípulo. Algunos comentaban que el escenario iba a arder, al final, para cerrar el espectáculo con un broche de fuego. Juan se hallaba a un costado del retablo hablando con sus amigos, desencajado el rostro, turbios los ojos y la mano sobre el vientre. David susurraba, jodedor:

Licor, maldito licor,
hijo de la caña loca,
tú que quieres entrar
y yo que te abro la boca.

—Lo que importa no es lo que entra en la boca —replicó Juan desganado—, sino lo que sale de ella —y se fue a la parte posterior del retablo, a medio metro del cual se alzaba un muro, haciéndole una seña obscena a David con la mano que llevaba a la espalda.

—*Hello darkness my old friend* —canturreaba Artane mientras atacaba a Jo por el otro flanco.

261

En aquel momento comenzó la función, entre la ansiedad de los niños y la impaciencia de los mayores.

Juan hacía el papel de Quian, el androide que fuera una de sus marionetas más duraderas. Era el único personaje de carne y hueso, aunque la obra original, escrita por Tío Mersal tiempo atrás, no usaba personajes humanos y en aquel entonces, además, Quian no existía ni siquiera en sueños. La música para la obra había sido compuesta años atrás por un griego trotamundos amigo de Tío Mersal, que había residido durante un par de años en la ciudadela antes de morir. Era un tipo bastante enigmático, empezando por el nombre, Wvu Zetayekis. En Cuba no publicaban sus composiciones porque lo consideraban algo así como un agente secreto del imperialismo musical europeo. En su país natal, al que no había vuelto desde la adolescencia, no eran bien recibidas sus obras, consideradas gratuitos experimentos con ritmos tropicales.

Quian es un androide que ambiciona ser real al modo de las otras marionetas. Tío Mersal, en el papel de Dios, invisible detrás del escenario, le dice que para satisfacer su anhelo debe ir al País de Nadie, situado entre el País de Nunca-Jamás y el País de Ningún Lugar, y allí cazar aquella misteriosa y rauda voz que únicamente puede ser escuchada un segundo antes de la muerte.

Pero, en aquel lugar, la voz no es todavía sino silencio, pues su belleza tiene tanto poder que los hombres se entregarían gozosos a la muerte, aunque no fuera su hora, con tal de escucharla. Y el único modo que tiene Quian para distinguir ese silencio que es voz, se halla en manos del mago Elimas, consumado maestro de los sonidos.

Por otro lado, para capturarla, Quian debe mezclarla con el jugo de una planta misteriosa y beber la poción. Entonces aparecerán ante él imponentes visiones que querrán arrancarle de cualquier manera la Voz de la Muerte. Si resiste esta prueba, la Voz se fundirá con la suya, y eso lo hará real al modo de las marionetas, y logrará que, a partir de entonces, ningún hombre muera.

Pero, cuando Quian vence la prueba y obtiene la voz, aflora la natural tendencia humana al artificio. Cada hombre se torna androide al cabo de unas semanas, y eso resulta terrible, pues después todos mendigan un átomo de muerte. Y ya no existirá la Voz. Entonces llega hasta Quian un hombre que no conoce el dolor y que, desesperado, aborrece vivir. Su sufrimiento es tan evidente e inaudito que Quian le regala la Voz de la Muerte, aun sabiendo que no podrá escapar nunca de su irrealidad y que los hombres seguirán siendo eternamente mortales, sin el don de la longevidad, casi inmortalidad, de que disfrutan los androides.

Al final, Dios revela que sólo pretendía echar sobre los hombres una nueva plaga mortal y para ello ha utilizado a un mago, Elimas, y a un hombre artificial, Quian. Pero esta plaga es distinta de las demás: no provoca sufrimiento y, por otra parte, los que se otorgan la muerte para escucharla, creen partir hacia un desconocido paraíso, reino indudable de la verdad, el bien y la belleza, hecho para los amantes de la libertad total. Todos los humanos parten hacia la muerte, de manera que la humanidad no acaba marchándose a otra galaxia, sino a otro mundo, que, *sea cual sea*, significa la muerte en este.

Gracias a la magia de Elimas, él y Quian logran incinerar los miles de millones de cadáveres. Durante muchos años, el aire mantiene el olor de tantos cuerpos incinerados. Elimas parte también, con una sonrisa irónica en los labios, dejando solo a Quian, absolutamente solo en la tierra desierta. Pero el androide no se entrega a la desesperación, sino que recorre durante mucho tiempo el planeta, inútilmente, buscando la Voz, o algo semejante que le hiciera morir. Sin embargo, la tierra se va embelleciendo más a cada año, como un enfermo que empieza a revivir después de una grave enfermedad.

Y Quian ama la tierra, las tormentas, los bosques, las playas, las flores incontables, las solemnes montañas, el plateado huevo lunar, el ojo todopoderoso del sol. Y ya la tierra no es una enorme piedra muerta rodando en silencio por los recintos de la nada.

Así es cómo, una tarde, mientras Quian reposa del sol bajo la fronda de unos árboles gigantescos, se le aparece la Voz de Dios y le dice que forme con barro la nueva humanidad. Quian obedece y crea a los hombres de la nueva Era y entonces Dios forja con su aliento una nueva Voz de la Muerte, formidable, más poderosa que la primera, pero cuyo precio es la muerte de Dios.

—Dásela a los hombres —son las últimas palabras del invisible Señor— y cuida que no quede ni uno solo sin escucharla.

Confundido, sintiéndose enfermo y enloquecido, Quian da la nueva Voz de la Muerte a los nuevos hombres y desaparece para siempre, sin que ningún humano sepa adónde ha ido y mucho menos si retornará.

Un minuto después hallaron a Juan detrás del retablo, vomitando como si fuera a virarse al revés, pálido, exhausto, con las dos manos apretadas sobre el vientre.

Mientras tanto, Tío Mersal le anuncia al público que ya se despide, lamentando que las autoridades de la feria no hayan permitido que el retablo ardiera, como él había concebido para cerrar el espectáculo.

—Pero no por eso dejaré de ofrendarlo. Si no puedo darle fuego, lo llevaré al mar y se lo entregaré a las olas. El mar, como el fuego, también guarda eternamente las ofrendas que se le hacen.

Ecce Homo o el regreso del enano Arnuru

Sentado sobre una piedra, aún con el megáfono en la mano y con vendajes en varias partes del cuerpo, y aire de actor apaleado, el enano mira alrededor con vidriosos ojos de perro con rabia.

Jo Quirós se detiene ante él y por su expresión descubre que su mente anda lejos, ausente de aquí, quizás tan descalabrada como su cuerpo. Y aún sostiene con coraje el megáfono e intenta hablar por él, pero los golpes lo han vuelto inútil y, en vez de amplificar la voz, parece consumirla.

—Nunca en mi vida me he divertido tanto, ¿verdad? Bueno, quizás tú no lo sabes, pero yo sí.

Jo no responde nada. El enano está rodeado de un resplandor oscuro. Su sonrisa es el tajo y su voz chorrea penumbra. Sus ojos retienen el descolor de una malicia en cuyo interior crece a toda prisa la crisálida de la demencia.

—¿No serás tú el Diablo? —Le pregunta a Jo, mirándose las manos, lastimadas como cualquier otra parte de su cuerpo pequeño y tiritante—. No, no, tú eres mi amigo. El Diablo debo ser yo. ¿No te divertiste viendo lo que hacía?

—Hablabas demasiado.

—Quería que nadie dudara de que era un charlatán. Y como lo soy, me quedó mejor el papel. Hay algo que todo el tiempo estaba loco por gritar, pero no hallé la ocasión: *¡Esta es mi hora! ¡Sepan todos que esta es mi hora y que ya nada me detendrá!* —Hace una larga pausa, y luego su voz vuelve a sonar triste—. ¿Y te imaginas que de pronto, cuando esa hora tuya, única, está sonando, descubres que estabas confundido? Esa *no era* tu hora ¡y posiblemente no hay nada que puedas llamar *tu hora!*

Igual que una tromba, hace su aparición el mago Kaliananda y cae sobre su ayudante sin la menor consideración, propinándole coscorrones y puntapiés, frenético, vociferando:

—¡Traidor! ¡Baboso! ¡Cagarruta! ¿Quién te dijo que los parásitos pueden hacer lo que les dé la gana si ni siquiera nosotros, los seres útiles, podemos hacerlo?

Y tras el mago llegan deprisa los dos hombres que se lo habían llevado esposado un rato atrás, y Kaliananda señala al enano con un dedo acusador, ahogándose de ira:

—¡Este es el *traidor*! ¡El que se vendió al *enemigo*! ¡Este es el que ha querido convertir esta feria, hecha para el disfrute del pueblo, en una *quintacolumna del hiperrealismo*!

La gente se apiña en torno de la nueva diversión. Hay quien acierta con un manotazo en la temblequeante cabeza de Arnuru, que no atina ni a decir una palabra. Sin preguntarle nada, los dos agentes esposan al enano, lo alzan para obligarlo a pararse, a pesar de que casi no se tiene en pie. Toda su fuerza está en la mano que sostiene el megáfono. Tratan de quitárselo halando y no pueden. Kaliananda, servicial, golpea la minúscula mano de Arnuru, que aun así no cede. Entonces le muerde un dedo, y le arranca un aullido al maltrecho prisionero, que aún así no suelta el megáfono. Aunque los agentes tienen prisa, lo dejan hacer por unos instantes. Kaliananda trata de asestar otra mordida, pero ahora sus mandíbulas se cierran sobre el acero de las esposas, suelta una maldición, escupe un diente y se tapa la boca con las manos. Como el enano se ríe, le acierta una coz en los testículos. Nuevos aullidos y maldiciones a diestra y siniestra, y el enano es arrastrado entre un coro de escudriñadores: algunos aprovechan para anotarse dos o tres bofetadas.

Y el mago Kaliananda los sigue con los ojos enardecidos de alegría y la boca contraída de dolor, lo que no le impide continuar sus acusaciones:

—¡Le gusta poner adivinanzas, como a todos los espías! *¡Microsorge!* ¡Una vez lo sorprendí masturbando a mi perro! ¡Y, además, es un místico! ¡Fue el primer enano hippie de Cuba!

Unos metros adelante, los dos agentes tienen que cubrir, uno a cada flanco, al enano, pues el grupo que los rodea ahora como una vaina espinosa tiene ya intenciones de exterminio. Uno consigue golpear dos veces con un palo la cabezota del enano. Otro, un adolescente aficionado al fútbol, propina varias patadas en el gran trasero del breve nazareno.

La vieja de cabello violáceo clama justicia, pide que lo suelten.

—Yo lo conozco. *¡El hijo de Palmira!* ¡Es chiquito, pero sabe muchas religiones!

Y la turba se entusiasma tanto que vuelan las primeras piedras, de modo que el enano sangra del dedo, de una oreja, de la nariz y de un hombro. Desgraciadamente para los curiosos y atormentadores, dos minutos después ya no queda ni rastro del suceso. Es como si no hubiera ocurrido nada.

Naturalmente, desaparecer así a Arnuru pasa a ser una de las mejores prestidigitaciones del mago Kaliananda.

Donde se cuenta acerca de Sujar y Babir

No ve claramente, quizás porque no mira con suficiente intención de ver. De sus ojos hacia dentro sólo cae un sopor cada vez más denso. Quiere sentarse en el suelo o en un banco, dondequiera, cuando Manuel Meneses, parado junto a él con las manos en los bolsillos, le dice:

—Sabía que vendrías —su sonrisa se extiende como una prueba de que ya no es el Manuel de antes—. Te ves tan distinto sin barba.

Jo lo mira desde una distancia enorme, pero poco a poco surge cierto tibio fulgor en sus ojos helados. Manuel viste igual que siempre y conserva el vendaje en la cabeza, cubierta ahora por la vieja gorra de soldado que Jo le dio. Su expresión, por otro lado, tiene ahora una vitalidad rara.

—Seguro que quieres verla —le dice y Jo siente que algo muy presuroso recorre en un segundo todo el cuerpo. El brutal embotamiento desaparece como llevado por un golpe de viento—. Ven conmigo —su voz vuelve a tener el inconfundible tono donde se mezclan la jovialidad desafinada, el servilismo exaltado—. Te está esperando, Jo. No quiso caminar entre la gente. Se mareaba mucho. Me dijo: "Qué bueno que no hay sol".

Lo que corre por su cuerpo no es sangre, sino un escozor de gritos y ademanes furiosos, un caudal de estridentes llamados a un acto indefinible pero definitivo.

—¿Dónde está?

—Ven —Manuel Meneses camina delante, seguido por Jo.

Atraviesan incontables archipiélagos de gente. Jo camina con una tensión tan creciente que parece que su esqueleto y su carne quisieran seguir rumbos absolutamente distintos. Cuando pasan junto a una venta de fiambres se escucha una risita borracha.

—¡Yo sabía que te conocía, muchacho! —Es Amalio Antúnez, con los pies muy abiertos y el abrigo verde aleteando a los lados y las greñas blancas sacudiéndole la frente— ¡Ustedes son los mansitos de anoche! —De pronto se envalentona—. ¡Por culpa de ustedes tuve que dormir en un calabozo, carajo!

Como Manuel casi se paraliza de espanto, Jo lo empuja por la espalda y logra seguir de largo, perderse en la muchedumbre, y dejar atrás los gritos enredados del viejo Amalio.

Poco después bordean canteros de flores medio silvestres, pasan junto a un pequeño cementerio de sillas metálicas plegables donde el olor a herrumbre pesa tanto que el viento no puede llevárselo, y entran en otra franja de casuarinas que limitan la feria por el norte, no muy lejos de la llanura

269

donde voló y fue abatido el coronel Sarazo por el coronel Sarazo.

Es un lugar de mucha sombra. El suelo no está tan enfangado como otras partes de la feria, pero aquí hay, además, grandes islotes de césped vírgenes de barro.

Y Zo Quirós se encuentra recostada al tronco de uno de los árboles que flanquean el camino a través del bosquecillo. Su imagen no es como la que Juan le diera a Jo. No queda casi nada de su elegancia, pues su vestido está estrujado en varios sitios, además de haberse roto a un costado y tener un poco desgarrado el escote. El cabello, que Zo jamás lleva sin peinar, está ahora revuelto y hay en él granos de tierra, briznas de hierba, guisazos.

Al verlo llegar, Zo abandona el tronco del árbol, se acerca a su hermano sonriendo y se queda parada a unos dos metros de él. Por un momento ninguno de los dos se mueve. Retenido el aliento, ávidos los ojos y muertas las manos, se miran, y en sus miradas hay al mismo tiempo un alivio enorme y un absoluto terror. Quizás se quedarían así durante el resto del día si Manuel no los interrumpe.

—Va a llover —mira a Zo y luego a Jo, y luego a Zo de nuevo, y así continuamente, como si al mirarlo a él la olvidara a ella y al mirar a Zo se olvidara por completo de él. Ninguna cáscara cubre su dolor ni su alivio. No cabe más emoción en su cuerpo ni en su rostro, por el que pasan muecas de desasosiego incontrolable y de pueril alegría. Y ahora empieza, muy bajo y al mismo tiempo, a reír y a sollozar. Pero nada de eso existe para los hermanos y sólo sus palabras les recuerda que hay alguien más—. ¿Qué van a hacer por fin? —dice, desesperado—. ¡Ninguno de los dos se acuerda ahora de mí! —Se ha quitado la gorra verdeolivo y la amasa entre sus manos. Se le doblan las piernas y cae de rodillas sobre el fango. Entonces Zo lo mira, e indecisa, da un paso hacia él y extiende una mano, pero la detiene un alarido—. ¡No me toques, mujer! ¡Tú no eres buena! ¡Me matas si me tocas! ¡Y tú tampoco, niño! ¿Por qué no te ríes ahora? Ríete, coño, ¡ríanse los dos!

Pero sólo él se ríe, si esos gorgoteos y gemidos son una risa. Después se queda tranquilo, arrodillado aún en el fango, la barbilla hundida en el pecho, respirando como un moribundo. Aun así atina a ponerse la vieja gorra.

Ella se vuelve a mirar a su hermano. Sonríe.

—Subí a la Estrella con Ju. Con muchos niños. Cuando aquello empezó a dar vueltas, ellos gritaban. Yo no. Y Ju no sabía si era mejor cerrar los ojos o abrirlos, para no vomitar. A la segunda vuelta se tiró de la jaula y me quedé sola con los dos niños: ella abrazaba al hermanito, que miraba alrededor, espantado. Ella también estaba muerta de miedo. "Baja y sube, esto nada más que baja y sube", decía él. "Enseguida saldremos de aquí", le decía ella, "son pocas vueltas". "Sube y baja", repetía él con su miedo. Entonces yo, que también estaba asustada, les dije: "A mí me gusta mucho *sujar* y *babir*", y la niña soltó una carcajada. El niño trató de repetir mis palabras y dijo: "A mí no me gusta ni *subar* ni *bajir*". Su hermanita se moría de la risa mientras dábamos vueltas en el aire. Yo también me reía. "Sujar y bajir, babir y subar", decía el niño y también se reía. Cuando la Estrella paró, Ju estaba esperando y nos ayudó a bajar. Me dio un beso aquí en los labios. Me dijo que me quería. Yo lo empujé suave y no le dije nada. Tenía miedo de que le pasara algo malo. Aquello era peor que la Estrella. Y volvió a besarme. ¡Ya no sabía qué decirle! Corrió hasta unos

271

matorrales, vomitó y me dijo que me fuera cuando me paré a su lado. Y entonces vine. Aquí hay mucho silencio y sombra y me acosté en la hierba —hace una pausa enorme y ya no sonríe cuando dice, con voz sorda—. Entonces llegó *él* y se puso arriba de mí, volteamos, yo quería estar sola, no quería que él, no quería estar así y él empezó a subir y bajar, como si quisiera partirme por la mitad y aplastarme al mismo tiempo. Subiendo y bajando, bajando y subiendo. *Sujar y Babir.*

Al escuchar su propia voz pronunciando aquellas dos palabras, Zo se queda callada, con expresión lúgubre, mirando a su alrededor con ojos ansiosos, pasándose las manos por el pelo varias veces y sacudiendo las briznas y terrones que hay todavía en él. Luego mira a su hermano otra vez, mueve los labios tensos, que tiemblan un poco y no pronuncia ninguna palabra. Jo está inmóvil, sin expresión, con los ojos mirando hacia el vacío entre los dos. Pero Zo fuerza sus labios, los obliga a arrancar de su propio silencio las palabras.

—¡Subar y bajir! —pronuncia su voz lenta, ríe con una risa extraña—. ¡Babir y Sujar! —Y la risa se raja de angustia y alcanza la intensidad de un grito.

El grito.

Aquel que en verdad él *nunca había escuchado* pero que sí imaginó y que ahora, por fin, escucha. Un grito imposible desde ese cuerpo leve que cae de abajo arriba. Subar. Bajir. Babir. Sujar.

Batalla entre el héroe y la bestia y escapada de la bella

Sólo ahora se libra Jo de los últimos restos de sopor y entiende lo que habla la voz que suena frente a él. Manuel, con los ojos inflamados y un rictus de horror en la cara parece a punto de desplomarse.

—Mátenme los dos. Háganlo por mí, que ya no puedo. ¡Hazlo tú, Jo, porque *ahora* no puedes hacer otra cosa! —Y señala con sus dos manos temblorosas a Zo, que en cuclillas se ha recostado al árbol y parece adormecida otra vez—. ¡Mírala bien! ¡Ya nunca podrá ser un ángel! ¡Y tú tampoco! ¿No la buscabas? ¡Ahí la tienes! ¡Yo, Manuel Meneses, *yo mismo* te la devuelvo! ¡Pero ahora ya no es tuya sino mía! —Exclama lentamente, y estos ojos de fiera parecen recién clavados en lugar de aquellos ojos escurridizos—. ¡Por su culpa se me perdieron los espejuelos en la hierba, pero ya no me hacen falta, ya no me importa nada! ¡Lo único ahora es matarme!

Jo da dos pasos hasta él y mira el bulto del cuerpo incrustado en el fango, que parece el de un niño. Le toca un hombro con una mano inerte. Lo golpea sin fuerza con la punta de un pie. Manuel no se mueve, jadeante. Jo Quirós lo golpea un poco más duro con el otro pie. Espera unos segundos y entonces lo patea de nuevo, con creciente vigor. Manuel Meneses se echa hacia atrás, abierta monstruosamente la boca en un alarido de espantoso silencio. La gorra cae al suelo. Se incorpora a medias, anhelante. Jo levanta un puño cerrado, pero abre despacio la mano y la deja así.

Entonces el otro salta hacia él abrazándolo por la cintura y los dos ruedan sobre la hierba fangosa, silbante la respiración como si forcejearan desde hace horas. Zo no los está mirando. Hay golpes de puños y pies, sordos y violentos golpes, y se confunden los brazos, se retuercen las piernas. Y por fin ella, con los ruidos de la pelea, emerge de su somnolencia con el recuerdo de dos ciudades, Babir y Sujar, de las que ignoraba cuál era la mala y cuál la buena, y aparecían dos ángeles, Subar y Bajir, de los que ella no sabía cuál era el caído y cuál el luminoso.

Y, despertando por fin al combate de los dos cuerpos confundidos en uno, echa a correr sin mirar hacia atrás ni hacia delante ni hacia ningún lugar. Escapa, ciega, escuchando a su alrededor, y viniendo como en alas de los cuatro vientos cardinales, desde cerca y desde lejos, voces, ruidos, melodías de radionovelas e incluso ruidos parásitos al fondo como los que brotan de su viejo aparato de radio. No es ella quien huye, sino una muchacha sin nombre ni domicilio, sin apariencia física ni pensamientos, mientras la engolada voz de un narrador pronuncia palabras incomprensibles y, desde más allá de la estática, brota una música dulce y heroica que se confunde con una repentina invasión de ruidos de autos y camiones, claxons, pasos de transeúntes, bromas de niños, ininteligibles conversaciones de fantasmas animales.

Pero no avanza tan velozmente como quisiera. De nuevo percibe el repugnante olor de aquel cuerpo echado sobre el suyo, de violenta sudoración, y el jadeo de esa boca babeante, el podrido aliento que se impregna en su cuello, en sus mejillas y en sus senos, y el rudo ardor que se abre paso en sus entrañas, sin voz para gritar, se esconde entonces en el acto de escuchar, o inventar, los ruidos de las hormigas que en torno a ella atraviesan la parte baja de la hierba por sobre el fango, entre los otros ruidos del día, de los árboles, del gentío distante, del exuberante patio de su casa, ruidos, en fin, que ni Osaín ni el burro de *El pájaro azul* serían capaces de escuchar. Tampoco recuerda ya cómo se llora, cómo se va de un sitio a otro y de un segundo al siguiente.

La música, que ha tenido un interludio de agonía, vuelve a sonar ahora con una brillante continuidad que lo sobrevuela todo.

Del púrpura y la lluvia

Cuando Jo Quirós logra deshacerse del convulso abrazo de Manuel y lo arroja ferozmente a un costado, respira hondo apretando los párpados y los puños en una última oleada de fuerza. Sin embargo, siente entumecidos todos los extremos de su cuerpo y sus ojos perciben sólo latidos de manchas que se forman, deforman y reconstruyen a ritmo de pesadilla.

—¡No seas cobarde, Jo! —grita de nuevo Manuel, pero ahora todo él es irreconocible, inatrapable— ¡Mira todo lo que hice y *todavía* no me matas! ¡Te estoy matando y *no me matas*! ¿O quieres que yo la mate antes a ella? ¡Pídeme lo que quieras! —Empuñando un pedazo de vidrio que ha hallado en el suelo, Manuel se hiere a lo largo de los brazos, del pecho, de la cara, del cuello, con furia salvaje, hirviente de delirio, y la sangre negruzca escapa por los tajos, empapa su ropa por sobre el fango y el sudor, gotea de los codos, de los dedos temblorosos, del mentón y de las orejas. Se hiere incluso, y con especial ensañamiento, sobre la ya desnuda herida de la noche anterior, que sangra a borbotones. En un minuto toda su apariencia es de un púrpura brillante y elástico que le cubre la boca, los dientes, la lengua—. ¡Mátame ya, hermanito, hermanito, *por Dios santo!* —Llora con sollozos que le sacuden el cuerpo y con lágrimas que de inmediato se convierten en sangre—. ¡Que alguien me mate ya, por la Virgencita! ¡Acábame ya, *mi hermanito*, acábame por favor, que no puedo, no puedo, coño, no puedo!

Ahora está parado con los brazos abiertos, separadas las piernas, espantoso el rostro vuelto hacia arriba entre esa marea púrpura. Pero ya su cuerpo se relaja, se ablanda su postura y la sangre se torna rosada por las gotas de lluvia que empiezan a caer.

A unos metros de ellos aparece la tambaleante figura de Amalio Antúnez, pleno de entusiasmo.

—¡Esto sí que está bueno! ¿Así que los mansitos se despedazan como caníbales? ¡Policía, policía! —Se pone a gritar, rojo de gozo y de alcohol, mientras se le empapa el abrigo verde y las greñas blancas se le pegan a la frente—. ¡Policía, ahora sí que no se escapan! ¡Por culpa de ellos me esposaron *a mí!*

Se escucha a lo lejos el rumor de voces maldiciendo el aguacero, que cubre en un momento todo el espacio de la feria. Algunas personas acuden a los gritos de Amalio y se horrorizan al ver a Manuel Meneses. Aunque aturdido, Jo tiene tiempo para lanzar un vistazo alrededor y, cuando ya varias manos se tienden para apresarlo, salir corriendo tan rápido que pronto se pierden a su espalda las voces de alarma y de persecución.

—¡Que no se escape! —vocifera Amalio— ¡Ese es el asesino, pero *disfrazado!*

Jo atraviesa la lluvia espesa, las calles repentinamente muertas, y va como si en vez de cuerpo tuviera sólo un aliento interminable.

La feria se vacía en pocos minutos.

Apoyado aún contra el retablo de Tío Mersal, Juan mira a la gente que se desbanda y siente que su vértigo y su debilidad se alivian enormemente cuando el agua le lava el cuerpo. No hay ningún rostro conocido entre los que pasan. Las dos manos apretadas sobre el vientre, por momentos no puede ni pensar ni hacer el menor gesto. Se dobla un poco sobre el dolor como tratando de evitar que estalle ahí, al centro de su propio muñeco, un llameante vacío.

Caminando deprisa bajo la lluvia, llegan Tío Mersal, Álex Urbach y David Bernardo, quienes, con sólo verle la cara, quieren llevarlo de inmediato al hospital. David ha traído el auto de su padre para cargar el retablo una vez desarmado y llevarlo hasta el mar, donde lo echarán de acuerdo con el deseo del viejo titiritero. Juan prefiere acompañarlos para que Tío Mersal consume su ceremonia de adiós y, luego, si continúa sintiéndose mal, ir entonces al hospital. Su tío, por otra parte, considera imprescindible la presencia de su sobrino y discípulo.

Desarmar el retablo y acomodarlo bien atado sobre el techo del auto es una operación que demora sólo unos veinte minutos. Cuando acaban, están totalmente empapados, pero contentos. Juan se siente mejor ahora viendo que ya no hay nadie más en todo el ámbito de la feria.

VII. AVE Y NADA

Aventura en el Jardín Mecánico

Ha corrido, ora como si volara, ora como rodando herido cuesta abajo, pero ya sus pulmones no pueden más, y tampoco sus piernas. Graves como truenos, mil voces cruzan el cielo de su aturdimiento. Si existiera el ángel del olvido. Si el nombre de esta lluvia fuera otro y no Desolación. Sus gotas frías le devuelven a Jo un hilo de claridad y la espantosa idea de que todo comience a repetirse desde anoche hasta ahora hace imposible la fuga. Y sin embargo, ¿cómo uno puede detenerse cuando no sabe hacerlo y ya no puede más? El lobo blanco se arrastra persiguiendo en vano las puertas del cielo, que huyen ante él.

Al borde de la acera, mira la calle igual que si fuera un río desbordado. Los oídos le zumban y ve todo a su alrededor como a latidos de visión, como si otros párpados, detrás de los suyos, se cerraran y se abrieran con los golpes de sangre de un corazón ajeno. No sabe ya si sigue o si se ha detenido, si escucha o cree escuchar, si ve o imagina que ve. Quizás

278

ha muerto ya y aún conserva la ilusión de vivir. O ha muerto sólo su antigua vida. La ciudad se ha convertido en un enorme mapa habitable a un costado del cual aparece el Jardín Mecánico, cuyos raros y silenciosos aparatos se confunden con las casas, los árboles y los vehículos.

Entre un edificio y otro, entre los autos parqueados, entre una persona y otra, guarecidas en la sombra, pueden adivinarse esas flores irradiantes que se abren, refulgen, perfuman, se marchitan y caen en breves segundos como movidas por una rauda máquina de soñar. Pero no hay sólo una, pues eso negaría la monstruosa fertilidad del Jardín Mecánico, donde hay sitio para todo artilugio existente, posible, perdido e incluso inútil.

Con su astucia, Beny Alonso consigue manejar la Máquina de Escribir en el viento y Jo le trae, en una vasija tapada, ¡café bien fuerte para velar entre las ruinas de la imaginación! Pero Beny no acepta el negro brebaje. Y Pablo Baena tampoco, obsesionado por un ingenio que diseña ciudades más perfectas que la Ciudad del Sol, Jerusalén, Auroville, Teotihuacán, Babilonia o Ictiópolis, pero menos célebres aun que Babir o Sujar.

—¡Firmes! —ruge el vozarrón del coronel Sarazo, que revolotea sobre los techos en una bicicleta fosforescente e ingrávida— ¡Preparen! —Desde lo alto— ¡Apunten! —Cae en picada y pasa rozando las cabezas de los curiosos y grita, rojo de odio—: ¡*Fuego*, carajo!

Pero no se escucha ningún disparo. Llega David Bernardo a bordo de su Máquina de Suicidarse, que muestra a todos, alabándola y explicando sus milagrosas funciones como un vulgar vendedor ambulante. El aparato manejado por Álex es más impresionante: a través de él —una especie de túnel

279

volador— uno puede alcanzar cualquiera de los siete paraísos artificiales.

La máquina de Áxel, semejante a la de Álex, engendra monstruos y más monstruos, *secuestrados al prójimo*, como reza la inscripción de su frente. En un arranque de genialidad, Adrián le propone al caricaturista reunir los dos inventos en uno, incomparable, pues la suya está eficazmente concebida para cazar sueños: usados como carnadas, los monstruos atraerán multitud de sueños golosos que Adrián cazaría descansadamente.

Después de este hervidero de artefactos hay una nube de polvo: Otto Quirós se afana, sin ambición ni orgullo, en el Torno del Hacedor, por medio del cual un hábil demiurgo puede construir seres de cualquier forma imaginable, y aun de las no imaginables. Pero casi nadie le presta atención. Y, gracias a David Bernardo, Zo tiene ahora una Máquina para Jugar a Morir que es una variante de su aparato para suicidas, sólo que fascinante.

Alrededor de Artane Ross y su invento se han reunido ocho o diez adictos que aguardan su turno para recibir el fruto: píldoras que transportarán al ansioso psiconauta a cualquiera de los que conforman la poderosa Unión de Estados Alterados. Artane asegura que son el maná que Dios regala a los hombres para aliviar los sufrimientos causados por el Diablo. Cuando está a punto de hacer andar su Ingenio Milagrero, el mago Kaliananda se traga varios de esos dorados frutos y, al manipular los mandos, la máquina le traga piernas, testículos, vientre, y sólo dándole candela los otros logran detenerla. "¡La rata, es la rata!", se desgañita el pobre prestidigitador, pero ahora él y su cacharro chamuscado son inseparables y se van a curiosear entre las otras máquinas burlándose de sus conductores, de sus propósitos, de todo. Así hace con Verónica y su *Chillorador*, capaz de funcionar sin tregua durante todo un año lunar; con Ja y su teléfono para charlar —¿con quién?— pues con los Antiguos Reconocidos, esos bellos durmientes de las entrañas del Tibet que, *cuando llegue el momento* asumirán el timón del Planeta Azul y lo convertirán en Rosado; con Tío Mersal y su impresionante mecanismo forjador de marionetas a partir de seres humanos entrenados; con Omelia y su Gran Teatro al Sol con un magno escenario apto para representar cualquiera de las treinta y tantas situaciones del drama humano. Con Arnoldo Arnuru y su expreso a Gnomogland el mago se muestra minuciosamente feroz, obligándolo a huir con tanta prisa que se equivoca y va a parar a la farándula de la Gigantomaquia, donde todo rescate es impensable. Con Franky el mago no se atreve, porque está loco pero no es bobo, y se limita a mirar cómo funciona la ruidosa máquina de hacer máscaras bonitas para los poco agraciados del mundo, quedándose él solo con la monstruosidad, que de ese modo se convierte en belleza.

A Juan no lo encuentra, pero alguien le dice que lo ha visto a bordo de la factoría Vía Galáctea, que produce y maneja con hilos de láser marionetas tan grandes que tienen soles por ojos y racimos de planetas por cuerpo, pero que padecen el arduo defecto de la fugacidad —la úlcera del supertitiritero es un agujero negro que absorbe a toda criatura de un solo chupón.

Entre el público del Jardín Mecánico, Jo se reconoce a sí mismo en un doble que busca, exasperado, la memorable Empresa del Olvido, en lo que no hay ayuda que valga ni de amigos ni de enemigos. Cuando ya las figuras visibles se dispersan, aparece Zo y lo lleva a un extremo del Jardín donde un hombre apacible, con ojos de luz líquida, muestra una máquina casi tan singular como la Máquina Maquinante, aunque por su irrelevante aspecto nadie puede suponer cuál es el producto. Zo le explica que el hombre es Je y que el artificio es una Máquina de Salvación por el Dolor, que nadie se atreve a usar por amor al aburrimiento.

—¿Qué harás por fin? —le pregunta Zo.

Pero, antes de que él le responda, el teatro del Jardín Mecánico comienza a apagarse lentamente, a desvanecerse, mientras a lo lejos se escucha una risa titánica.

—Esa es la Gran Carcajada de Tío Mersal —le dice Zo y desaparece ante la atónita mirada de Ju, que a su vez se hunde en el silencio de su úlcera frente al mar impávido.

Y Jo se halla frente al mar, frente a su paz sobrecogedora, con algo de éxtasis y de acecho a la vez. Ha escampado casi por completo. Sube al muro sin poder apartar su mirada de esta nueva visión de la gris vastedad oceánica. Luego de un rato, echa a caminar sobre el muro y, cuando llega al punto en que la Avenida de Paseo desemboca en el Malecón y mira la enorme escalera que desciende desde el muro hasta el borde del mar, ve que, sentados en los grandes escalones están Zo, Carmelo y Juan, que no se dan cuenta de su presencia hasta que él baja del muro al escalón superior y Jalisco rompe a ladrar escandalosamente.

Narragonia

Aunque no para de hablar ni de atender a lo que hablan los demás, David Bernardo maneja con habilidad, y eso es precisamente lo que quiere que los otros tengan presente todo el tiempo. Tío Mersal, aborrecedor de todo engendro tecnológico, no se permite mirar ni al timón ni al timonel. Que David se haya prestado para llevar el retablo desarmado hasta el mar en uno de los autos de su padre, no le parece un mérito excepcional, mucho menos si esta misión tiene alguna semejanza con la muerte —aunque sea del retablo.

Y resulta notable que, contra su costumbre, Tío Mersal no se muestre ni lenguaraz ni cínico ni astuto ni desdeñoso, sino distante, incluso luctuoso. Quizás se siente herido por el hecho de que, cuando anunció en la feria que aquella sería definitivamente su última función, no hubo ninguna exclamación de dolor ni desacuerdo.

Álex Urbach, sentado junto a David, tampoco se interesa por sus cualidades de chofer. Como en sus viajes de sonámbulo, ignora las calles y los lugares por donde pasan. Se mordisquea una uña, entrelaza los dedos de ambas manos y los hace traquear al unísono, se acomoda una y otra vez en el asiento y continuamente se quita los espejuelos, los limpia con el borde de la camisa y se los pone de nuevo; se pasa la mano por el cabello una, dos y diez veces, como si lo urgieran a responder algo que no sabe. Hay momentos en que, sin mirarlo, asiente con la cabeza como si estuviera escuchando la charla de David, que ahora divaga sobre Gehenas, detritus de luz, *mors triumphalis*, seres no concebidos para la muerte y seres hechos para sucumbir de amor o de odio.

—Cuando Peter Pan estaba sobre la roca, corriendo el peligro de ahogarse con la marea alta, se queda pensando y dice: "La muerte, ah, qué fascinante aventura sería". Jesucristo acertó sólo cuando dijo que Dios es un amor infinito que puede perdonarnos cualquier pecado menos el que vaya contra el Espíritu Santo. ¿No se dan cuenta? El amor de Dios es la muerte y el Espíritu Santo es quien nos lleva a él. ¿Qué hizo el mismo Jesucristo para alcanzar ese amor eterno del Padre? ¡Se hizo matar en la cruz!

—Carajo, vejigo —rezonga Tío Mersal, hastiado—, me revuelves el estómago con esa peste a cadáver de diez años.

—Maestro —replica David, picado pero ecuánime, volviendo la cabeza hacia atrás—, todos los cadáveres no son iguales. Hay unos más adelantados que otros. Lo sé por mi oficio.

Pero Tío Mersal ni lo mira. Juan parece de mejor humor al decirle a David:

—Me gustaría verte haciéndote tu propia autopsia —hasta David se ríe de esa imagen—. Pero por el momento serías mejor profeta si no te lamentaras menos cuando te pinchan.

—Napoleón —por la mano de Juan en el vientre—, algunos cadáveres no necesitamos ni el don de la úlcera ni el coraje del alcohol.

Y diciendo esto arrima el auto a la acera y frena con cierta brusquedad. Todos se bajan. Tío Mersal mira sin prisa la Avenida del Malecón y las aceras, tanto a la derecha como a la izquierda. Llueve con mucha menos fuerza que un rato antes y no hay policías ni transeúntes a la vista. De modo que se ponen de inmediato a desatar el bulto que ahora,

284

empapado, pesa más que cuando lo colocaron allí. Por indicación del viejo titiritero colocan todas las piezas en el muro, suben a él y las arrojan al mar una tras otra. Tío Mersal las despide con triste mirada según van cayendo. "Bendito el pino", parecen decir sus ojos, "que dio su madera para que no se acabara la fantasía. Benditos los clavos y la tela y su púrpura. Benditas las tablas, los colores, los dibujos, los comejenes que habitaron esa tierra de nadie".

Con leve sarcasmo, David observa la solemnidad del viejo sátiro y anima a su discípulo para que pronuncie una despedida en nombre de "todos los que crecieron a la sombra del retablo del maestro". A los demás no les parece burla sino una buena idea. Y Juan Fláminor Roig no se hace de rogar. En su caso, claro está, resulta más difícil distinguir si habla en serio o si quiere subir de grado el sarcasmo:

—En caso de que alguien hubiera creído que la Nave de los Locos no podía zarpar otra vez, aquí está el desmentido —hace una pausa mirando cómo flota en el mar el descuartizado teatrillo—. La Nave de los Locos nunca se pudre en puerto muerto ni se pierde en islas lejanas, ni naufraga ni se deshace en el olvido —como cree hallar cierta satisfacción en los ojos de su tío, se llena los pulmones con este viento sin sal y prosigue—. He aquí a un hombre que no ha querido otra cosa que hacer brillar una hora de domingo; ha luchado contra la muerte creando seres de trapo, contra la locura diaria alzando delirios luminosos, y contra el tiempo humano abriendo el tiempo sin tiempo de la magia. La fantasía, como el amor, más que la fe y que la esperanza, puede sufrirlo todo, esperarlo todo, perderlo todo

285

y todo soportarlo, hasta la realidad, que es mucho pedir. Descanse en paz, maestro. He dicho.

David Bernardo aplaude con lenta mordacidad, como aplastando gotas de llovizna. Una lágrima pende de un ojo de Tío Mersal, que niega con la cabeza.

—Gracias, Juanillo, pero no soporto a ese ex Saulo que llaman San Pablo y no me hace gracia ese *rip*, ese descanse en paz. Pero, en fin, no está mal —la mirada de Álex no ha podido zafarse de los restos flotantes del retablo. Detrás de ellos, desde distintos puntos de la ciudad, se eleva de pronto un coro de sirenas que rasga el aire gris del domingo en todas direcciones.

—Excelente melodía para el *happy end*. Ensayo de emergencia aérea —dice Tío Mersal, limpiándose el ojo con un pañuelo.

Se oye también algún que otro claxon de choferes seducidos por el canto de las sirenas. Durante unos instantes todo parece detenerse en la ciudad, como si de veras estuviera a punto de ocurrir un asalto aéreo.

Como ahora sólo siente una sorda punzada donde un rato antes tenía clavado un sable al rojo vivo, Juan no dice nada del hospital, y ellos tampoco se acuerdan, obnubilados por el aullido de las sirenas. Al mismo maestro titiritero no se le hubiera ocurrido un epílogo tan espectacular. Álex y David vuelven al auto y Tío Mersal se apresura como una morsa para que Álex no vuelva a sentarse delante.

—Quiero ver a un amigo que vive cerca —dice Juan desde la acera.

—¿Te da miedo echar flores al mar delante de nosotros? —es lo último que le dice Tío Mersal, y quizás hable en serio. Mientras, David enciende el motor sonriendo

286

indefiniblemente y lanza un par de bocinazos antes de zambullir el auto en el tráfico de la húmeda avenida.

Aliviado, Juan camina por el muro. Va despacio, por cansancio y para no patinar en los tramos del muro que resbalan como un jabón, disfrutando el bálsamo de esta llovizna que lo rescata del tiempo y de sí mismo. Cuando lleva unos minutos andando así algo llama su atención. Un perro. Lo conoce. Y conoce también a esos dos. Carmelo y Zo se hallan sentados tranquilamente allá abajo, como en una soleada tarde azul, en uno de los enormes peldaños de la escalinata que va del muro al mar, frente al hotel Riviera, en tanto Jalisco, frenético igual que siempre, corretea de un lado a otro cerca del agua.

Las sirenas dejan de sonar cuando Juan se detiene cerca de ellos, que todavía no lo han visto y conversan como si tuvieran todo el tiempo del mundo por delante.

Desciende al cráter del Yocul, en Snefells, cuando la sombra del Scartaris

Después de poner a secar el último avión, recién pintado de azul y rojo, Carmelo estuvo caminando un rato en busca de algo que ya no recordaba. Jalisco no se separaba de él casi nunca desde que lo había hallado bajo los rieles de la Montaña Rusa, en el Jalisco Park, moribundo a causa de una pelea con un perro más fuerte: hasta un conejo podía ser más fuerte que él.

Pensando que estaba dormido, su madre y Pablo habían hablado en una ocasión sobre una carta. Fingir que duerme es un arte menor al lado de sus grandes habilidades en el mar o en la noche. Resulta que Daniel Urbach, su padre, había dejado una carta para que su madre se la entregara cuando tuviera dieciséis años. Le da vueltas la cabeza al pensar en eso —y lo hace a cada minuto—, porque tendrá que esperar hasta el 90, y cuatro años es demasiado tiempo para él. Tal vez sea mejor robar la carta. De todas maneras a su padre nunca debió ocurrírsele dejar una carta para que él no pudiera leerla hasta tener dieciséis años. Como si ahora no supiera leer. Claro que cuando Daniel la dejó él era muy pequeño todavía. Pero ¿por qué precisamente *hasta* los dieciséis? Y ahora ni Mark Twain, ni Verne, ni los Dumas, ni Kipling, le pueden ayudar en esto. Podría hablarlo con Álex, su pariente, pero él no querría ni oír hablar de robar la carta. Mejor no le digo nada.

A las dos horas de caminar, recuerda que busca una botella de ron para Pablo, su hermano, diez años mayor que él, que va a tocar este domingo en la feria y no puede andar libremente por la calle. Pasa frente a bares y mercados, mira las botellas de ron mientras su mano, en el bolsillo, le da vueltas al dinero. No se resuelve a comprar ninguna. Siempre ha pensado que, estando Pablo borracho, será fácil que lo capturen y lo manden a la guerra de África o a la prisión. Ahora no recuerda si le pidió cigarros también. Le compra cigarros solamente. Dirá que no encontró ron.

Baja caminando desde el Stadium, a donde ha llegado en su largo recorrido, hasta la Biblioteca Nacional, pensando entrar a la sala juvenil y leer el principio del *Viaje al centro de la Tierra*. Hay pocos momentos, en los libros que ha leído —veintisiete, según su rigurosa cuenta— que lo emocionen tanto como cuando el profesor lee el misterioso mensaje para cuya solución su sobrino Áxel había dado el paso final: *Desciende al cráter del Yocul, en Snefells, cuando la sombra del Scartaris lo acaricia antes de las calendas de julio, y llegarás, audaz viajero, al centro de la Tierra, como he llegado yo, Arne Saknussen.*

Pero ahora se da cuenta de que no lo dejarán entrar en la Biblioteca con el perro, y seguro que Jalisco no se va a quedar esperando afuera obedientemente. En fin, don Julio, será otro día. Se le erizan los hombros y el cuello cuando recuerda esos nombres fabulosos: Scartaris, Saknussen, Snefells. Pero sólo recordándolos puede atravesar sin miedo la inmensa y desnuda extensión de la Plaza de la Revolución, que le hace sentirse también desnudo y, para colmo, expuesto a los ojos de un millón de fantasmas que viven entre el negro asfalto y el cielo, hoy tan gris.

Echa a correr de pronto seguido por Jalisco, riendo, imaginando que Apolo, el mayor y el más perfecto de todos los aviones que ha construido, con un metro ochenta de ancho y medio metro de largo, pasa flotando por encima de él sobre una alta corriente de aire y él lo sigue un poco a la zaga para que cuando vaya a tocar suelo no se dañe su enorme y frágil estructura. Pero no hay ningún Apolo en el viento y sigue caminando como antes, cabizbajo, con las manos en los bolsillos, pese a que Jalisco trata de convencerlo para que corra otra vez.

—¿Nos vamos a la feria, Jalisco? —El perro brinca, sacude la cola, gruñe, extiende sus patas delanteras hacia el pecho de su dueño, se le atraviesa y se enreda entre sus piernas, y caen los dos al suelo. Pero Jalisco se incorpora como un relámpago y aprovecha los segundos que Carmelo demora en ponerse de pie para lamerle la cara, las orejas, el cuello—. Si sigues jodiendo, no vas conmigo a ningún lado.

Y Jalisco se tranquiliza de inmediato y camina a su lado como si quisiera no llamar la atención. Un rato después llegan a una de las entradas de la feria. Hay mucha gente, demasiada para el gusto de Carmelo. Se sube a un pequeño muro tratando de divisar a lo lejos algo o alguien que le sirva de orientación. Se escuchan voces, gritos, y la gente corre en todas direcciones. Temiendo que lo atropellen a él o a Jalisco, escala velozmente una cerca, alza la parte de abajo para que el perro pueda entrar, y se queda allí hasta que se alivia el ciclón de gente. Entonces, vuelve a la acera y sigue caminando hasta llegar a la ciudadela. En el portal se encuentra con Artemio, un vecino, que le relata el intento de los boinas rojas de capturar a su hermano Pablo.

—No pudieron ni cogerle la guitarra.

Ya en la casa, Carmelo se prepara un vaso de agua con azúcar al que añade unas gotas de vainilla y lo toma comiendo un pan con picadillo y mantequilla. En la mesa del comedor, luego del bocado, prepara los materiales para el que será sin duda alguna, entre los barcos, su pieza mayor y perfecta. No ha rematado el avión Apolo, pero siempre trabaja así, descansando de los aviones en los barcos y de los barcos en los aviones. Ahora, sin embargo, la verdad es que no puede pensar ni en unos ni en otros. Así que sale a la calle nuevamente. En la escalera, se cruza con su padrastro, que sube, tambaleante, borracho, como llevado por un infalible piloto automático. Al levantarse, jamás pregunta cómo llegó a la casa, pues es capaz de regresar desde cualquier bar de La Habana aunque sea en cuatro patas.

—¿A dónde vas, Carmelito? —le pregunta Jorge Baena con un poco de ebria ternura y otro poco de borrosa autoridad.

—A la feria —le miente el muchacho, deteniéndose cinco o seis escalones más abajo.

El hombre asiente complacido, como si Carmelo le hubiera dicho: "Al cielo", pero enseguida frunce el ceño:

—¿Y ya fuiste a la escuela?

—Claro que no. Hoy es domingo —Y se lanza escaleras abajo saltando de dos en dos los escalones.

Jorge Baena pensaba decirle otra cosa, pero ya el niño ha desaparecido.

El niño de la cabeza rapada y la joven cabello de vidrio

Por supuesto que lo que menos piensa Carmelo es regresar a la feria, ese remolino de hormigas locas. Llueve ahora. La lluvia siempre lo hace feliz. Se encamina hacia el malecón, adonde sus piernas se lanzan solas si él no les impone otro rumbo, cosa que no está entre sus hábitos. A veces ha caminado durante medio día con Jo Quirós, pero con nadie le gusta caminar sin rumbo como con su hermano, escuchándolo hablar fervorosamente de béisbol o de monstruos marinos, de los Beatles, de exploración de cavernas, de telepatía, Walt Disney o Kareen Abdul Sabar.

Cuando llega al malecón está cayendo una llovizna aburrida y a Carmelo le sorprende la extraordinaria quietud del mar bajo el revuelto cielo gris. Ahora se escuchan las mil sirenas del ensayo de alarma aérea. ¿O será una alarma aérea verdadera por mi avión Apolo? Ni siquiera lo he terminado y ya asusta. Sube al muro y camina por él largo rato, cuidándose de no pisar los tramos en que con la lluvia revive el limo y el muro se convierte en una trampa mortal.

Está a punto de gritarle algo para fastidiar a una muchacha chiflada que ha bajado desde el muro a la escalinata y se ha sentado en el segundo escalón, de espalda a la ciudad, fijo el rostro invisible hacia el horizonte. Las gotas de lluvia hacen que su cabello brille como si le hubieran echado polvo de vidrio. Como le gusta conversar con las muchachas solitarias y bonitas, baja del muro, carga en peso a Jalisco y lo lleva abajo, hasta la muchacha. Entonces reconoce a la hermana de Jo Quirós. Ella sonríe reconociéndolo también, divertida con la inquietud de Jalisco, que no disfruta en absoluto la nueva situación.

—¿Y tu hermano? —le pregunta Carmelo, mirando pasar sobre el mar, frente a la ciudad, la línea del trópico de Cáncer, y se siente como si viera al emperador desnudo.

—No sé —dice ella, y ya no sonríe.

—No importa. Yo tampoco sé del mío y debiera.

—No me acuerdo de tu nombre.

—Carmelo. A cada rato a mí también se me olvida.

Zo ríe. Jalisco corre a lo largo de uno de los escalones, mirando todo el tiempo hacia el muro, adonde quisiera regresar. Ya otras veces, cuando ha venido con su amo al malecón, Carmelo lo ha lanzado al agua como si fuera una foca.

—¿No te da miedo estar sola aquí?

—*Ahora* no estoy sola.

—No digo ahora, sino antes.

—Sí —dice ella y mira hacia el mar—. No me gusta así.

—A mí tampoco, pero si el mar va a complacernos a todos tendría que secarse.

—Está muy tranquilo, aunque hay viento.

—Sopla del sur, no del norte —le apunta él con una pizca de desdén—. Dicen los pescadores que no es un viento bueno.

—¿Tú también eres pescador?

—No me gustaría hablar de *eso* ahora —se encoge de hombros con aplomo—. Hay muchas cosas que me gustaría ser cuando crezca, pero de *eso* tampoco me gustaría hablar —y va a encogerse de hombros, pero entonces aparece Juan.

Las sirenas han dejado de cantar.

—¡Eh, *Quian*! —lo llama recordando el personaje que ha visto en *El Molino Roto* —viéndolo llegar sobre el muro, recortado contra el ceniciento torrente del cielo, piensa que esto es una reunión de náufragos.

Juan se encuentra de golpe con los ojos de Zo, a los que se asoman sentimientos encontrados y vagos. Se detiene con una expresión también imprecisa y desciende del muro para acercarse a ellos. "¡Eh, Quian!", resuena en su cabeza el grito de Carmelo.

—No pude ver tus bichos en la feria —dice el niño.

—Me alegro de que la hayas traído aquí —le dice Juan y vuelve a mirar a Zo.

—¡Ella vino sola! —Se encoge de hombros, de pronto se levanta y echa a correr a todo lo largo del segundo escalón, perseguido por Jalisco, siempre dispuesto a jugar. Cuando llega al extremo, se vuelve y entonces es él quien persigue al perro. Los labios de Zo insinúan una sonrisa mirando hacia el niño y el animal, sin atreverse a mirar de frente a Juan todavía—. ¡Salta, Jalisco, no seas tan vegetal! ¡Si te tiro al agua te comen los pulpos! —Carmelo quiere que su perro salte arriba y abajo por los grandes escalones, como él.

—Qué extraño tu poema —susurra ella, mirándolo de frente, pero esquivando enseguida los ojos, arrepentida de lo que ha dicho.

—Puedo escribirte otro sobre la Estrella —se ríe Juan, recordando—. Se llamaría *Cómo subir y bajar de una estrella loca* —primero le parece que ella sonríe otra vez, incluso que va a reírse alto. Pero está llorando—. Eso no, por Dios —balbucea él y se coge la cabeza entre las manos, abatido, mas al momento se pone junto a ella y le pone una mano en un hombro, dudoso, pendiente de ese temblor atroz que sacude el cuerpo de ella. Zo parece ahora inconcebiblemente pequeña y él no puede pronunciar una palabra. Quisiera abrazarla, pero teme perderla por completo.

—Gracias, pero déjame —susurra ella desde el fondo reseco de su llanto, con más estremecimiento que voz.

Carmelo ha subido al muro con Jalisco y se ha sentado allí, de frente hacia el mar aunque sin mirar hacia ellos, y Juan se separa de la muchacha para subir lentamente hasta el pie del muro, donde se recuesta entrecerrando los ojos, con una mano apoyada a la fría superficie de hormigón y la otra apretada contra el vientre.

Donde aparecen los tres, una estrella en mano

294

El sonido de las sirenas vuelve a atravesar la ciudad en dirección al mar y Juan abre los ojos. Zo está descendiendo hasta el borde del agua y él se yergue un poco para correr hacia ella si es preciso. Sin embargo se queda parada allí dejando que las olas mojen sus zapatos. El dolor aturde a Juan, agudizado por ese aullar de sirenas que parece llegado de un mundo atroz. Va a cerrar de nuevo los ojos cuando advierte que ella tiene algo en una mano y parece querer lanzarlo al agua. Desciende hasta ella como si subiera desde un pozo. La llovizna se ha tornado invisible.

Hay una inquietante calma en su rostro. Juan le toma la mano y cubre con las suyas el puño apretado como un cascarón de piedra, sin decirle nada. Un minuto después la tensión de los dedos se afloja y en las manos de él queda una fotografía estrujada. La estira, la mira por un segundo y se la devuelve. Ella la arroja al agua por fin.

—Te acompaño a tu casa —le dice. Zo no escucha, aunque gira su torso levemente hacia Juan como si quisiera entender lo que habla—. Puedes coger una gripe —ella se mira los zapatos, el vestido mojado, los dedos fríos, y se detiene a la vista de sus propias manos. Se sienta en el lugar de antes y él también, pero echándose hacia atrás hasta que su espalda se apoya en el escalón siguiente. Mira el mar, sin verlo. No quiere pensar y mil pensamientos ardientes como su mal caen sobre su ánimo abrumado. Todo le habla de urgencia, pero el dolor ha colmado su cuerpo y lo paraliza confundiéndose con el aullido de la alarma aérea, que parece salir de su interior.

Al rato las sirenas se callan otra vez y el silencio lo paraliza más que el dolor. Aletargado, esperando quién sabe qué, no ve que Zo lo contempla sin pestañear. Una de sus manos se adelanta hacia la cabeza de su amigo y se detiene en el aire. La baja. Busca a Carmelo con la mirada y no se da cuenta de que unos metros más allá su hermano está descendiendo el muro.

Jo se queda contemplando también al niño, que corretea dos o tres veces de un lado a otro de la escalinata y que, de pronto, para halagar la atención que le prestan, carga al perro y lo tira al agua. Los ladridos del animal suenan con una irritación cómica en este silencio. Aunque chapotea enérgicamente, Jalisco está tan ansioso por alcanzar el primer escalón que fracasa varias veces en su intento. Cuando por fin logra salir, se sacude largamente y, para dejar bien claro su enojo, se aleja de Carmelo cuanto puede, que no es mucho.

Juan, aletargado, ya no se entera de nada. Jo lo mira un momento antes de leer la expresión en el rostro de Zo. Únicamente él puede percatarse de que en esos labios yertos trata de aparecer una sonrisa y de que esos ojos han comenzado a verlo. Se quita del cuello la cadena con la pequeña medalla de cobre y la pone en el cuello de Zo, que se asusta como si él le hiciera daño. Aun así, sólo abre un poco más los párpados.

—Hace falta pulirla bien —dice Jo pensando que su hermana ya no sabe de qué le habla, pero ella cierra un puño sobre la medalla y lo aprieta hasta que los nudillos palidecen aun más que el resto de su piel—. No es gran cosa, la verdad —añade mientras ella arranca la cadena y la arroja al mar con un gesto seco.

Sopla de nuevo, constante, el viento sur: aquí abajo, casi a la altura del mar, se percibe mejor con qué ciega determinación pasa sobre la ciudad y, rozando apenas el muro del malecón, se precipita en el abismo del horizonte sin llevarse ni un rastro de olor vegetal, ni del polvo de las calles, ni de una voz. Inmaculado. Ningún ave sobrevuela la costa, ni una sola barca de pescadores boga sobre ese mar que parece la superficie de un planeta denso, remoto y dormido durante eones. Cuando Jo dirige su vista hacia donde cayó la medalla, ella cierra los ojos.

Hay un bulto flotando en el agua muy próximo al primer escalón y Jo reconoce, incapaz ya de desasosiego alguno, una tabla con las figuras pintadas por Juan para la última función de Tío Mersal. En el amasijo de maderos está también la cortina púrpura usada como telón y, en uno de sus pliegues, descubre algo curioso que no puede ser sino una fotografía medio arrugada. Se agacha al borde del escalón, alarga una mano hasta asir la punta de una tabla y tira hacia él, afincándose en el borde para no resbalar. Al fin una parte del envoltorio de púrpura y madera se acerca lo suficiente para que él pueda atrapar la foto. En el momento en que se incorpora, una sorpresiva racha de viento lo hace vacilar, mas enseguida recupera el equilibrio y sacude la fotografía y la alisa un poco.

Zo y él tendrían entonces siete u ocho años. Adrián, bastante crecido, está sentado en el sillín de la bicicleta y uno de sus pies se apoya en la arena mientras el otro descansa en un pedal. La sonrisa del hermano mayor muestra su entusiasmo en aquel tiempo. Ella se encuentra sentada en el timón, diminuta, y no mira hacia la cámara porque la estrella de mar que sostiene en una mano empieza a causarle repugnancia. Es de suponer que, tras el click, Ji, Ja, Jo y Adrián la vieron soltarla con alivio sobre la arena. Sentado en la parrilla, detrás de Adrián, asoman la cabeza y un hombro de Jo, divertido, con el cabello chorreante. Debió haber sido un día ideal para la playa a juzgar por el mar y el cielo visibles al fondo. ¿Santa María o Guanabo? Tal vez Santa Fé. En el reverso no hay nada escrito, ni siquiera una fecha.

Regresan las sirenas de alarma, que se mezclan ahora con el viento sur y cobran un aliento de obsesión tenebrosa. Al volverse, Jo encuentra que su hermana está tan próxima a él que casi lo roza.

—¿Desde cuándo la tenías? —le pregunta, no a ella, sino al vértigo de sus ojos.

—Ayer —dice el soplo de su voz.

—¿Te la dio Adrián?

Zo le quita la fotografía y la arroja por segunda vez al mar. El viento creciente la impulsa más lejos en esta ocasión. En su asombro, y sin querer, él se inclina hacia allá y cae al agua, que no está tan fría como parece. Carmelo se ríe en lo alto de la escalinata acompañado por los ladridos gozosos de Jalisco. Jo se agarra de los vestigios flotantes del retablo. Su hermana sonríe desde un alborozo distante. Soltando una risa, Jo pega un manotazo en el agua para salpicarla. Súbitamente animada, Zo se para en el borde mismo del escalón y tiende una mano hacia él, que la toma y de un tirón la hace caer. Se espanta, sin embargo, viendo que su hermana se hunde a un metro de él y se pierde de vista. Sin tomar aire a fondo, sumerge cabeza y pecho y busca el cuerpo entre la nube de burbujas. Pero ella está emergiendo ya y Jo la aferra por el escote del vestido y la hala con tal ansia que desgarra la tela.

Ya en la superficie, Zo tose un poco, riendo sin temor alguno, y se sostiene también del bulto flotante. Él le aparta el pelo chorreante para que pueda ver y respirar mejor. Sus pequeños senos blancos aparecen desnudos y Carmelo deja de reír en el acto. Jalisco ya no ladra. En vano trata de cubrir su pecho con una esquina del telón púrpura; pronto desiste y se vuelve de espalda a la costa arrimándose así al cuerpo de su hermano, que vuelve a salpicarla manoteando en el agua. Ella lo imita, aunque sin soltarse porque no sabe nadar. Y el retablo, seguramente a causa de los movimientos y del vaivén que ambos provocan, se va separando despacio de la orilla. Como una mano extensa y estremecedora, pasa sobre ellos el hálito aunado del viento sur y el aullido de las sirenas.

—Mira —exclama ella mostrándole una de las tablas que enmarcaban el escenario de Tío Mersal y lee, insegura, las letras escritas en su superficie—. DIOSESOID, DIOSESOID, DIOSESOID —se interrumpe para hundir una mano y sacarla del agua con uno de sus zapatos—. ¿No viste que en la foto yo estaba descalza? —dice quitándose el otro y lanzando los dos a su espalda.

El segundo zapato se hunde tan lentamente como el primero. Nunca pensó que ella fuera capaz de ser como está siendo ahora. Esos no son sus ojos, ni esa su sonrisa, ni es suya esa indiferencia por la desnudez de sus senos.

—Mira aquí —le dice él señalando otro de los maderos, que se ha corrido hasta quedar entre los dos, y lee—. AVE Y NADA. ¿Qué será eso?

—No —replica Zo leyendo desde otro ángulo—, lo que dice es ADÁN Y EVA.

—Bueno, las dos cosas —asiente él y da otro manotazo en el agua.

Pero la llovizna invisible se convierte de súbito en una lluvia cerrada y Zo no nota ya las salpicaduras, como si el mar y la lluvia se confundieran en un solo mar. Ríe feliz mirando el agua bullente. El perro se pone a ladrar nuevamente y un rumor suave y sin término se esparce sobre el mar mientras el viento se apresura en dilatadas ráfagas hacia el horizonte disuelto. Zo abre la boca intentando capturar alguna gota de lluvia.

—No veo la orilla.

—¿Tienes frío?

—No, pero abrázame.

Cuando cesan los ladridos de Jalisco, no se escucha más que el fragor interminable del agua cayendo sobre el agua, porque allá, desde un mundo atroz, las sirenas de la alarma aérea vuelven a enmudecer, quién sabe si por última vez.

El viento sur vuelve a ser lo único invisible.